KB271055

희곡 시나리오집

송정애

KSI 한국학술정보㈜

송정애

희곡 시나리오 집

송정애 지음

KSI 한국학술정보㈜

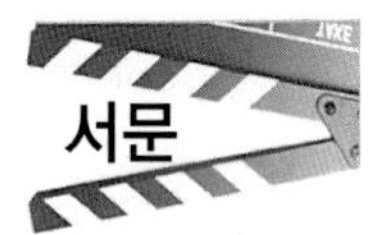

　내가 창작을 하기로 결심한 것은 사무엘 베케트의 <고도를 기다리며>를 읽고 너무도 오랜 시간 감탄을 했으며, 이오네스코의 <코뿔소>를 도서관에서 빌려 보고는 그의 극작술에 놀라움을 금치 못했기 때문이다. 그들의 희곡들은 책으로 읽는 것만으로도 무대가 그려졌으며, 그들의 작품이 연출되어 올려진 어색한 무대가 오히려 그들의 작품을 방해하고 있다는 생각이 들 정도로, 희곡만으로도 충만한 작품들이었기 때문이다. 그들의 작품에 영향을 받은 나는 나의 희곡들을 읽으며 독자마다 자기 나름대로 그려지는 무한히 다양한 무대, 그것이 가능한 희곡들을 쓰겠다는 생각을 지니고 우선 공부부터 하겠다는 생각으로 희곡연구를 위해 유학을 갔다.

　유학을 마친 후에도 공부와 연구와 강의에 밀려 희곡창작을 꾸준히 진행할 수는 없었지만 나의 창작자세 기본들이 확고해져, 작품에 현실을 그대로 담기보다는 마치 동양화처럼 응축하고 압축해 깊이 있는 내용을 간결하고 무게 있게 그리고 개성 있게 담아내는 자세를 지니며 창작에 임했다. 그러나 앞으로 더욱 노력해야 함은 분명하고, 특히 이제는 어두운 작품은 그만 쓰고, 밝고 긍정적인 작품을 창작하고자 한다.

　시나리오 창작은 그동안 시나리오 창작과 영화관련 강의를 많이 하면서, 단편 영화가 갖고 있는 간결함과 다양한 소재를 무한히 개

성 있게 담아낼 수 있는 장르의 매력, 심각한 이야기도 밝게 담아
내는 장편영화의 장점 등을 발견했기 때문에 앞으로도 시나리오
창작을 계속할 생각이다.

공부나 연구보다 시간이 많이 들고, 정한 시간 내에 완성하기 힘
든 것이 창작이긴 하지만 창작의 즐거움은 나를 미소 지을 수 있게
만들며, 그 고통과 즐거움을 알아 타인의 글들도 소중히 읽어 내며
좋을 글을 만날 때마다 내가 쓴 것처럼 어떤 때는 그 이상의 기쁨
을 얻는 것을 볼 때 나는 좋은 글을 아끼는 사람임에는 분명한 것
같고, 특별한 재능은 타고나지 않았으니 계속 노력해야 할 것 같다.

나의 이 작품집의 일부분이라도 세상을 위해 조금이나마 유용한
글이 된다면 무한히 기쁘고 감사할 것이며, 나의 희곡을 읽는 것만
으로도 무대가 상상이 되어 독자들의 머릿속에서 완성이 되고, 나
의 시나리오를 읽으며 영상이 그려져 독자들 나름대로 완성한다면
나는 이 책의 발간으로 나의 첫 번째 창작집의 숙제를 마치었다고
볼 것이다.

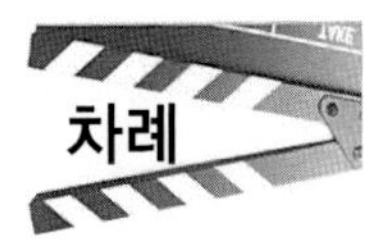
차례

사막 위의 남자들

등장인물

김유일(48세): 명문대 출신의 실직자

이진국(48세): 명문대 출신의 실직자. 김유일의 고교동창

늙음

죽음

병

시체 1(49세)

시체 2(47세)

시체 3(48세)

시체 4(45세)

고수 (인물들의 대사를 방해하지 않으면서 극의 분위기에 따라
　　　북을 두드린다.)

무대

아무런 장치도 없는 사막

때

2000년 봄, 별이 빛나는 어느 날 밤

막이 열리면 황량한 사막 위 무대 전면 좌측에서 고수가 힘차게
북을 두드린다. 잠시 후 북소리가 점점 작아지면서, 고수만을 비추
던 조명은 서서히 밝아지고, 무대 후면 좌측으로 죽음이 숨차 하며
들어오고, 그 뒤로 병과 늙음이 뒤따라 들어온다.

병   (늙음에게) 저 친구 잽싼 건 알아 줘야 돼. 시체를 끌고
　　　　휙 날라 갔다 휙 날라 오니…….
　　　　(죽음을 보며) 이보게, 죽음! 오늘 몇 명이었지?

죽음   (옷을 털고 앉으며) 몰라.

늙음   쉴 새 없이 날라 갔다 날라 왔으니 셀 틈이 있었겠어.

죽음   이제야 숨을 좀 돌리겠네.

늙음   아구구구! (죽음 옆에 앉아 다리를 주무른다.)

병   (무대 위를 이리저리 걸으며 구석구석 살핀다.)

죽음   이 황량한 사막에서 사십대 놈들이 즐비하게 죽어 가
　　　　니…… 나도 이젠 이 짓 못 해 먹겠어. 죽기엔 아직 아

까운 것들을 내 이 두 손으로 끌어가야 하니…… (늙음
을 보며) 어이 늙음! 자넨 뭘 했다고 엄살인가?

늙음　　(다리를 계속 주무르며) 아픈 다리 끌고 하루 종일 자네
쫓아다니기 바빠서 그렇지.

죽음　　그러게 왜 날 쫓아다녀? 이런 사막에 노인네 있는 것
봤어? 헛수고하지 말고, 자넨 중환자실이나 양로원이나
그런 델 가야지 왜 가로 걸리게 내 앞에서 얼쩡거리냔
말야?

늙음　　거긴 답답해. 그리고 노인네들이 늙게까지 사는 걸 고
마워하는 줄 아나? 네 이놈 늙음아! 고만 고문하고 어이
죽음한테 넘겨! 어이구…… 내 멱살을 잡고 어찌나 구
박을 하던지…….

죽음　　그럼 여기선? 자네가 한 게 뭐 있나?

병　　　(살피려 무대 후면 우측으로 나간다.)

늙음　　아직은 별로 한 게 없지만, 설득 좀 해 보려고 그러지.
사십대들이여! 이제 겨우 인생을 반 살고, 인생의 결론
을 내리지 말게나. 이 고비만 넘기면 진짜 인생은 이제
부터라네! (자신을 가리키며) 바로 이 늙음! 나를 거치고
가야지 어찌 자네들의 인생에서 나를 지우려 하는가!

죽음　　핑계 한번 그럴듯하네. 여기서 죽을 땐 이미 아무 말도
들을 수 없을 정도로 처참해져 죽는 건데, 무슨 설득이
야 설득은. 허! 내 모를 줄 알아. 어영부영 일하는 척하
며 편히 지내려는 거지?

늙음　　기다려 봐! 내 실력을 보여 줄 때가 있을 테니.

병　　　(우측에서 다시 나온다.)

늙음	(큰 소리로 못마땅한 듯) 이봐, 병! 자넨 잔인하게 왜 여기서 얼쩡거려?

병	재미있거든. 여기서 휘청거리는 인간들은 다 마음의 병이 들 대로 든 놈들이라, 지 몸뚱이 다 헤쳐 놓고, 내가 들락날락하든 말든, 거의 죽을 정도로 때려 치든 말든, 넋 놓고 있으니 완전히 내 세상 아니겠어?

고수	(북을 두드린다.)

죽음	(벌떡 일어나 병에게 가서 멱살을 잡으며) 이미 병들어 죽는 놈들투성이인데, 니 놈이 더 휘젓고 다닐 구석이 어디 남아 있어?

고수	(더 강하게 북을 내리친다.)

죽음	(병의 멱살을 더 세게 움켜잡고) 이 잔인한 놈!

늙음	허! 또들 시작이군!

병	잔인한 놈? 죽음! 니 놈보다 더 잔인한 놈이 이 세상에 어디 또 있으면 말해 봐! 말해 봐! (숨을 못 쉬며 간신히) 니 놈 앞에 장사 있냐? 니 놈 때문에 모든 게 끝장나잖아!

고수	(북을 더 강하게 두드린다.)

죽음	(멱살을 더 세게 움켜쥐고) 끝장이 나?

고수	(북을 한 번 치고) 어이!

늙음	허허! 그만들 하게! 모처럼 한가한데 싸움으로 힘을 다 써 버리면 어떡하나!

병	(간신히 죽음의 팔을 뿌리치고 헉헉거리며) 난 그래도 니 놈보단 나아. 내가 몸속에 들어가 휘젓고 다니면 제대로 정신이 박힌 놈은, 이크! 내가 그동안 너무나 나를 학대했구나! 하면서 지한테 온갖 정성을 다 퍼붓지. 그 뿐인가! 온갖 사람들이 다 몰려와 관심을 가져 주니까 마음도 따뜻해지지…… 난 적어도 그놈들에게 기회를 준다고. 나와 싸워 이기든 지든 그건 그놈들 의지에 달린 거야. 난 너보다 덜 잔인하다고.

죽음   덜 잔인해? 네놈이 한번 들어가 휘저으면 그 집안은 쑥밭이 되지. 모아 논 재산 다 날리고, 식구들 일상생활은 엉망이 되고, 게다가 모아 논 돈은커녕 하루하루 먹고 살기도 힘든 집안사람들은 눈물 흘리면서 니 놈 장난을 보고만 있어야 돼. 뭐 기회를 줘? (노려보며) 천사 같은 어린애들 내게 넘겨줄 땐 무슨 심보였냐?

늙음   허허! 그만들 두게!

병   (귀를 막고 움츠려 들며 주저앉으며) 그 얘긴 다신 하지 말랬지. 나도 그럴 땐 내 운명이 너무 싫어 죽어 버리고 싶었어. 여기로 떨어졌을 땐 그때보단 좀 나은 것 같았는데, (한숨 쉬며) 뭐 나을 것도 없지…… (죽음에게 고함지르며) 하지만 니 놈은 나도 거치지 않고 그 어린것들 데려갔었잖아!

죽음   (벌렁 누우며) 휴! 그래 나도 어디 가나 죽을 맛이다! (벌떡 일어나 앉으며) 나라고 할 말이 없는 줄 알아? 그래도 내가 있으니까 죽기 전까지 어떡하면 제대로 살다 가나 고민도 하게 되고, 내가 언제 끌고 갈지 모르니까 언제 떠나도 후회 없이 살려 노력하게도 되잖아…… 지들한테 딱 한번 주어진 삶을 여행하고 내 손잡고 돌아가는 건데 왜 나라면 다들 무서워하고 잔인하다고만 하는 거야?

늙음　어떡하겠나! 자네 운명인걸. (침묵하다) 주어진 운명이야 바꿀 수 없지만, 그 테두리 안에서 어떻게 행동하느냐에 따라, 자네 마음만은 운명의 노예가 되지 않을 수 있지 않나! (미소 지으며) 잔인하게 데려가지 말고, 좀 친절하려 노력해 봐!

죽음　(비웃듯) 어이구! 한가한 소리 하고 있네! 자네도 나처럼 쉴 새 없이 일해 봐, 마음의 여유가 생기나. 허! 끌고 가다 아무 데나 던져 버리지 않는 것만도 다행이지.

늙음　그러게, 지금 이 귀중한 시간에 그렇게 쓸데없이 다투지 말고, 마음의 여유를 찾으란 말야! 죽음이라고 다 같겠나? 자네랑 같이 떠난 사람들이 고마워할 정도로 자상해지면 자네 마음부터 기쁠 것 아냐!

병　(죽음에게 아첨하듯) 지보고 한번 해 보라 그래.

늙음　(못 들은 척 눈앞에 펼쳐진 총총하고 선명한 별을 보며) 좋다! 바로 이게 인생이란 말이지. 인생이 사막 같다고들 죽어 가지만, 이 사막에 이렇게 황홀하게 별들이 쏟아지는 건 왜 안 보고 가느냔 말야! 반쪽만 보고 다 봤다 하면 안 되지.

병　그 사막도 지들이 만들어 놓고선 나하고 죽음만 원망한다니까.

고수　(서서히 북을 친다.)

김유일　(후면 우측 무대 뒤에서 신음소리를 낸다.)

병　(벌떡 일어나며) 무슨 소리지?

늙음　소린 무슨 소리가 난다고 그래?

고수   (점점 빠르게 북을 친다.)

김유일   (신음소리를 낸다.)

병   (무대 후면 우측으로 살피려 나가며) 숨어 있는다고 못
         찾을 난가?

죽음   (나가는 병을 쳐다보며) 잽싸기는…… (한숨 쉬며) 휴!
         여덟 시간 일, 여덟 시간 자유시간. 여덟 시간 잠. 산
         놈들은 그게 천국인 줄도 모르고들 살지. 나처럼 매일
         스물네 시간 대기하며 일해 보라구! 하루도 못 가서 뻗
         지. 아이구! 내가 무슨 죄가 많아서…….

병   (무대 뒤에서) 어이 좀 와 봐! 거의 죽은 것 같아!

늙음   (급히 일어나다 주저앉으며) 아이구! 다리가 말을 안 듣는군.

죽음   귀도 잘 안 들리고 다리도 힘이 없고, 지 몸 하나 못
         추스르면서 누구보고 오래 살라 설득을 한다고 그래?

늙음   (다시 일어나며) 어이! 가 보자구! (늙음은 절룩거리며
         무대 뒤로 간다.)

죽음   (천천히 일어나며) 뭐가 급해! 죽을 놈은 죽게 마련이고
         살 놈은 천국까지 갔다가도 쫓겨 오기 마련인데……
         (다리를 벌리고) 자! 기를 모으고, (죽이는 시늉을 하며)
         갈 놈이면 한 번에 꽉!

늙음   (무대 뒤에서) 이보게! 정신 차려! 이렇게 가면 안 돼!
         이보게, 죽음! 어이 와 봐!

고수   (힘차고 긴박하게 북을 두드린다.)

죽음   (천천히 무대 뒤로 간다.)

조명은 고수만을 비추고, 고수는 더 힘차고 긴박하게 북을 두드

린다. 잠시 후 북소리가 점점 작아지면서 조명은 서서히 밝아지고, 무대 후면 우측에서 죽음이 나오고, 늙음과 병이 술에 만취된 채 정신이 없는 김유일을 무대 전면 중앙으로 부축해서 나온다.

김유일   (술 취한 목소리로) 죽어 버릴 거야. 날 좀 내버려 둬! 죽어 버릴 거라구.

죽음   아무 데나 던져 버려!

늙음   아이구, 안 돼! 여기 살살 눕히자구!
(병이 부축했던 김유일을 놓아 버리자, 늙음과 김유일은 비틀거리다 주저앉는다.)

늙음   (김유일을 살살 눕혀 놓고, 병에게) 인정머리 없는 것!

병   죽고 싶대잖아. 소원이라면 들어줘야지. (김유일을 발로 차며) 아주 죽을 각오를 하고 퍼마셨구만! 이런 놈들은 지놈이 퍼마셔 놓고 나중에 간 상하면 나만 원망한다니까…….

고수   (서서히 북을 친다.)

김유일   (신음하며) 죽고 싶어!

늙음   (김유일의 뺨을 치며) 이봐! 정신 차려! 죽긴 왜 죽어! 정신 바싹 차리고 살아야지.

고수   (점점 빨리 좀 더 힘차게 북을 두드린다.)

죽음   (더 이상 못 참겠다는 듯 달려가 김유일의 목을 조르며) 그래 죽어! 죽어! 죽고 사는 게 니 맘대로 되는 줄 알아? 이 멍청한 인간아!

늙음   (죽음을 밀치려다 넘어지며) 그만 하게! 정말 죽고 싶어 그러겠나?

병   (죽음을 밀치고 김유일의 가슴을 때리며) 마음이 병든
         이런 놈은 내가 들어가 반쯤 죽여 논 다음에 데려가도
         데려가야 돼.
늙음   (병을 밀쳐 내려다 다시 쓰러지며) 정말 미쳤군! 불쌍하
         지도 않아?
병   인생의 쓴맛을 좀 더 맛보다 가야지 안 그럼 내가 섭섭하지.
죽음   (병을 밀쳐 내고, 다시 김유일의 목을 조르며) 죽음의
         마지막 순간! 마지막 남은 숨을 끊으려면 이렇게 온 힘
         을 다 퍼부어야지, 섣불리 했다간 식물인간이 된다구.
늙음   그만 좀 괴롭혀!
죽음   (신음하는 김유일의 목에 손을 대고) 죽여 줘? 살려 줘?
김유일   (신음하며 간신히) 나 피곤해. 그냥 좀 조용히 죽여 줘!
죽음   그런 법은 없지.

고수는 더 세게 북을 두드리고, 죽음이 김유일의 목을 다시 조르
려 하자 늙음과 병이 말리다 쓰러져 앉는다.

고수   (점점 작게 북을 연주한다.)
병   나보다 더 잔인한 놈이 바로 저놈이라니까.
죽음   (손을 털며 일어나며) 내가 이런다고 살 놈이 죽냐? 내
         그동안 하도 저런 놈들 때문에 고생을 해서 원수 좀 갚
         느라고 한번 해 본 거지. (한숨을 돌리며) 휴! 저런 놈들
         끌고 가려면 얼마나 힘이 드는지…… 지네들이 죽어
         놓곤 도살장에 안 끌려가려는 소마냥 기를 쓰며 날 잡
         아당기는데…… 허! 그런다고 내 재주로 다시 살려 놓

을 수가 있나? 세상살이 미련 없이 죽은 거 천국 가는 길에 노래라도 불러야지 웬 생난리들이여!

늙음　죽고 나니 온갖 미련이 다 떠올라서 그런 게지. 좀 힘들어도 자네가 이해해 줘야지. 어떡하겠나! (김유일을 간신히 일으켜 앉히며) 이봐! 죽는 것도 마음대로 되는 게 아냐! 아무리 애써도 죽지도 못할 텐데, 차라리 그 힘으로 기운 내서 살아야지!

김유일　(술 취한 목소리로) 더 이상 아무런 미련도 없어요.

늙음　지쳤군.

김유일　예. 완전히 지쳤어요. (울먹이며) 죽고 싶어요.

죽음　(앉으며) 왜 잘나갈 때 좀 죽여 달라 해 보지! 꼭 밑바닥까지 떨어져야만 날 찾아?

늙음　(김유일을 달래듯) 자, 정신 차리고, 뭐가 자넬 죽을 정도로 지치게 했는지 다 털어놔 보게! 혹시 아나, 우리가 도와줄 수 있을지.

김유일　(정신 차려 늙음, 병, 죽음을 쳐다보며) 그런데 누구세요?

병　난 병이야. 병!

김유일　예?

늙음　이 작잔 죽음이고, 난 늙음이라네.

김유일　예? (공포에 싸여 몸을 더듬거리며) 그럼 내가 죽은 건가요?

죽음　왜 겁나나? 죽여 달랠 땐 언제고?

늙음　다행히 살아 있네. (웃으며) 이제 정신이 번쩍 들지?

김유일　(주위를 둘러보며) 마누라랑 싸우고 죽길 작정하고 퍼마신 것까진 기억이 나는데…… 내가 왜 이런 사막에 와 있죠?

늙음　마음이 삭막한 사람은 다 이리로 오게 돼 있어.

김유일   (냄새를 맡으며) 그런데 웬 피비린내죠?

죽음   피 튀기며 살다 죽은 놈들이 하도 많아 그렇지.

늙음   여기서 빠져나가게 도와주는 사람은 하나도 없으니까
         자네도 정신 바싹 차려야 되네!

병   살아야겠다는 의욕이 없으면 아까 봤지! 나랑 죽음이
         가만 안 둔다구.

늙음   이봐! 지금은 어두워서 길 떠나도 소용없으니까, 왜 죽고
         싶은지 말해 보게. 그러다 보면 마음이 정리될 테니까.

김유일   (한숨 쉬며) 죽고 싶은 이유가 한두 가지여야죠. 사는
         게 너무나 삭막하고 피곤해요.

늙음   (김유일을 쳐다보다가) 자네 몇 살인가?

김유일   마흔 여덟이에요.

병   흠! 한창 힘들 때군. 마음은 병들었는데, 겉으로 끄떡없
         는 척 웃어야 하고, 책임져야 할 일은 많고…… 사는
         게 무겁지.

늙음   그래도 이제 겨우 반 살았는데 기운 내고 살길을 찾아
         야지! (침묵하다) 그래 자네 하는 일이 뭔가?

김유일   일이요? (한숨 쉬며) 사람들은 항상 직업부터 묻죠.

죽음   (큰 소리로) 그야 사는 동안엔 일해야 먹고살게 되니까,
         뭘 해 먹고사나 묻는 거지! 건방진 놈!

병   실업자군. 실업자야. 그럼 직업 말고 다른 거로 자넬 소
         개해 봐!

김유일   (머뭇거리다) 휴! 변변히 소개할 만한 것도 없네요. (생
         각하다가) 남들이 부러워하는 명문대 나와서, 남들이 좋
         다 하는 대기업에도 다녀 봤고, 남들이 예쁘다는 여자

랑 결혼해서 아들딸 낳아 공부시키고…… 1년 전까지
만 해도 그럭저럭 남 보기에 좋게 살았죠.

병   회사에서 잘렸구만.

김유일   아뇨. 사표 쓰고 제 발로 나왔어요. 도저히 더는 못 다
니겠더라구요.

늙음   왜?

김유일   끝이 뻔하잖아요.

죽음   (하품하며 관심 없어 한다.)

김유일   총수 친인척들이 윗자리에 쫙 깔려 있는데, 공휴일도
없이 충성하며 올라가 봤자 평생 꼬붕 놀이 하는 거죠.
(점점 흥분하면서) 거기다 경영권 문제라도 터지면 서로
중상 모략해 가며 죽기 살기로 싸워야죠. 그뿐인가요,
누구에게 충성할 건가 머리 굴리며 잘 선택해야지 줄
한번 잘못 서면 끝장나는 건 시간문제죠. 제대로 줄을
섰으면 뭘 합니까? (더욱 흥분하며) 모시는 회장님 방패
역할 잘해야죠…… 어린애도 아닌데 흰머리 휘날리며
늙어서까지 병정놀이하다 죽을 일 있나요.

늙음   그렇게 한쪽만 보고 결론 내리면 안 되지. 국제적으로
활동하면서 나라경제를 위해 일하며 느끼는 보람도 있
지 않겠어?

김유일   허! 잘못하면 나라경제를 크게 망칠 수도 있죠. 물론 사
표 낼 때 그런 것까지 생각하진 않았지만요.

병   잘 그만뒀어. 하기 싫은 일 꾸역꾸역 하다간 큰 병들어,
그동안 번 돈 다 날리고 몸 망치고…….

죽음   (비웃듯) 사표 냈으면 시원했을 텐데 왜 죽어 버린다는 거야?

김유일   삭막해서죠. 회사 다닐 때도 그 나이에 겨우 부장이 뭐
        냐, 내가 뭐가 못나서 나이 어린 당신 상사네 마누라
        김장까지 담가 주며 굽실거려야 하냐, 회사서도 삭막,
        집에 들어와서도 마누라랑 싸우느라 삭막. 휴! 정말 죽
        을 맛이었어요. 그런데 회사까지 그만두고 뭘 해야 되
        나 결정도 못 하고 놀고 있으니, 이젠 본격적으로 날
        무능자 취급을 하는데, 성질을 참을 수가 있어야죠. (흥
        분해 벌떡 일어나 휘청거리며) 너 그렇게 잘났어? 그래
        좋다. 이제부터 나 없이 어디 한번 잘 살아 봐! 야! 남
        의 마누란 살림도 잘하고 돈도 잘 벌어 오더라! 넌 돈
        한 푼 못 버는 주제에 입만 살아서 바가지야! (주저앉으
        며) 마누라한테 실컷 퍼붓고 나와 버렸죠. 더 있다간 사
        고 치겠더라구요. 소줏집 가서, 그래 죽자! 더 살아 어
        디까지 더 추락하냐…… 정신없이 퍼마셨죠.
병   지 몸 지가 학대해 놓고 나중엔 나만 원망하지!
죽음   정말 한심한 인간이군. 그 정도로 죽을 생각을 해.
늙음   그럴 때일수록 식구들끼리 똘똘 뭉쳐서 다시 시작해야
        지, 그럼 쓰나.
김유일   저도 그러려곤 하는데…… (한숨 쉬며) 휴! 우린 삐끗해
        진 지가 너무 오래돼서인지 제대로 대화가 안 돼요.
늙음   좋았던 시절 생각하면서 기운을 내야지.
김유일   좋았던 시절도 별로 없었어요. 그 여잔 날 좋아해서 결
        혼한 게 아니라, 내가 명문대 출신에다 대기업엘 다니
        니까 출세는 시간문제다 해서 한 거라구요.
늙음   아무렴 그랬겠어?

김유일 그 여잔 그럴 여자예요. 처음엔 날 무지 자랑스러워했
      거든요. 그런데 살아 보니까, 융통성이라곤 하나도 없어
      서 출세도 못 하죠, 빚을 얻어서라도 남들처럼 주식투
      자라도 해서 재산을 늘리는 재주라도 있어야 하는데,
      수입이라곤 월급밖에 없죠, 돈을 못 벌면 자상하기라도
      해야 하는데 파김치가 돼 들어와 잠자기 바쁘죠, 어쩌
      다 일찍 들어오면 싸우기 바쁘죠…….
죽음   지가 뭘 못 해 줬나 알긴 아는군.
김유일 나도 잘 한 것도 없지만, (흥분하며) 이 눈치 저 눈치
      보며, 못 먹는 술 먹어 가며 뼈 빠지게 일해서 내게 돌
      아온 건 세끼 밥 먹고, 담배 한 갑씩 피운 것밖엔 없었
      어요. 월급은 생활비에, 재수하는 아들놈 학원비에, 용
      돈에…… 그뿐인가요, 딸아인 미대 간다고 화실비에,
      과외비에…… 온데간데없이 타기 무섭게 사라지고, 매
      번 제로에서 다시 시작! 전 허무하지 않았는지 아세요?
      책임질 의무가 있으니까 그런 건 다 좋다 이겁니다. (더
      욱더 흥분하며) 내가 못 참는 건, 남도 아닌 마누라가
      속물들 잣대로 날 이리저리 재면서 완전히 무능자 취급
      을 한다는 거예요. 그런 식으로 재면 지도 잘난 거 하
      나 없어요.
죽음   눈 한 번 떴다 감으면 인생 끝인데, 그 짧은 동안에 그
      렇게들 지지고 볶고 하니……

고수는 북을 두드리고, 대머리의 이진국은 무대 후면 우측으로
신음하며 기어 들어오다 기절한다. 북소리가 멈춰지자, 모두 그를

쳐다본다. 병은 재빨리 달려가 이진국을 살펴본다.

죽음   조용히 쉴 수가 없네…….

고수   (아주 작게 북을 두드린다.)

병   (이진국의 숨소리를 들으며) 아직 안 죽었어. (이진국을
         뒤집어서 뺨을 치며) 이봐! 정신 차려! 정신 차리라구!

늙음   (일어나 가려 한다.)

죽음   그냥 있어! 아직 죽으려면 먼 놈이야.

늙음   (못 들은 척 이진국에게로 간다.)

병   들어가 마라?

이진국   (눈을 겨우 뜨고, 밤 추위에 떨며) 날 그냥 좀 내버려 둬요.

늙음   완전히 지쳤군. (병에게 무대 중앙을 가리키며) 저기다 좀
         눕히지! (늙음과 병은 이진국을 일으켜 데려가려 한다.)

병   제대로 걸어!

이진국   하도 사막을 헤맸더니 지쳐서…….

늙음   나이도 지긋한 양반이 이 사막엔 웬일이서? (병에게)
         자, 어이 가자구!
         (늙음과 병은 이진국을 무대 중앙으로 데려와 앉힌다.)

이진국   (주위를 둘러보며) 그런데 누구세요?

늙음   (앉으며) 난 늙음일세.

이진국   예?

병   (앉으며) 난 병이라네.

이진국   병이라뇨?

병   이런…… 폐병, 간암, 위암…….

이진국   (무서워하며) 가까이 오지 마! 지금도 힘든데, 여기다

병까지…… 차라리 죽는 게 낫지.

죽음   뭐 죽는 게 나아! 요새 것들은 아주 날 우습게 본단 말
       야. (일어나며) 죽음 맛 좀 볼래!

김유일   참으세요! 세상에 죽음이 두렵지 않은 사람이 어디 있겠어요

이진국   누구세요?

죽음   난 죽음이다.

이진국   (움츠려 들며) 으으윽! (몸을 더듬으며) 내가 죽은 건가요?

늙음   (웃으며) 안심하셔! 아직 안 죽었네.

병   예순은 넘었을 텐데, 죽는 게 무지 두려운가 보네. 죽기
       에 아주 억울한 나이는 아닐 텐데…… 사는 것에 지쳐
       이런 사막까지 왔을 땐 사는 데 미련도 별로 없을 테
       고…….

늙음   죽는 건 누구한테나 두려운 거야.

이진국   저 마흔여덟이에요.

병   뭐야!

늙음   (웃으며) 깜박 속았네.

병   둘이 동갑이군.

       (이진국과 김유일은 서로 쳐다보며 목례를 한다.)

죽음   (걸어 다니며 훈계하듯) 이곳은 아무나 오는 곳이 아니
       다. 그러나 누구나 올 수 있다. 사는 게 힘들 때 헤쳐
       나갈 생각은 안 하고 이렇게 살아서 뭐 해 하며 넋 놓
       고 있거나, 일도 사람도 다 싫다며 모든 것에 무관심하
       거나, 죽어 버리자 그래 죽어 버려 하며 노래를 해도
       이곳으로 오게 된다. (침묵하다) 아무런 길도 나 있지
       않은 이 사막에서 빠져나가는 것은 엄청 어렵다. 그러

나 아예 찾을 생각을 안 하거나 헤매다 지쳐 포기하면, 모래 속에 갇혀 삭막하게 죽어 갈 것이다. 아무리 자살을 시도해도 살 놈은 산다. 모래 속에 파묻혀 살 것인가, 모든 지혜를 동원해 이곳을 빠져나가 기분 좋게 사이좋게 살다 갈 것인가는 너희 선택에 달려 있다.

늙음   (죽음에게) 걱정하지 말게. 속에 있는 거 다 털어 버리면, 다시 처음부터 새로 시작할 의욕이 생길 거야. (미소 지으며) 죽은 사람만 보다, 아직 희망이 남아 있는 자네들을 보니까 정말 기분이 좋네. (이진국에게) 그래 자넨 왜 이 사막을 헤매게 됐나?

죽음   뭐 들어 보나마나 비슷비슷한 얘기지.

늙음   그렇게 한마디로 단정 내리면 안 되지. 누군 별난 인생 살다 가나? 그 비슷비슷한 인생 속에 웃음도 있고, 울 일도 있는 거지.

병   암. 어떻게 보면 비슷비슷해서 병이 나는 수도 있다고. 고민을 털어놔도, 난 자네보다 더한데도 껄껄 웃는데, 겨우 그까짓 것 가지고 사십 넘은 사나이가 엄살이야? 그 정도로 죽상이면 이 세상에 살아남을 사람 하나도 없어! 자, 웃어! 웃자구…… 그러니 사나이답게. 한 가정의 가장답게 늘 씩씩한 모습만 보이다 보면……

이진국 체면이고 뭐고 아버지 부르며 엉엉 울고 싶은 날이 많죠.

병   그지? 그럴 땐 체면이고 뭐고 실컷 울어야 병이 안 생긴다고.

죽음   저놈도 별 재미없는 얘기 늘어놓을 판이군! 이봐, 병! 조용한 데 가서 좀 쉬자!

병   아냐. 난 여기가 더 재미있는데.

죽음   (인상을 쓰며) 허어!

        (죽음은 무대 후면 우측으로 나가고, 병은 미련이 남은
        채 죽음을 따라 퇴장한다.)

늙음   조용하니 잘됐네. (이진국과 김유일을 보며) 자, 서로들
        인사들 하지.

김유일   예. (악수를 청하며) 전 김유일입니다.

이진국   (악수를 하며) 이진국입니다. (김유일의 얼굴을 자세히
        보며) 가만. 너 바로 그 김유일이구나!

김유일   예?

이진국   자식! 나야 이진국. 4반 반장.

김유일   (이진국의 얼굴을 자세히 보며) 그래 맞다. 야, 너, 그대
        로구나!

이진국   머리만 아니면 만년 청년이지. 자식! 반갑다.

늙음   아! 동창이구만!

이진국   예. 고등학교 동창이에요. 야 널 여기서 만나다니……
        요새 뭐 하나?

김유일   (좀 머뭇거리다) 으음…… 구상 중이야.

이진국   너도?

김유일   그럼 너도?

두 사람은 크게 웃는다. 늙음도 덩달아 웃는다.

늙음   그래 그렇게들 웃어야지.

이진국   (늙음에게) 고등학교 때 정말 이 자식하고 나하고 날렸었죠.

김유일 그래. 그땐 그래도 거의 노력순이었는데, 사회 나와선
        무슨 순으로 돌아가는 건지 아직도 감을 못 잡겠다.

이진국 그러게 말이다. (한숨 쉬며 침묵한다.)

늙음   (이진국에게) 자넨 무슨 일을 했었나?

이진국 저요? 2년 전까지 선배가 하는 중소기업에 다녔어요.
        상무까지 지내다 나와 버렸죠.

늙음   왜?

이진국 그 선밴 수재에다 정말 인간성도 좋았던 선배였는데,
        날이 갈수록 돈독 일독에 올라, 직원들을 기계 돌리듯
        쉴 틈을 안 주고 돌리는데 더는 못 견디겠더라구요.

김유일 스트레스 무진장 쌓였겠다.

이진국 말도 마라. 그 쬐끄만 회사에서 지지고 볶고…….

늙음   자기 회살 경영하다 보면 그렇게 되기도 쉽지 않나?

이진국 회사라는 걸 왜 운영하는데요? 다 사람을 위해서 하는
        거 아닙니까? 돈과 일이 주인이 되고. 사람이 노예가
        되면 안 되죠!

늙음   그럼 안 되지. 암.

이진국 우리 땐 대기업도 골라 갈 수 있던 때였는데, 내가 왜
        선배회사에 들어갔겠어요. 열심히 일해서 회사가 커 가
        는 데서 내가 커 가는 걸 팍팍 느끼면서, 회사라는 게
        혼자 힘으로 돌아가는 게 아니니까, 직원들과 정말 인
        간적으로 한 식구처럼 지내면서, 서로 존경하는 분위기
        속에서 일하고 싶어서였죠. 그것이 그 선배의 경영철학
        이기도 했거든요.

김유일 환상이 너무 컸었구나.

늙음   모든 경영자가 그런 자세로 일한다면 활기가 더 넘칠
       텐데, 불가능한 것도 아닌데도 세상이 워낙 경쟁 사회
       라, 너도나도 재촉하게 되고, 질보단 양 위주로 몰고 가
       게 되니까, 다들 지칠 대로 지치게 되지. 직원들만 지치
       나? 경영자들도 자길 들들 볶잖나!

이진국   맞아요. (흥분하며) 그 선배 놈도 말론 다 사람 위해 일
       하는 거라며 쉬엄쉬엄 하자고 하죠. 그래 놓곤 지는 12
       시까지 회사 지키고, 휴일 날도 나와서 누가 뼈 빠지게
       일하나 감시하고, 월요일 아침마다 회사에서 지랑 같이
       거의 산 직원들 이름 부르며 칭찬하고, 내 유치해서…….

김유일   정말 저질이구나.

늙음   기계도 너무 쓰면 망가지는데, 사람은 더 하다는 걸 왜
       모를까.

이진국   그뿐인 줄 아세요? 직원이 모자라도 몇 년째 뽑질 않아
       요. 그러니 업무 성격도 다른 일 닥치는 대로 해내야죠,
       (더 흥분하며 일어나 걸으며) 거기다 해외 출장 가면 잠
       은 비행기나 기차 안에서! 식사는 햄버거로 통일! 떠나
       는 날은 반드시 일요일! 도착은 평일 오전! 공항서 바로
       출근해 야간 근무까지 할 것!

김유일   와! 진짜 정신병자다. 정신병자야.

늙음   정말 불쌍한 인간이구만. 돈만 벌면 뭘 해. 인심 잃는데
       지 인생 다 써 버리니…….

이진국   (앉으며, 김유일에게) 내가 그놈한테 벌어다 준 게 못
       잡아도 수십억은 될 거다. 그런데도 월급은 안 올려 주
       면서, 지 재산 자랑은 어찌나 하는지…… 그 돈 누가

벌어다 줬는데. 국내외로 잠 못 자고 햄버거 먹어 가면서 다 내가 벌어다 준 돈이야, 내가!

김유일 그게 월급쟁이들이 제일 스트레스받는 일 아니냐. 기껏 직원들이 재산 불려 주면, 지 혼자 잘나서 번 줄 알고 으스대지.

늙음 그동안 쌓인 게 많았구만.

이진국 예. 그래도 식구들 때문에 밸이 꼬여도 다녔었죠.

김유일 너도 그랬구나. 하긴 우리만 그랬겠냐. 월급쟁이들이야 거의 그렇게 살다, 하고 싶은 일 한 번도 못 해보고 그냥 가는 인생들 많지.

늙음 그래 자네도 사표 쓰고 나왔나?

이진국 예. 사표는 매일 양복 안주머니에 넣고 다녔죠. 그래도 식구들 때문에 꾹 참고 다녔는데, 마누라가 고마워하기는커녕, 이 월급 갖곤 두 애 대학도 못 보낸다며 어찌나 날 무능자 취급을 하는지, 홧김에 내 버렸어요.

늙음 저런…… 그래 사장이 붙잡지 않던가?

이진국 붙잡긴요? 퇴직금 덜 주려고 온갖 수단을 다 동원하는데 정말 인간이 싫어지더라고요. (김유일에게) 있을 때 인심 좀 쓰지, 그러다 그놈 완전히 망했잖냐.

김유일 왜?

이진국 나도 들은 소문이라 자세히는 모르겠는데, 망하려니까 한꺼번에 여기저기서 터졌나 봐. 직원이 수억 원을 횡령해 달아난데다가, 그놈도 주식투자로 완전히 망했대. 거기다 사기까지 당해 자금회전이 안 되니까 직원들 월급도 제대로 못 주게 되고, 직원들도 우르르 미련 없이

다 떠났다더라.

김유일　통쾌했겠다.

이진국　통쾌? 처음엔 기분 좋더라. 그런데 며칠 지나니까 그놈
이 망했다고 내 일이 풀리는 것도 아닌데 좋아하고 있
는 내 자신이 정말 싫어지더라.

고수가 북을 치기 시작하고, 무대 뒤에선 시체 1, 2, 3, 4의 신음
소리들이 난다.

잠시 후 북소리가 작아진다.

이진국　무슨 소리죠?

늙음　자네들처럼 사는 데 지친 사람들 소리지. 죽음하고 병
이 가만있는 걸 보니까 심각한 건 아닌가 보네. (침묵한
후) 그래 회사 그만두곤 아무것도 안 했나?

이진국　했죠. (한숨을 쉬며) 휴! 그래서 더 망했어요.

김유일　뭘 했는데?

이진국　회사 그만두고 진짜 이제부턴 내가 하고 싶은 거 하며
살려고 했었는데, 마누라가 어찌나 돈 걱정을 하는지,
급한 마음에 돼지갈비 집을 했지.

늙음　장사가 잘 안 됐나 보군.

이진국　예. 먹고살려는 생각 하나로 권리금까지 주고 들어갔는
데, 파리 날리다 빚만 더 지고 문 닫았어요.

김유일　나도 그럴까 봐 이리저리 재다 아무것도 못 하고 있잖
냐. 그러다 마음이 또 급해 지면, 조직사회에 들어가기
정말 싫지만, 월급이 아쉬워 아무 데라도 들어갈까 알

아보지. 그런데 마흔다섯 넘으면 이력서 낼 데도 없더라.

이진국 맞아. (한숨 쉬며) 나이 오십도 안 돼 완전히 퇴물 된 느낌이지?

김유일 응. 거기다 난 요새 마음까지 팍 늙어져서, 어떤 것에도 내 남은 인생을 바칠 의욕이 안 생겨 죽겠다. (침묵하다) 전교 일등을 할 때도, 일류대학 다닐 때도, 대기업 다닐 때도, 정말 내가 행복했었냐면 어떤 땐 자살하고 싶을 정도로 죽고 싶었거든. 처음엔 나도 하고 싶어서 한 것들인데도 말야. 아마 그런 기억 때문에 어떤 것에도 흥미를 못 느끼는지도 몰라.

이진국 나도 그래.

늙음 (차분히 설명하듯) 그게 왜 그러냐 하면, 젊었을 땐 외적으로 성공하는 것에 인생의 목표를 두게 되거든. 인생을 잘 모를 때니까. 그렇지만 그걸 다 이루려고 앞만 보고 달리다 자네들 나이가 되면, 실직을 했건 안 했건, 겉으론 뭔가 이룬 것도 같지만, 자기 자신을 들여다보면 안은 텅텅 비어 있는 게 느껴지지.

김유일 맞아요.

늙음 그럼 이렇게 사는 게 정말 내가 원하는 삶인가 묻게 되고, 아니다 이건 아니라는 대답이 나오게 되지. 이런 걸 깨닫게 되는 나이가 자네들 나이인데, 무슨 퇴물인가? 뭐든지 시작할 수 있는 희망찬 나이이지. (격려하듯) 자네들이 그동안 쏟아부었던 에너지를 이제부턴 마음이 풍요로워지는 데로 쏟아부으면, 자네들 자신을 바라보면서 웃게 될 날이 올 걸세. 그러니까 마음 못 잡고 방황들 하지 말고 좀 더 근본적이고 중요한 문제들을 깊이 있게 생각들 좀 하셔!

다시 고수는 북을 치고 무대 뒤에서 신음소리들이 난다. 김유일과 이진국은 공포에 휩싸인다.

늙음   (안심시키듯) 괜찮아. 자네들처럼 아직 명이 남아 있는 사람들인가 보네. 죽여 달라지 않으니까 조용하잖나.

고수의 북소리가 커지면서, 무대 뒤에서 죽음이 시체 1의 마지막 숨을 끊는 소리가 난다.

늙음   (황급히 일어나 무대 후면 우측으로 가며) 아이구, 그게 아닌가 보네…….
김유일   (늙음이 가는 모습을 보며, 공포에 휩싸여서) 야! 여기 지옥 아냐?
이진국   나도 뭐가 뭔지 모르겠다.

고수의 북소리는 더욱더 커지고, 무대 뒤에서 죽음이 시체 2, 3, 4의 마지막 숨을 끊는 소리가 난다.

늙음   (무대 뒤에서) 이봐! 그렇게 무지막지하게 끊으면 어떡하나?
죽음   (무대 뒤에서) 어차피 죽을 놈들이야. 빨리빨리 끝내야지. 저리들 비켜! 한꺼번에 몰고 가려면 보통 일이 아니라구.
이진국   (공포에 싸여 김유일을 부둥켜안고) 이거 식구들도 못 보고 그냥 가는 거 아냐.

김유일   아무래도 여기가 저승인가 봐. 야! 우리가 어쩌다 이렇
          게 됐냐…….

병   (무대 후면 우측에서 나오며) 허! 무지막지한 놈! 내가
          들어갈 틈도 안 주고 그냥 단번에 끊어 버리네.

김유일과 이진국은 일어나 무대 전면 우측으로 가 떨고 서 있다.
고수의 북소리가 더욱 커지고, 죽음이 찢겨진 양복을 입은 시체 1,
2, 3과 겹겹이 옷을 겹쳐 입은 시체 4를 흰 천으로 한 명씩 묶은
것을 온 힘으로 끌고 나오고, 늙음이 시체들 뒤로 따라 나온다.

늙음   (시체들을 보며 안타까워하며) 아직 창창한데 왜들 죽어?

죽음   (온 힘으로 시체들을 끌다가, 시체 1, 2, 3에 끌려 뒷걸
          음질 치며) 아이구 이놈들아! 니 놈들이 죽어 놓고 왜 날
          잡아 끌어? 암만 그래도 난 니 놈들 살려 낼 재주 없어.

다시 시체들을 끌다, 시체 1, 2, 3에 의해 뒤로 끌려간다.

병   한이 많아 못 가는구만.

늙음   이보게 죽음! 무슨 할 말이라도 있나 좀 들어주고 쉬엄
          쉬엄 가면 안 되겠나?

죽음   쉬엄쉬엄? 우리 세계가 얼마나 살벌한데 그래? 실적 부
          족하면 소아병동에 떨어져서 다시 그 끔찍한 일을 해야
          한다고. (시체들을 온 힘으로 끌며) 어이 가!

시체 1, 2, 3에 의해 또다시 뒷걸음질 친다.

병   어이구! 저 노릇도 못 할 노릇이야…….
죽음   (시체들을 달래듯) 어차피 갈 길이야! (시체들을 다시
         끄나 꿈쩍도 안 하자) 뻔하지. 시체 1! 마흔아홉! 사업
         하다 망해 빚쟁이한테 시달리다 자살!
시체 1   (더 하고 싶은 말을 하나 목소리가 안 나와 입만 벙긋
         벙긋한다.)
죽음   죽고 나니 다 떠맡기고 온 마누라한테 미안하고, 자식
         들이 걱정된다 이거지.
시체 1   (울상이 돼서 끄떡거린다.)
죽음   시체 2! 마흔일곱! 과로로 쓰러져 유언 한마디 못 하고
         죽음! 회사서 시달리다 마누라 바가지에 지옥이 따로
         없었음. 미련은 없지만, 자식들이 보고 싶어 미치겠지?
시체 2   (끄떡거리며 뭔가 더 얘기하려 입을 벙긋벙긋한다.)
죽음   (시체 2의 하소연을 외면하고) 시체 3! 마흔여덟! 회사
         돈 횡령해 주식 투자에, 놀음에 다 날리고 숨어 지내다,
         내연의 처와 싸우다 불 질러 죽음.
시체 3   (고개를 못 든다.)
죽음   한번 제대로 쓰지도 못하고 다 날리고, 여러 사람 죽이
         고 와 고개를 못 들겠지?
시체 3   (고개를 못 든 채 중얼거린다.)
죽음   (시체 3을 치며) 입이 열 개라도 할 말을 못 할 텐데,
         뭐 착실했던 시절로 다시 돌아가 하루라도 제대로 살다
         가고 싶다고?

시체 3   (끄떡끄떡거린다.)

병   히야! 잘도 맞히네!

늙음   그러게 정신들 똑바로 갖고 살아야지. 남을 망치면 지
         도 다치게 돼 있다니까. 진리요, 진리.

죽음   시체 4! 예순!

시체 4   (고개를 흔든다.)

죽음   시체 4! 예순일곱!

시체 4   (고개를 흔든다.)

병   그렇지. 죽음! 자네도 별 수 없구만. 세상에 완벽한 건
         없다니까.

죽음   (무안해하며) 그럼 마흔다섯?

시체 4   (웃으며 끄덕인다.)

죽음   휴! 그럼 그렇지. 시체 4! 마흔다섯! 죽으니 오히려 편
         안함. 고아로 고생하다, 중국집 요리사로 근근이 살아가
         다 잘림. 노숙자로 떠돌다 교통사고로 죽음. 가족 없음.
         빨리 천국에 가 어머니를 찾고 싶음.

시체 4   (웃으며 끄덕이며, 빨리 가고 싶어 혼자 앞으로 나간다.)

늙음   허긴! 하늘나라에도 보고 싶은 사람들 많지…….

병   나도 한번 가 보고 싶은데, 거긴 나 같은 건 아예 존재
         하지도 않는다니, 나야 여기서 매일 똑같은 일이나 하
         며 지낼 수밖에.

죽음   (시체들에게) 자! 이제 기운 그만 빼고 가자구! 자!
         (고수의 북소리는 커지고, 죽음은 온 힘을 다해 시체들
         을 끄나, 시체 1, 2, 3은 '여보! 아들아! 딸아!'를 외치듯
         입을 벙긋거리며 죽음을 끌고, 시체 4만이 죽음을 따라

가려 죽음 편을 든다. 그래서 끌고 끌리기를 여러 번
반복한다.)

죽음　이 원수들아! 그만 힘 빼고 어이 가! 니 놈들은 한 번
　　　가면 그만이지만, 빨리 갔다 또 와야 하는 내 입장도
　　　생각해 줘야지! 자!
　　　(끌고 끌리기를 또 반복한 후 간신히 무대 후면 좌측으
　　　로 죽음과 시체들이 나간다.)

병　　단체로 끌고 가는 게 쉽진 않을 거야. (무대 중앙으로
　　　걸어온다.)
　　　(늙음도 무대 중앙으로 걸어가고, 김유일과 이진국도 늙
　　　음의 뒤를 따라간다.)

늙음　(무대 중앙으로 걸어가며) 아직 인생을 다 알려면 먼 나
　　　이에들 죽으니…….

병　　(김유일과 이진국에게) 죽고 싶다며 왜 떨어? 식구들 걱
　　　정에 눈도 못 감고 가는 거 봤지! 살아 있을 때 제발
　　　좀 제대로 좀 살아!

늙음　아까 그자들이 죽으면서 뭘 가져가던가? 빈손으로 가지.
　　　(침묵하다 천천히) 그래서 허망하다고만 하지 말고, 가
　　　져갈 순 없지만, 다들 좋은 거든 나쁜 거든 남기고들
　　　가지 않던가? 그자들이 뭘 남기고 가던가? 자네들은 뭘
　　　남기고 갈 거야? 자! 조용히 생각들 좀 하셔! (병에게)
　　　우린 좀 가서 쉬세!

병　　왜 잔소리 좀 더 하시지…….

늙음　(무대 후면 우측을 향해 걷다) 자네들 헛산 거 아냐. 돈
　　　벌어 가며 뭐가 중요한지 아닌지 배웠잖나! 쓸데없는

욕심들 다 버리면 미래가 그려질 걸세…….

병　　　(늙음을 따라가다 서서) 우리 다시 만나지맙세!
　　　　(늙음과 병이 퇴장하고, 김유일과 이진국은 주저앉듯 앉
　　　　는다. 정적과 함께 긴 침묵이 흐른다.)

이진국　(멋쩍게 웃으며) 내가 삭막해진 게 다 남 탓인 것처럼
　　　　분해했지만, 다 내가 날 이렇게 만들었는지도 모르겠다.
　　　　나보고 그렇게 살라고 한 사람은 없었으니까. (회상하
　　　　듯) 세상 사람들 사는 방식에 나도 많이 물들어 있었던
　　　　것 같아. 쥐꼬리만 한 월급 주면서 일만 시키던 사장
　　　　놈처럼, 먹여 주고 공부시켜 주는데, 지지리도 공부 못
　　　　하는 아들놈 무지 미워했지. 돈 안 버는 마누라 꼴 보
　　　　기 싫어했지…….

김유일　나도 식구들한테 너무 요구적이었던 거 같아. 내 미래
　　　　에 자신이 없으니까 더 신경질만 내게 되고, 기 안 죽
　　　　으려고 마누라랑 큰 소리 치며 싸우기나 하고. 식구들
　　　　한테도 좋은 사람이 못 되었으니, 남들한테야 오죽했겠냐.

이진국　남들이 날 점점 인정해 주지 않으니까, 나도 덩달아 날
　　　　쓸모없는 인간으로 몰고 가고…… (김유일을 보며) 우
　　　　리 우선 자신감부터 회복해야 할 것 같지 않냐? 우리
　　　　머리도 있고, 성실했잖아! 그걸 정말 하고 싶은 데 쓰
　　　　면, 이렇게 공허해지진 않을 거야.

김유일　(생각하며 침묵하다) 넌 뭘 제일 하고 싶냐?

이진국　(머뭇거리며) 글쎄? 그게 팍팍 안 떠오른단 말야.

김유일　너도 그렇지? (한숨 쉬며) 그저 남들과 비슷한 일 하면
　　　　서 사는 데 익숙해서인지, 내가 진짜 하고 싶은 게 뭔

질 생각하는 것도 되게 어색하고 집중이 안 돼. 정한다
하더라도 제대로 할 수 있을지 겁도 나고…….
이진국   (갑자기 의욕에 차서) 일단 하고 싶은 게 정해지면 매일
밤새워 가며 열심히 하고 싶은데 말야……. 일하는 내
자신이 예술일 정도로! 캬! (웃는다.)
김유일   그럼 진짜 멋있겠지……. (침묵하며 생각하다) 하지만
그 마음을 방해하는 것도 또 끊임없이 개입할 거야. 자
기가 진짜 하고 싶은 거 하고 사는 녀석들도 자기 자신
한테 불만들이 많더라구.
이진국   무슨 불만?
김유일   교수 된 녀석들은 학자의 꿈은 사라지고, 강의하랴 연
구 업적 쌓으랴 연구다운 연구를 할 시간이 없어 자살
하고 싶다고 하지,
이진국   그런다고 자살까지 생각해?
김유일   학자에 대한 애착이 강할수록 지금 하는 짓거리들이 입
에 풀칠하기 위한 안간힘밖엔 안 되는 거니까.
이진국   그래도 학교에서 달달 볶이는 게 다른 데보단 좀 낫지
않나?
김유일   그건 우리 생각이고. 또 의사 된 녀석들은 비싼 약, 비
싼 검살 어느 환자에게 받게 하나 머리 굴릴 때 사는
게 굴욕스럽다 하지, 목사가 꿈이었던 녀석은 봉사는
안 하고 입만 살아서 설교만 지껄이는 자신이 환멸스럽
다 하지…….
이진국   (침묵하다) 하긴 뭘 하냐도 중요하지만 어떻게 정도를
걸으며 그 일을 하느냐가 더 중요하겠다. 그지?

김유일   응. (침묵하며 생각하다) 너도 그렇고 나도 그렇고, 모두
         들 가난을 두려워해서 이리저리 휩쓸리면서 질질 끌려
         다녔던 것 같아.

이진국   다들 이십 대가 아니잖냐. 그땐 혼자였으니까 용기도
         낼 수 있고, 가난도 두렵지 않을 수 있지만, 우리 나이
         에 이탈을 하면, 이런 사막을 식구들 업고 그것도 빈털
         터리로 헤쳐 나가야 하는데, 어떻게 자기 하고 싶은 일
         만 생각하고 고고하게 살겠어?

김유일   맞아. (생각하다) 하지만 스무 살 땐 무일푼이었지만, 지
         금은 그래도 아파트 한 채 정돈 있잖냐. 그거 꽤 큰돈
         이다, 너! (머리를 긁적이며) 아무튼 더 이상 우리가 살
         았던 식대론 안 살 거야.

이진국   그건 나도 그래. (생각하다 웃으며) 너 내가 음식점까지
         망했을 때 뭘 하고 싶었는지 아냐?

김유일   뭔데?

이진국   머리 깎고 중 되고 싶더라.

김유일   (웃으며) 왜 되지?

이진국   그것도 단체생활 아니냐? 조직 속에 들어가는 건 더 이
         상 하고 싶지 않더라구.

김유일   그건 나도 그래. (침묵하다 웃으며) 허긴. 속세에서 스님
         처럼 살자 생각하면 두려울 게 별로 없을 것도 같지 않
         냐? 쓸데없는 것들에 남들 따라 집착하지 말고, 버릴
         것 다 버리고 간결하고 깊이 있게 살면 좋을 거야.

이진국   그렇기야 하지. 하지만 속세에서 그렇게 살기가 쉽지
         않으니까 다들 산으로 올라가는 거 아냐? (침묵하다) 허

긴, 그러니까 한번 해볼 만한 일이겠다. (갑자기 밤하늘
의 별을 발견하고, 황홀해 입을 다물지 못한다. 김유일
을 치며) 야!

김유일　(이진국을 보며) 왜 그래? (이진국의 시선을 따라 별을
보며) 와! 천국 같다!

이진국　세상에 이렇게 많은 별은 처음 봐! 무슨 별이 저렇게
선명하고 반짝반짝거리냐…….

김유일　사막에 이렇게 낭만적인 풍경이 있다니…… 별들이 가
슴속으로 쏟아져 들어오는 거 같네…….

이진국　(김유일을 쳐다보며) 야! 식구들하고 같이 보고 싶지?

김유일　(웃으며) 글쎄 말이다. 왜 식구들부터 떠오르지?

이진국　(별을 쳐다보며 웃으며) 우리도 식구들한테 저 별들 같
은 아빠가 되어야 하는데……

김유일　(씁쓸하게 웃으며) 가장 중요한 거부터 제대로 하는 연
습을 해야 할 것 같지!

이진국　맞아. (끄덕거리다, 걱정스럽게) 야! 근데 우리 뭐 해 먹
고살아야 하냐?

김유일　글쎄…… (진지하게) 생각을 좀 더 해 봐야지…….

이진국　(한숨 쉬며) 이 사막을 빠져나갈 수나 있을까?

김유일　살려는 의욕만 있으면 다 해결되게 돼 있어!
(이진국과 김유일은 추워 옷을 여민다.)

이진국　(떨며 몸을 비비며) 야! 춥다!

김유일　(몸을 비비며) 빨리 날이 밝았으면 좋겠다.
조명은 서로에게 기대고 있는 김유일과 이진국을 비추
다 서서히 어두워진다.

어느 외딴섬의 허수아비 인간들

등장인물

파산자   : 40대. 중졸. 사업하다 파산한 자.

무능력자 : 40대. 명문대졸. 억대의 빚을 진 자.

예술가   : 40대. 생활력이 전혀 없으나, 그림에 대한 열정이
             강한 화가.

입양아   : 20대 청년. 친부모를 모르는 입양아로 의대생.

장애인   : 20대 아가씨. 한쪽 다리를 심하게 저는 의기소침한
             아가씨.

정박아   : 20대 아가씨. 효심이 지극한 정신지체 장애인.

연주자   : 극의 분위기에 맞게 연주하는 자.

장소

외딴섬

때

현대

무대

객석은 바다이고, 무대 전면은 연주자가 극의 분위기에 맞는 연주를 하는 공간이고, 무대는 외딴섬이다.

무대에는 허수아비 모양의 허수아비 인간들의 시체들이 가득 차 있고, 그 시체들 속에 아직 살아남은 허수아비 인간들이 허수아비 모양을 하고 서 있다. 허수아비 인간들은 각기 파산자, 무능력자, 환쟁이, 입양아, 장애인, 정박아라는 커다란 이름표들을 가슴에 달았고, 얼굴에는 허수아비 분장들을 각 인물의 성격에 맞게 달리 하고 있으며, 의상과 모자들을 달리해 각 인물들의 성격들을 나타내고 있다.

이들은 십자가 모양의 나뭇가지에 손을 얹고 객석을 향해 허수아비처럼 서 있으나, 중간중간 춤을 출 때에는 팔을 내린 채 제자리에서 자유로이 몸을 움직이다가, 춤이 끝나면 다시 나뭇가지 위에 팔을 얹는다. 또한 자기 스스로 자신이 허수아비가 아닌 인간임을 인식할 때에도 자신도 모르게 팔을 내린다.

막이 열리기 전 연주자는 비극적 분위기의 톱 연주를 한다. 잠시 후 막이 열리면 톱 연주는 계속되고, 조명은 들어오지 않은 채 어둠 속에서 거친 파도소리와 세찬 겨울바람소리, 그리고 추위에 떨며 신음하는 허수아비들의 신음소리가 들린다.

잠시 후 톱 연주가 그치면 연주자는 퇴장하고, 조명이 어슴푸레 들어오면, 수많은 허수아비 인간들의 시체 더미 속에서 살아남은 허수아비 인간들이 추위에 입술을 떨며 허수아비 특유의 말투로 대화하기 시작한다.

파산자   어이구 추워! 인정머리 없는 것들! 차라리 날 죽여서 버릴 것이지 허수아비로 만들어 이 외딴섬에 버려! 추위에 떨다 굶어 죽어라 이거지! 천벌을 받을 것들!

무능력자   천벌을 받긴! 하도 인정머리 없는 것들이 많으니까 벌 받는 건 오히려 우리지. 자네 여기다 갖다 버릴 때 한두 명이 갖다 버리던가? 떼거지로 몰려와 자넬 버리고 갔지 않나!

파산자   맞아! 마누라며 친척들 얼굴은 기억하는데, 나에 대해서 알지도 못하는 것들도 날 허수아비로 만드는 데 나서서 꼴도 보기 싫다며, "넌 허수아비다! 넌 허수아비다!", 그러면서 여기다 갖다 버리더라구.

무능력자   지들보고 여기 와서 한번 살아 보라고 해 봐! 햇볕 한 점 없고, 거친 파도소리에 찬바람은 쌩쌩 불지, 먹을 것이라곤 싸라기눈이나 진눈깨비뿐이지. 그거나마 자

주 오나? 이제 정말 죽나 보다 싶으면 살짝 입술이나
적실 정도이지.

예술가   시끄러! 이놈의 시체 썩는 냄새 때문에 가뜩이나 영감
이 떠오르지 않는데, 또 쓸데없이 넋두리들이야.

무능력자   영감이 떠오르면 뭐 하려고? 꼼짝할 수도 없는데, 영
감이 너무 잘 떠올라도 자네 성격에 미쳐 버리지 않
겠어?

예술가   어허! 배울 만큼 배운 사람이 속물 같은 소리를 또 하
네! 예술가가 달리 예술가인가. 언제 어떤 상황 속에
서도 흔들리지 않고 예술에 몰입할 수 있으니까 예술
가이지.

무능력자   말 한번 잘했네! 자네 말대로라면 우리가 무슨 얘기를
하든, 악취가 지독하든 몰입해야지!

파산자   맞아! 그래야 예술가라며?

예술가   그렇게 남의 말에 쓸데없이 물고 늘어지니까, 자넨 무
능력한 인간이 됐고, 자넨 폭삭 망한 거야.

무능력자   뭐야!

파산자   (동시에) 뭐야?

정박아   (울먹이며) 아저씨들 그만 하세요. 나 추워요. 나 추워
요. 나 추워요. (울음을 터트린다.)

침묵이 흐른다.

파도소리, 바람소리, 허수아비 인간들의 신음소리가 나다, 진눈깨
비가 내린다. 허수아비 인간들은 팔을 내리고, 제자리에서 진눈깨
비에 반응하는 허수아비 특유의 군무 같은 움직임을 보이다, 다시

나뭇가지에 팔을 얹은 채 대화한다.

장애인   함박눈이라도 내리면 마음이라도 포근할 텐데. 내가
          제일 싫어하는 진눈깨비네.
파산자   (진눈깨비를 먹으려 애쓰며) 자! 어서들 진눈깨비라도
          먹어 둬! (쓰러진 허수아비 인간들을 보며) 이 작자들
          처럼 죽지 않으려면 부지런히 먹어 둬야 돼. 이거나마
          언제 또 내릴지 모르잖아.

장애인과 예술가만 빼고 모두들 진눈깨비를 받아먹으려 애쓰며
대화한다.

무능력자   (장애인에게) 어이 먹어 둬! 진눈깨비나 함박눈이나
          다 그게 그거야. 니가 장애인이든, 내가 명문대를 나
          온 억대 빚쟁이이든, 저작자가 파산자이든, 저 작자가
          생활에 전혀 도움이 안 되는 화가이든, 저 애가 정박
          아이든, 저 청년이 입양아이든, 세상 사람들은 우릴
          똑같이 허수아비 인간이라 부르지. 니 눈엔 저게 진눈
          깨비지만, 진눈깨비나 싸라기눈이나 우박이나 함박눈
          이나 우리에겐 다 똑같은 물인 거야. 어이 먹어 둬!
장애인   (작은 소리로) 구차하게 살고 싶지 않아요. 살아서 뭐
          하겠어요.
무능력자   그럼 안 되지! 사는 날까진 열심히 살아야지.
장애인   열심히 무엇 때문에요? (한숨 쉬며) 내겐 사는 게 고
          문이었어요.

입양아   (계속 진눈깨비를 먹으며) 너 또 왜 그러냐? 드라마
         쓰지 말랬지. 그렇게 감상에 젖다간 죽어.

장애인   더 살아 뭐 하게. 이렇게 진눈깨비나 받아먹는 게 무
         슨 의미가 있어?

파산자   얘, 또 저번처럼 탈진해서 우릴 놀래키려고 또 시작이
         네. 같이 살아 주는 것이 도와주는 거야. 너처럼 그러
         다 모두 죽고 딱 한 명만 살아남아 봐라. 사는 게 얼
         마나 무섭겠냐? 남들 생각해서 살아 주는 것도 좋은
         일이라구. 그리고 다리 저는 것 같고 뭔 엄살이 그렇
         게 심하냐? 너보다 더한 사람들이 얼마나 많은데.

장애인   그런 말씀 마세요. 아저씨가 우리가 겪는 소외감을 한
         번이라도 느껴 보셨어요? 손 하나가 잘렸어도 귀 하
         나만 없어도 장애인은 장애인이에요. 사람들 눈엔 우
         리가 지닌 아픈 부분만 보이고, 그것이 눈에 띄었다
         하면 수군거리다 우릴 저리 밀어 버리죠.

진눈깨비가 그친다.

파산자   어메! 진눈깨비가 그쳤네. (화내며) 에이! 너 때문에 제
         대로 먹지도 못하고 그쳐 버렸잖냐. 목말라 죽겠는데.

정박아   (울먹이며) 나 목말라! 목말라! 눈! 눈! 눈!

예술가   정신 산란해 죽겠네. 눈뜨면 속물들 소리에 정신이 하
         나도 없고, 밤이면 신음하는 소리에 불면증 걸리겠
         고……

         휴! 유배당하고 싶다! 잡동사니들하고 이런 외딴섬에

갇히는 건, 흉악범들하고 같은 감방에 갇히는 것하고 다를 게 없어! 진짜 혼자 유배당하고 싶다! 딱 반년만 예술에 몰입하다 죽을 수만 있다면 정말 원이 없겠다.

예술가를 제외한 다른 허수아비 인간들은 팔을 내리고, 각자 나름대로의 몸짓을 하며 소리친다.

모두들   잡동사니! 잡동사니라니! 잡동사니라니!

다시 나뭇가지 위에 팔을 올린 후 대화한다.

파산자   어이 잡동사니 환쟁이! 고상한 척은 혼자 하고 있는
          데, 내가 알기론 사십이 넘도록 그림 한 점 팔아 보지
          도 못하고 동생한테 얹혀살다가, 동생이 직장에서 쫓
          겨나 마누라한테 얹혀사는 신세가 되니까 눈치가 보
          여 자네 스스로 여기까지 흘러 들어온 것으로 아는데,
          잡동사니는 자네가 아닌가? 지 밥벌이도 못 해 본 주
          제에…….
예술가   뭐야? 그놈의 밥 타령! 그런 자넨 남의 밥벌이까지 다
          짊어지고 낑낑대다가, 지 밥그릇만 놓쳤나? 남의 밥그
          릇까지 텅텅 비우게 해 오죽하면 마누라까지 합세해
          여기다 갖다 버렸겠어? 지 주제를 알고 지껄여야
          지…….
파산자   뭐야! 내 아픈 데를 또 긁어? 누가 나 혼자 잘 살려고
          사업을 했어? 돈 많이 벌어서 좋은 데 쓰려고 했지.

장애인도 돕고, 정박아도 행복하게 해 주고, 저런 부
모 없는 애 데려다 풍족하게 기르고, 학벌 좋은 저런
무능한 작자도 구제해 주고, 자네 같은 거지 환쟁이
그림도 사 주고…….

파산자를 제외한 다른 허수아비 인간들은 팔을 내린 채 각자 나
름대로의 몸짓을 하며 소리친다.

모두들   (말을 가로막으며 분노하며) 누가 누굴 동정해! 누가
          누굴 동정해! 누가 누구 자존심을 건드려!

다시 나뭇가지 위에 팔들을 얹는다.

예술가   파산자 주제에!
파산자   (분노하며) 아이구! 저런 거지 화상까지도 날 놀려대
          는데 내가 무슨 꼴을 더 보려고 진눈깨비까지 받아먹
          으며 살려고 바둥거리나! 죽어야지! 죽어야지 이 수모
          가 끝나지!
예술가   오늘 초상 또 나겠구만!
파산자   자네들이 내 잘나갈 때를 한 번이라도 봤어야 해! 내
          사업 잘될 땐 친척, 친구, 온갖 단체에서 날 떠받들더
          니, 폭삭 망해 돈 좀 돌려 볼까 기웃거리니까 다 도망
          가 버리더라. 나한테 신세 진 놈들이 조금만 도와줬어
          도 나 이렇게까지 안 됐어.
무능력자   그런 소린 누군 못 하나?

파산자   (허탈하게) 허긴! 빚이 한두 푼이라야 도와주지! 누가 누굴 탓하겠어! 나라도 도망가지! 암! 나라도 나 같은 인간하곤 다신 부딪치고 싶지 않았을 거야. 어이구! (한숨 쉬며) 죽어 버려야지! 희망이 없어! 미래가 없어! 이 원수 같은 목숨! 이 시체들이 부럽구만!

입양아   아저씨! 기운 내세요! 재기하셔야죠! 아저씬 재기하실 수 있어요. 자수성가하셨다면서요?

파산자   암! 내 중학교밖에 못 나왔어도, 다른 애들 공부할 때 정말 밤잠도 안 자고 닥치는 대로 돈 벌어서, 수십억을 굴리면서 명문대 나온 녀석들 밑에 두고 사업했던 사람이야. 내 밑에 대학 안 나온 놈은 하나도 없었지.

무능력자   그래서 중학교 나온 게 자랑이란 말이요?

파산자   이 사람 왜 이래? 학벌 없다고 날 무시하는 거야 뭐야?

입양아   아저씨들 왜 그러세요?

무능력자   그래서 중졸이 대졸을 직원으로 뒀다 자랑하는 거 아니요?

파산자   괜히 흥분을 하고 그러네.
아, 그리고 보니 자넨 명문대까지 나왔는데 제대로 사업다운 사업도 해 보지도 못하고 결국 나 같은 무식한 게 있는 곳에 버려져 자존심이 상해 그러는가? 왜지 분풀이를 나한테 해? 고상하게 넘어가야지.

무능력자   분풀이라니? 아이구! 내 저런 것한테도 무실 당하고……. 사회에선 한 테이블에서 차 한잔도 같이 안 마실 것들 하고 같은 신세가 되니까 정말 살맛이 안 나네.

예술가　　　무식한 것하곤 상종을 말아야 돼. 그저 무식한 것들은
　　　　　　모든 걸 돈하고만 연결시키거든. 우리처럼 예술이니
　　　　　　학문이니 돈으로 따질 수 없는 것은 모두 쓰레기로
　　　　　　본다니까. 에이! 무식한 것!

파산자　　　뭐야! 무식한 것? 돈 있을 땐 복 많은 거라 떠받들렸
　　　　　　는데, 빚투성이가 되니까 내 아픈 데를 또 찔러! 이
　　　　　　환쟁이야! 니가 경제에 대해서 뭘 안다고 나보고 무식
　　　　　　하다는 거야? 유식하다고 별거 있는 줄 알아? 경제학
　　　　　　과 나온 놈들도 나보다 더 일찍 무너지고, 빚도 내 몇
　　　　　　배로 엄청나더라. 졸업장만 있으면 다 유식하고 능력
　　　　　　이 있는 거냐?

정박아　　　나 머리 아파요! 머리 아파요! 머리 아파요!

입양아　　　아저씨들 그만 좀 하세요. 우릴 갖다 버린 세상 사람
　　　　　　들처럼, 우리끼리 서로 이리 재고 저리 재고, 니가 더
　　　　　　못났다, 내가 더 잘났다 하면 되겠어요? 다들 굶어 죽
　　　　　　게 생겼는데 서로 위하다 죽어야지, 죽는 날까지 다투
　　　　　　다 죽으면 추하잖아요?

허수아비 인간들의 침묵이 흐르고, 연주자가 톱 연주를 시작하면
허수아비 인간들은 팔을 내려놓은 채 어색한 몸짓들을 한다.

톱 연주가 계속되면서 거친 파도소리, 세찬 바람소리가 들리고,
허수아비 인간들은 다시 나뭇가지에 팔을 얹은 채 신음소리들을
낸다.

명이 서서히 어두워지면서 밤이 되면, 톱 연주는 계속되고, 허수
아비 인간들은 신음소리들을 내며 잠자고 있고, 정박아와 입양아만

이 잠을 이루지 못한다.

정박아   (울먹이며) 보고 싶어요! 엄마! 보고 싶어요! 엄마! 엄
         마! 엄마! 엄마!

톱 연주가 끝이 나면 조명은 정박아와 입양아만을 비춘다.

입양아   밤이 되니 엄마가 더 보고 싶어 그러는구나! (침묵 후)
         니가 부럽다. 니네 엄만 돌아가시는 날까지 널 끔찍이
         사랑해 주셨다며…… 너도 극진히 간호해 드렸고.
         (침묵 후) 엄마! 엄만 엄마 아들이 어디에 있는지 알
         고나 계세요? 여긴 보통 사람들보다 불행하고 사람들
         에게 별 도움이 안 되는 사람들이 버려지는 곳이에요.
         사람들은 나를 불쌍한 입양아로만 보고 여기다 버렸죠.
         입양아! 사람들은 내가 다른 사람들처럼 열심히 산 모
         습은 보지 않아요. 나도 내 양부모님한텐 귀한 자식이
         고, 교육도 잘 받고, 떳떳한 사회인이 될 수 있는 사
         람인데, 사람들은 내가 버려진 시간에 시간을 멈춰 놓
         고 수군거리죠.
         쟤 부모는 찢어지게 가난하고, 천하고, 몰인정한 것들
         이야. 어떻게 지 자식을 버려! 쟨 불행한 애야! 천한
         애야! 박복한 애야!
         운이 좋아 양부모를 잘 만났게 망정이지 지 부모가
         버린 대로 그냥 놔뒀어 봐. 거지가 되어서 물건이나
         훔치고 떠돌아다니다가 교도소나 들락거리면서 말썽

을 부렸을 거야. 왜 지들이 낳아 놓고 우리가 피해를
봐야 해.

휴! 엄마를 찾으려고 많은 사람들을 만나면 만날수록,
나에 대해 잘 알지도 못 하면서, 내 부모가 어떤 상황
에서 날 버렸나 알지도 못하면서, 나와 부모님을 모욕
하는 그 사람들의 쌀쌀한 눈빛만 더 강하게 느꼈을
뿐이에요.

정박아
입양아

(침묵 후) 솔직히 저도, 엄마도 나도 너무 원망스러웠어요
엄마! 보고 싶어요! 엄마! 보고 싶어요! 엄마! 보고 싶어요!
엄마! 난 저 애가 부러워요. 저 애 엄만 남들이 뭐라
던 돌아가시는 날까지 저 아일 사랑하시다가, 돌아가
실 때 저 아이가 걱정돼 눈도 못 감고 돌아가셨대요.
저 애 엄마가 돌아가시니까, 친척들이 저 앨 시설에
넣었는데, 쟤가 엄마 찾아 나왔다가 길을 잃어 사람들
이 이곳에 버렸다나 봐요.

엄마! 딱 한 번만 만나 왜 날 버렸는지, 날 한 번도
생각한 적이 없는지…….

아, 아니에요. 그냥 얼굴만 한 번 보고 싶어요. 말하기
곤란한 질문은 안 할게요.

엄마 인생은 엄마 인생, 내 인생은 내 인생. 엄마 인
생에 방해하지 않을 게요. 두려워 마시고 제발 나타나
주세요.

한동안 투정 부리듯 엄마가 날 찾아 밤새 험한 길을
걷고 거친 바다를 건너 이 외딴 곳에 와서 날 데려가
길 바라기도 했지만, 그러길 기다리다간 시간만 흐르

다 원망만 늘겠죠.

제가 갈게요. 오늘밤 밤새도록 어떻게 하면 여기서 벗어날 수 있나 연구할 거예요. 무슨 방법이 있을 거예요.

조명이 어두워지고, 세찬 눈보라소리, 세찬 파도소리, 허수아비 인간들의 신음소리, 악몽을 꾸는 소리가 들린다.

잠시 후 조명이 서서히 밝아지면, 잔잔한 파도소리와 함께 새소리가 나면서 새벽이 온다.

입양아   (중얼거리듯) 나는 허수아비가 아니다! 나는 허수아비가 아니다! (좀 더 크게) 나는 허수아비가 아니다! (크게) 나는 허수아비가 아니다! (자신도 모르게 팔을 내리고, 그것을 인식하지 못한다.)

다른 인물들이 모두 놀라 깬다.

예술가   밤새 한숨도 못 자다가 잠깐 잠들었는데 저 놈이 또 깨우네! 제발 잠 좀 자자!

입양아   (크게) 나는 허수아비가 아니다! 우린 허수아비가 아니다! 우린 허수아비가 아니다!

파산자   돌아버렸구만. 쯧쯧! 젊은것이 어미도 못 찾고 이런 외딴 데서 가게 생겼으니, 지 어미가 저 꼴을 보면 얼마나 가슴이 찢어질까…….

무능력자   조용히 좀 해 봐! (새소리를 들으면서) 들어 봐! 새소리지 맞지? 내가 환청을 듣고 있는 거 아니지?

예술가   어어! 정말 새소리네! 여기 와서 처음 듣는 소리야!
            이상하네! 춥지도 않고, 파도소리도 잠잠하고! 꼭 딴
            세상 같구만.
정박아   (기뻐하며) 해다! 해다! 해다!
장애인   (멀리 시선을 던지며 감탄하며) 아! 해가 떠오르고 있
            어요! 너무 아름다워요! 장엄해요! (기뻐하며) 오늘 무
            슨 좋은 일이 있으려나 봐요. 기분이 이상해요. 가슴
            이 뛰어요.
무능력자   재 웃는 거 처음 보네! 그렇게 웃으니 참 예쁘다.
파산자   그러게 말야. 꼭 활짝 핀 개나리 모양 화사하구만. 봄
            처녀 같아!

입양아는 제자리에서 팔을 자유로이 사용하면서 얘기하나, 다른
인물들은 그의 변화를 알아채지 못한다.

입양아   (큰 소리로) 난 허수아비가 아니란 말이에요! 우린 허
            수아비가 아니란 말이에요!
파산자   다들 허수아비라 하면 우린 허수아비인 거야.
입양아   밤새 생각해 봤어요. 우리가 왜 여기서 이렇게 세월을
            보내고 있는 거죠? 우릴 허수아비라 그런 사람 말대
            로 우리도 우린 허수아비라고 생각해서 이렇게 된 거
            예요. 그 사람들이 뭐라 부르던 우린 허수아비가 아니
            라 우릴 똑같은 사람이라고 생각했어야 했어요.
파산자   뭔 소리여? 저 해를 봐라! 모두 해라 부르잖냐? 그럼
            해인 거야.

무능력자   해하고 허수아비하곤 다르지. 해는 인간이 만든 것이
           아니지만, 허수아빈 인간이 만든 것이잖나. 인간이 만
           들고 인간이 그렇게 부를 뿐이지. 허수아비 쪽에서 보
           면 허수아비가 아닐 수가 있는 것이지. 그리고 우리가
           참새 쫓으려 논에 세워진 허수아빈 아니잖나. 우린 허
           수아비 인간이지. (논리적으로) 식물인간이 식물이 아
           니라 인간이듯이, 허수아비 인간도 허수아비가 아니라
           인간인 것이지.
파산자   유식한 것들끼리 좁쌀만 한 것 갖고 또 말장난들 하네.
장애인   맞아요. 사람들은 날 장애인이라고 부르지만, 그리고
           나도 날 장애인이라며 매일 불평불만만 하고 기죽어
           지내지만, 가끔 아주 가끔 나답게 살고 싶을 때가 있
           거든요. 그땐 나도 남들이 뭐라 하는 것에 신경 안 쓰
           고, 다른 애들처럼 미래를 꿈꿔 보곤 했어요.
입양아   그렇지. 우린 사람들 편견 때문에 이 외딴섬에 버려져
           서, 사람들이 원하는 대로 바보처럼 지내다, 죽거나
           정지된 채 세월만 낭비한 거야. 우리가 허수아비 인간
           이라는 생각을 떨쳐버리고, 우리도 똑같은 인간이라는
           생각에 몰입해서 진짜 인간이 되려고 노력하면, 이 상
           황에서 벗어날 수 있을 거야.
파산자   하긴 맞는 말은 맞는 말이지. 내가 부잣집 아들일 땐
           복덩이라 하더니만, 우리 아버지가 쫄딱 망하니까 재
           낳고 되는 일이 없었다면서 날 박복한 애라며 천대했
           지. 내가 중학교밖에 졸업을 못 하고 돈 벌러 다니니
           까 동창 놈들이 날 무시하고 피하더니, 내 사업이 잘

되니까 날 추켜세우면서 한자리 좀 달라, 기부 좀 해라, 돈 좀 꿔 달라, 투자 좀 해라……. 얼굴도 이름도 모르는 것들까지 쭈르르 몰려와 날 만나려고 난리들을 치더군. 그때그때마다 내 상황에 따라 변하는 게 남들 마음인데, 거기에 상처받고 죽으려 들면 살 사람 하나도 없지.

무능력자　(작은 소리로) 암, 살 사람 하나도 없지.

파산자　(흥분하며) 인간들이 날 허수아비로 만들 때, 내 그때 정신을 똑바로 차리고 나라도 난 귀한 인간이다 하고 날 대우를 해 줬으면 그것들이 날 허수아비로 만들 엄두를 못 냈을 거야. 암 못 냈지.

갑자기 조명이 어두워지면서 비가 올 듯한 우울한 분위기가 된다.

파산자　(침묵 후 갑자기 의기소침해져서) 휴! 하지만 그때로 다시 돌아간다 해도 난 또 이렇게 될 수밖에 없었을 거야. 나 때문에 화병으로 쓰러진 사람이 한둘이 아니었으니까.

　　　　한편으론, "넌 남에게 피해만 주는 쓸모없는 인간이다!" 하면서 날 여기다 버려 버리곤, 날 잊어 주는 그 인간들이 고맙기까지 했다니까.

　　　　세월이 지났으니까 지금은, 아무리 그래도 그렇지 이 추운 데다 버려 놓고 굶어 죽으라는 놈들도 인간 살인자다 하고 원망도 하지만, 솔직히 저 험한 바다를 건너가 다시 그 인간들 틈 속에서 살라고 하면, 난 여기서 남 원망이나 하다가 죽는 것이 서로를 위해 더 나을 수도 있다고 생각해. 저 바다 건너 세상은 다 돈이 있어야 움직이는 세상인데, 빈털터리로 신용불량자 주제에 뭘 할 수 있겠어.

무능력자   휴! 나도 이 섬을 빠져나가 봤자 여기보다 더하면 더했지 더 나을 것도 없어.

저 바다 건너 세상은 경쟁에서 지고, 제 몫을 못 해내면 다 무능력자라 천대하는 세상 아닌가.

명문대는 나왔지만, 그래서 더 힘든 면도 많아. 동창 놈들은 사회 고위층에 거의 자리 잡아 가는데, 난 이 나이에 받아 주는 데도 없지, 막노동이라도 한다 해도 형님 집에 있을 애들 교육비는 어떻게 해줄 거야.

거기다 이혼한 남자라면, 어디 못된 구석은 없나 바람둥인 아닌가 숙덕거리면서 거리를 두지. 더 무서운 건 이혼한 마누라가 벌써 재혼했단 소식이라도 혹시 듣게 되면 난 완전히 폐인이 될 거야.

(한숨을 쉬며) 아무도 모르게 여기서 죽는 게 속 편하지.

입양아   도대체 왜들 그러세요? 아저씨들처럼 의욕이 없으면 살아 있어도 죽은 거나 마찬가지예요. 여길 공동묘지로 만들고 싶으세요, 사람이 숨 쉬는 섬으로 만들고 싶으세요?

예술가   (자기도 모르게 팔을 내리면서) 그야 섬으로 만들고 싶지. 아주 멋진 섬으로! (영감이 떠오르는 듯 미소 지으며 몰입한다.)

입양아   (흥분하며 무능력자에게) 아저씨! 너무 무책임하다는 생각 안 드세요? 아저씬 비겁해요. 애들이 아저씨를 어떻게 생각하겠어요? 마음이라도 노력을 하셔야죠. 그렇게 겁내 하며 나 몰라라 하시면, 절 버린 엄마하고 아저씨하고 다를 게 뭐 있어요? 일찍 버렸다 늦게 버렸다 말고 무슨 차이가 있냐고요?

무능력자 (작은 소리로) 자네 말이 옳은 건 아네만, 자네가 이 삶의 무게를 아나? 자넨 희망이 있지, 난 희망이 없어. 직장 생활이라곤 대기업에 입사해서 5년 동안 다니다, 나보다 학벌도 없고 실력도 없는 부장 놈이 하도 쓸데없이 잔소리만 해대서 꼴 보기 싫어 사표 쓰고 나온 게 전부야. 사십 평생 내 힘으로 돈 번 거라곤 5년 간 월급에 퇴직금이 전부였지.

파산자 그다음엔 어떻게 먹고살았어? 애들 교육은 어떻게 했고?

무능력자 아버님이 미리 물려주신 유산이 있었거든. 나중에, "저 늙은이 언제 죽나", 하는 소리 듣기 싫으시다면서, 아파트하고 땅을 우리 삼 남매에게 아주 공평하게 나눠 주셨지.

파산자 어이구 복도 많네!

무능력자 솔직히 난 자네만도 못해. 다 날려 버리고 빚까지 졌으니까.

돈 귀한 줄을 정말 몰랐어. 한동안 사업 구상한다면서 식구들하고 신나게 유명한 데는 다 찾아다니고, 유럽, 미국까지 쫙 다 여행했지.

파산자 난 엄청나게 사업이 잘될 때도 얼마나 구두쇠였는데……. 하긴 식구들한테 인심이라도 썼으면 이렇게까지 외톨인 안 됐겠지.

무능력자　그건 자네가 몰라서 하는 소리야. 끝까지 잘해 주지 못하면 다 같은 신세가 되지.

(침묵 후) 실컷 놀고 나서 막상 사업을 하려니까 무지 겁나더군.

파산자　그럼! 사업은 아무나 하는 게 아냐. 뭘 해야 돈이 되나 돈 냄새도 잘 맡아야지, 인맥도 좋아야지. 인내력도 있어야 하고, 무지 외로운 것도 혼자 다 견뎌내야 한다고. 천당과 지옥을 수시로 왔다 갔다 할 자신이 있어야 한다니까!

무능력자　맞아! 사업 구상을 시작하니까 엄청 복잡하고 뭘 해야 할지 모르겠더라구. 그래서 일단 다시 취직을 했다가 또 못 견디고 일주일 만에 사표를 던져 버렸지.그러고 나서, 친구가 하는 사업에 투자했다가 있는 재산 거의 다 날려 버렸어.

그놈이 막바지에 날 넣었던 거야. 나쁜 놈! 그때 다신 사업 근처에도 가지 말았어야 했는데, 또 선배가 하는 사업에 남의 돈까지 끌어 모아 투자했다가, 그 선배 놈이 부도내고 도망간 바람에, 내가 끌어들인 10억까지 다 떠안고 말았어.

빚쟁이한테 매일 시달리니까, 마누라까지 내 실수만 들추면서 결혼하고 이날까지 잘해 준 게 하나도 없다면서 이혼하자고 들들 볶지, 애들 교육상 망가진 아빠 모습 더 이상 보이고 싶지 않지, 더 이상 어떻게 할 도리가 없더라구. 그래 마누라 소원대로 이혼해 주고,

애들 형님 집 앞에다 버리다시피 하고, 숨어 다니다, 마지막 남은 돈으로 소주 세 병 사 가지고 어느 무덤가에 가서 마신 것까진 생각나는데 깨어 보니까 여기더군.

파산자　　자네 아버님이나 형제들이 좀 도와주지 않던가?

무능력자　아버님은 이미 니 몫은 줬으니까, 내 남은 재산은 사회에 환원하고 간다시지, 어머님은 원래 망한 사람들은 쳐다보시지도 않는 성품인데다가, 그간 나랑 집사람이 섭섭하게 한 것만 들춰내시며 호적에서 빼라 하지, 여동생은 내가 자꾸 귀찮은 전화를 해대니까 이사 가서 전화번호 몽땅 바꿔 버렸지, 형님도 문도 안 열어 주시는데, 애들한테 내 신신 당부를 했지. (울먹이며) 문 열어 줄 때까지 기다렸다가, 큰 아빠 집에서 아빠 올 때까지 기다리라고. 니네들 갈 데라곤 여기밖에 없다고. 그러고 돌아서 걷는데, 날 부르지도 않더군. 애들도 완전히 지쳐 있었으니까.
　　　　　(입양아에게) 자넨 엄마 얼굴 보는 게 소원이겠지만, 그 엄마가 잘됐으면 몰라도, 나처럼 빚더미에 모든 인간들한테 버림받은 신세여도 보고 싶겠나?

입양아　　(단호하게) 보고 싶죠.

무능력자　아니 한 번 보겠느냐가 아니라 영원히 보고 싶냐고? 그 짐이 자네에게 얹어질지도 모르는데?

입양아　　괜찮아요.

파산자　　저 친구가 아직 시달려 보질 않아서 저래.

입양아　　죽는 날까지 한 푼 두 푼이라도 갚죠. 한 푼도 안 갚는 것보다 조금이라도 갚고 가는 게 나은 거 아닌가요?

파산자   이 사람아! 빚을 한두 사람에게 지냐? 누구에겐 갚고
        누구에겐 안 갚으면 몰매 맞아 죽지. 거기다 적은 돈
        갚고 다 쪼개서 이거로 끝내자면 새 모이 주냐고 더
        몰매 맞지.

무능력자 그뿐인가! 날로 무슨 배수로 부는 이치인지 모를 은행
        빚은 어떡하고? 은행만큼 끈질긴 데가 없지. 이자의
        이자의 이자의 이자…… 사채업자 뺨치지.

정박아   머리 아파요! 머리 아파요! 머리 아파요!

장애인   (눈물을 흘리며) 전 제가 제일 불행하다고 생각했는
        데, 아저씨들 말씀 들으니까, 가슴이 아파요. (운다.)

파산자   울지 마라! 괜찮아. 우리가 다 살았나.

예술가   (신경질적으로) 제발 그놈의 넋두리들 좀 그만 해! (장
        애인에게) 너도 눈물 뚝! 영감이 막 떠올랐는데…….

파산자   (말을 막으며) 자네도 그놈의 영감 타령 좀 그만 좀 해!

예술가는 제자리에서 팔을 자유로이 사용하며 얘기하나, 자신도,
다른 인물들도 그 변화를 인식하지 못한다.

예술가   아니야! 이번엔 진짜 다른 영감이야. 내 말 잘 들어
        봐! 자네들 넋두리나, 내 영감 타령이나, 우리가 변하
        지 않으면 아무 소용이 없게 돼 있어. 자, 지금부턴
        무조건 좋은 말만 해 보는 거야. 자기 자신은 자기가
        제일 잘 아니까, 자신의 장점이나, 희망이나, 기분 좋
        았던 추억이나, 다 원수 같은 인간들투성이지만 그래

도 고마운 사람들 얘기나…… 무조건 아무 거나 좋은
　　　　　얘기를 해보자구!
모두들　　　좋은 얘기? 좋은 얘기요?

침묵이 흐른다.

예술가　　　그냥 아무 말이나 해 보자니까. 이왕 죽을 거 하루를
　　　　　살아도 기분 좋은 말들 하다 죽으면 좋잖아!

모두들 어색해하며 침묵한다.

조명이 서서히 밝아지고, 연주자가 등장해 정겨운 하모니카 연주
를 시작한다. 인물들은 모두 팔을 내려놓은 채, 음악에 취해 제자
리에서 연주에 맞춰 몸을 움직인다.

잠시 후 연주가 끝나면, 예술가와 입양아를 제외한 다른 인물들
은 다시 팔을 나뭇가지에 얹은 채 어색해하며 침묵한다.

예술가　　　사람들! 그냥 아무 말이나 좋은 말들을 해 보자는데
　　　　　왜들 그래? 나 참! 그럼 나부터 하지.
　　　　　난 사람들이 나보고 뭐라 해도 죽는 날까지 그림에
　　　　　몰두할 자신이 있어. 속물들은 날 비웃었지. 사십이 넘
　　　　　도록 결혼도 못 하고 방 한 칸도 없는 거렁뱅이라고.
　　　　　고흐를 봐! 그 작자가 나보다 더하면 더했지 덜하지
　　　　　않았잖아. 그런데 지금 그 친구 그림이 얼마나 비싼
　　　　　가. 물론 그 친구에게 그 돈은 별 도움이 안 되지만.
　　　　　지금 그 친구에게 무능력한 환쟁이라고 비난할 사람

이 한 사람이라도 있나?

멋있지 않나! 환경에 흔들리지 않고 그림에 완전 몰입! 도인의 경지지!

허긴 정신병원을 들락거리다 스스로 자신에게 총을 쏜 걸 보면 환경에 전혀 흔들리지 않았다고는 못 하지만……

어쨌든 난 이 섬이 마음에 들어. 고갱이 문명을 저버리고 갔던 타히티 섬보다 훨씬 인간 냄새가 풍기는 섬이야. 버려진 섬! 속물들에게 잊힐 섬! 하지만 있을 게 다 있는 섬! 미우나 고우나 모든 강을 다 포용하는 바다! 우리 마음 따라 변하는 하늘! 거기다 오늘은 햇살까지 따스해!

버려져 죽어 간 허수아비 인간들! 그 시체 더미 속에서 살아남은 인간들의 삶이 다시 시작되는 미지의 섬! 인간의 섬! 아담과 이브가 버려진 태초의 섬 같지 않나! 여기서 우리들 각자의 꿈을 펼치는 거야!

1년이 지나고, 2년이 지나고, 10년이 지나고, 내가 죽을 때까지 새 그림이 그려질 거야. 물감도 붓도 종이 한 장도 없는 최악의 섬! 가난은 예술가에게 독특한 기회를 주지! 자연의 물감들로, 나뭇잎! 조개껍질! 모래! 죽은 물고기 뼈! 이 모든 걸 붓 삼아 그리는 거야! 아무 데나. 바다 위에다, 하늘에다, 나무 위에다, 모래 위에다.

입양아　멋지세요! 전 뗏목을 만들어 여길 떠날 거예요. 몇 년이 걸려도.

정박아　　나도 같이 가! 나 엄마 보러 가야 돼! 엄마 아파! 간
　　　　　호해야 돼! 나 간호원 될 거야! 나 간호원 될 거야!
　　　　　(자신도 모르게 팔을 내린다.)

파산자　　(조그만 소리로) 가엾은 것! 돌아가신 것도 모르고, 불
　　　　　쌍해서 어쩌나.

입양아　　그래. 오빠랑 같이 가자!
　　　　　꼭 돌아가서 하다 만 의학 공부를 다시 할 거예요.

무능력자　의대 다녔어?

입양아　　예! 제 양부모님이 두 분 모두 의사여서, 아무래도 제
　　　　　가 그분들 영향을 많이 받았죠.

파산자　　집안도 좋고, 자넨 아무 걱정 없겠구만. 그냥 조용히
　　　　　살아! 친엄마 찾는다고 다니면서 마음고생 말고.

입양아　　(침묵하다) 사람들은 제 양부모님이 의사라면, 그때부
　　　　　터 날 대하는 태도가 좀 변해요. 태어나자마자 버림받
　　　　　은 애라고 천대를 하다가도, 양부모님이 의사에다 저
　　　　　도 의대생이라면 날 어떻게 대할지 무척 망설이죠. 그
　　　　　러다 겉으론 친절한 척, 날 대우해 주는 척하지만,
　　　　　(분노하며) 절대로 내가 버려진 애라는 것을 잊지 않
　　　　　아요.

예술가　　허! 좋은 말만 해 보자니까! 자네 꿈이 뭔가?

입양아　　쓸데없는 말을 해서 죄송해요. 갑자기 사람들에게 화
　　　　　가 나서……
　　　　　저는 우리처럼 외딴 곳에 버려진 사람들을 찾아가서
　　　　　함께 희망을 키워 가고 싶어요.

정박아　　오빠! 나도 같이 가! 같이 가! 같이 가!

입양아   그래. 내가 꼭 데려갈게. 너도 조금만 공부하면 간호
        원은 안 돼도, 좋은 간병인 보조 정도는 될 수 있을
        거야.
무능력자   지 한 몸도 돌보기 힘든데, 애가 어떻게 간병을 해?
입양아   충분히 할 수 있어요. 저희 병원에 할머니 한 분이 입
        원하셨었는데, 손녀딸이 정신지체 장애인이었거든요.
        다른 보호자들은 교대를 하거나, 서로 간병하다 싸우
        고 간병인한테 맡기고 주말에 오는 것도 서로 미루는
        데, 그 앤 퇴원하실 때까지 한 달 내내 잠도 제대로
        못 자면서 할머니 곁에서 간호하면서 있다 갔어요. 간
        병은 마음이 제일 중요하니까, 이 애처럼 순수한 마음
        만 있으면 , 조금만 배우면 충분히 해낼 수 있어요.
        물론 환자 정도에 따라 다르지만요.
정박아   나 할래! 나 할래!
입양아   그래! 조금만 기다려! 오빠가 뗏목 만들어서 너 데리
        고 갈게.
정박아   가자! 가자! 가자!
예술가   장애인! 니 꿈은 뭐냐?
장애인   전 제가 뭘 잘하는지 잘 몰라요.
예술가   뭘 못해도 해보고 싶은 건 있을 거 아냐?
장애인   해보고 싶어도 잘할 수 있어야 시작을 하죠.
예술가   이런! 해 봐야 할 수 있나 없나를 알지! 꿈이 있으면
        노력하게 되고, 노력하다 보면 잘하게 되고 그런 거
        지. 안 그래?
장애인   (머뭇거리다) 꿈은 있긴 있어요. 집에서 옷 수선을 좀

했거든요. 그런데 집에 오는 손님마다 내 다리만 쳐다
보는 것 같아서 그만뒀어요.

나도 이곳을 떠나서 제 꿈을 펼쳐 보고 싶어요. 제 꿈
은요. (머뭇거리다 조그만 소리로) 의상 디자이너가
되는 게 제 꿈이에요.

무능력자   아, 멋지네!

장애인   어딜 가도 사람들이 내 다리만 쳐다보니까 어디든 가
고 싶지 않았어요. 하지만 여길 떠날 수만 있다면, 공
장이라도 다녀서 돈 벌어서, 열심히 의상공부를 해서
유명한 디자이너가 되고 싶어요.

(자신도 모르게 팔을 내린다.) 특히 무대 의상을 하고
싶어요. 영화도 좋고, 연극도 좋고, 내 의상을 입고 인
생을 얘기하는 배우들! 단순한 의상이 아니라 인생이
담긴 의상을 만들 거예요.

무능력자   정말 좋은 생각이다. 멋있다.

파산자   그래 가지곤 큰돈은 못 벌어. 돈 많은 여자들이 입을
옷을 만들어야 돈을 벌지.

예술가   속물! 그렇게 돈에 쓴맛을 보고도 또 돈타령인가!

파산자   허! 저 바다 건너 세상은 돈 없으면 인간이 될 수 없
는 세상이라니까.

장애인   그리고 서민들이 적은 돈으로도 언제든 내 옷을 사서
입을 수 있게 값싸고 멋진 옷도 만들고 싶어요.

예술가   이상과 현실을 동시에 이뤄 보겠다! 나보다 낫다. 멋
져! 넌 해낼 수 있어!

(파산자와 무능력자에게) 자네들은 뭘 할 거야?

파산자   글쎄? (생각하다) 이 섬이 돈 덩어리는 돈 덩어리인
             데…….
무능력자   (웃으며) 또 돈타령!
파산자   죽는 날까지 필요한 게 돈인 것이야. 적게든 많게든.
             이봐! 자네하고 난 여기서 다시 시작해 보는 게 어때?
             바다가 있으니까 먹을 것이 있을 거고, 둘러보면 할
             일이 많을 거야. 여기서 재기하는 게 어때?
무능력자   그럴 수 있을까?
예술가   아! 희망찬 생각만 하자니까! 예술가의 영감이 별거
             야? 생각을 끝까지 자유롭게 펼치는 것이지. 그것을
             화폭에 펼치면 작품이듯이, 희망찬 생각들을 미리 마
             음껏 펼쳐 봐야, 여기서 벗어났을 때 생각하다 시간을
             낭비하지 않지.
무능력자   맞는 말일세. 나도 이 섬을 열심히 개척해 보고 싶어.
             (자신도 모르게 팔을 내린다.)
파산자   (자신도 모르게 팔을 내리며) 무지 열심히 일해야 돼!
             하루아침에 되는 게 아니라구.
             (의욕에 차서) 이 섬 전체가 일거리일 거야. 마음이
             급해지네.

인물들은 모두 제자리에서 자유로이 팔을 사용하며 대화를 계속
하나, 아무도 자신들의 변화를 인식하지 못한다.

무능력자   내 딸들을 생각해서 정말 열심히 일하고 싶어! 좋은
             아빠가 되고 싶어! 애들은 내가 지들을 버렸다고 생각

할 거야.

연필이라도 있으면 매일 일기라도 써서, 내가 지들을 얼마나 사랑하는지, 우리 딸들이 잘되길 이 아빠가 얼마나 바라는지, 이다음에라도 전해 줄 수 있을 텐데…….

입양아　제가 여길 떠나게 되면 꼭 아저씨 딸들 찾아서 아저씨 마음을 꼭 전해 드릴게요.

장애인　(시체들을 보며) 제일 먼저 이분들을 바다가 내려다보이는 곳에 묻어 드리고 싶어요. 넋이라도 자유롭게 날아다니시게요.

모두들　그래 그래야지!

무능력자　비석도 세워 드려야지. 뭐라 쓸까?

모두 곰곰이 생각한다.

예술가　세상엔 허수아비 인간은 없습니다.
　　　　인간은 다 같은 인간입니다.

파산자　그건 나라도 짓겠다. 뭔 예술가가 그렇게 시시해.

무능력자　아냐. 좋은데.

입양아　저도 좋은데요. 다 같은 인간인데, 서로 편견을 지니고, 차별하고, 냉대하지 말자는 뜻이 다 전달되는데요.

장애인　너무 화려한 문장보다 진솔해서 좋아요.

파산자　그래 그럼 그렇게 쓰자구!

예술가　기분 좋다!

무능력자　열심히 일하다 보면, 어느 날 헬리콥터라도 지나가겠지. 거기 탄 사람 중 한 사람이라도 우리가 가꾼 이 섬에 반하면, 소문이 날 거고, 그럼 사람들이 몰려올 지도 몰라.

파산자 그럼 가만 안 두지! 그것들이 못 들어오게 철조망을 쳐야 돼! 갖다 버릴 땐 언제고, 우리가 애써 가꾼 섬에 무슨 낯짝을 들고 들어와?

예술가 뭔 소리야? 누구든 다 받아들여야지! 이 섬에 와서 모두 아름다운 마음을 갖고 돌아가면, 세상도 좀 변하지 않겠나?

무능력자 (파산자에게) 일생 동안 전적으로 나쁜 사람은 없어. 왜 그런 말도 있잖아. 좋은 사람 나쁜 사람이 있는 것이 아니고, 나쁜 마음을 내면 나쁜 사람이 되는 것이고, 좋은 마음을 내면 좋은 사람이 되는 것이라고. 인간이란 워낙 복잡한 존재인데 서로에게 좋은 기회를 주면서 살아야겠지.

파산자 유식한 체하네!

조명이 서서히 어두워지면서, 연주자는 다시 등장해 하모니카 연주를 시작하고, 인물들은 음악에 취한다.
잠시 후 달이 뜬다.
하모니카 연주는 계속 된다.

장애인 달이다! 달이다!

모두들 달을 보며 감탄한다.

장애인   여기 와서 처음 보는 달이에요. 어쩜 달이 저렇게 예쁘죠.
입양아   (웃으며) 넌 더 예뻐!

모두들 웃는다.

예술가   달이야 매일 떴었지. 그동안 자네들이 달을 볼 여유가
          없었던 거지. 헌데 오늘 달은 유난히 밝네.
파산자   와아! 달을 보니까 세상에 대한 미움이 싹 가시네.
무능력자   잘난 사람이나, 실패한 사람이나, 모자란 사람이나,
          모두에게 공평하게 둥글둥글 비쳐 주는 저 달님처럼,
          그렇지 않아도 힘든 세상, 서로에게 저 따스하고 밝은
          달님이 되어 주면 좋으련만…….
예술가   어이구! 시인 같군! (웃으며) 우리부터라도 노력하자
          구! (파산자에게) 어이! 미안했네!
무능력자   (달님에 감탄하다) 이 섬도 아름답게 만들고, 우리를
          갖다 버린 미운 사람들이 우리 마음 씀씀이에 감동하
          게 인격도 닦고…….
파산자   (웃으며) 어이구! 도인들 나왔네!

모두들 웃는다.
연주자의 하모니카 연주는 계속된다.
정박아는 이름표를 떼 내어, 그것을 춤추듯 흔들며 돌아다니자,
모두들 놀란다.

파산자   (팔을 뻗으며) 어이! 쟤 좀 봐! (팔이 풀린 것을 이제

야 인식하며) 어이! 내 팔이 언제 풀렸지?

　　모두들 자신들의 팔이 풀린 것을 이제야 인식하며 환성을 지르고, 모두들 무대 전면으로 나와 서로 부둥켜안고 뛴다.

　　무능력자　　사람들이 우릴 허수아비 인간이라고 하니까, 우리도
　　　　　　　덩달아 우린 허수아비다 하고 생각하며 지냈는데, 우
　　　　　　　리가 우릴 사람으로 생각하니까 이렇게 간단하게 풀
　　　　　　　린 거야!

　　모두들 서로를 쳐다보며 어이없어하며 웃는다.
　　연주자는 하모니카 연주를 마치고 퇴장한다.
　　인물들은 각자의 이름표들을 떼 내고, 모자들을 벗어 던지며 외친다.

　　모두들　　　우린 허수아비가 아니다!
　　　　　　　우린 허수아비 인간이 아니다.
　　　　　　　우린 인간이다! 우린 인간이다!
　　　　　　　나는 나다!

　　조명이 서서히 어두워지면서, 미소 지으며 정지된 배우들의 얼굴들을 비추다 꺼진다.
　　조명이 꺼진 채, 잔잔한 파도소리, 갈매기소리, 온갖 새소리들이 나다가, 막이 내린다.

파리의 풀들

등장인물

노인 폴:　60대 후반의 체격이 건장한 노인

강아지 폴: 어리고 사랑스런 강아지로, 어린이가 반 가면을 쓰고
　　　　　강아지로 분장해 연기할 것

청년 폴:　30세의 이지적이고 건장한 미남형

폴　린:　청년 폴의 애인으로서, 30세의 현명하고 여성적인
　　　　　현대 여성

걸인 1:　50대 후반의 신체가 허약하고 수동적인 걸인

걸인 2:　50대 후반의 얼굴에 주름이 많고 지적이며 염세주의
　　　　　적인 걸인

장소

프랑스 파리

때

1990년

무대

이 연극에 나오는 장소는 노인 폴의 집 식당, 청년 폴의 다락방, 지하철역, 바닷가, 시골 별장 앞 도로, 고속도로, 카페, 카페 앞 작은 길, 병실 등이다. 그중 노인 폴의 집 식당, 청년 폴의 다락방, 지하철 역, 병실 이렇게 네 장소가 중요 장소이고, 이 각각의 장소는 실제로는 매우 멀리 떨어져 있는 것들이다.

그러나 이 모든 장소는 한 무대 위에 배치시켜도 된다. 즉 관객석에 가까운 무대 전면에는 세 개의 벤치를 놓고 그중 무대 좌측의 두 벤치는 붙여 놓는다. 이곳은 지하철역의 구실을 하며, 배우들은 연기한 후 벤치들을 들고 나가면 된다.

무대 우측 부분은 노인 집 식당이 차지하고, 무대 중앙과 무대 좌측 부분은, 노인 집 식당의 두 배 정도의 크기의 병실이 자리 잡는다. 병실은 조명을 비추지 않을 때 노인 집 거실로도 사용된다. 그리고 노인 폴의 집 식당과 병원 위로 폴과 폴린이 사는 다락방을 위치시킨다.

　노인의 집 식당, 청년 폴의 다락방, 병실, 이 세 장소는 커튼들로
가려져 있다. 막이 열리면 극이 진행되는 장소의 커튼만 열리고,
그 장소 외의 장소들은 아무런 소품이나 장치 없이 무대 전면에서
이루어지면 되고, 이때에도 조명은 무대 전면만 비추면 된다.

〈제1막〉

　막이 오르면 조명은 중산층의 분위기가 풍기는 노인 폴의 집 식
당만 비춘다. 식당 뒤 벽면의 좌측에는 거실로 통하는 문이 열려
있고, 그 옆으로 조리대가 있으며, 식당 중앙에는 식탁과 의자 두
개가 있고, 식탁은 거의 차려져 있다. 빗소리가 들린다.

　노인 폴　　　(반소매 차림으로 흥얼거리며 고기를 굽고 있다. 구
　　　　　　　운 고기를 두 접시 위에 올려놓고, 접시들을 식탁에
　　　　　　　가져가다, 거실 쪽 문을 바라보며 큰 소리로) 폴! (손
　　　　　　　뼉을 치며) 우우! 아빠가 네가 제일 좋아하는 스테이
　　　　　　　크 구워 놨어. 다 식는다. (다시 식탁으로 와서 노래
　　　　　　　를 흥얼거리며, 스테이크 한 접시를 먹기 좋게 잘라
　　　　　　　상대편 쪽에 놓고, 문 쪽을 보며) 어서 오라니까! 뭐
　　　　　　　하니!
　강아지 폴　　(어슬렁어슬렁 아픈 표정으로 들어온다.)
　노인 폴　　　(강아지에게로 가서 품에 안으며) 오! 귀여운 내 아
　　　　　　　들! (강아지에게 뽀뽀를 하며 의자에 앉힌다.) 네가

　　　　　　제일 좋아하는 스테이크다. 자! 아빠가 잘게 잘라 놓
　　　　　　았으니까, 천천히 먹어야 한다. (강아지의 볼을 귀엽
　　　　　　다는 듯이 두들기고는, 자신의 의자로 가서 앉는다.
　　　　　　포도주를 따르며) 자, 맛있게 먹자! (자신의 포도주
　　　　　　잔과 강아지의 물 접시를 부딪치며) 칭! (포도주를
　　　　　　한 모금 마신다.)

강아지 폴　　(냄새를 맡기만 하고 먹지 않는다.)

노인 폴　　　(고기를 한 입 넣으려 하다 다시 접시에 놓고서) 폴!
　　　　　　속이 안 좋아도, 내일 일찍 떠나려면 좀 먹어야 돼
　　　　　　요. 자! (포크로 고기 한 점을 찍어 강아지 입에 넣
　　　　　　어 주려 한다.)

강아지 폴　　(고개를 저으며 먹지 않고, 물만 핥는다.)

노인 폴　　　(웃으며) 허허! 그렇게 물만 마시면 또 아빠 침대에
　　　　　　쉬 해요! 자, 폴! 아빠 한 입!(자신의 입에 고기를 넣
　　　　　　고), 우리 폴 한 입! (강아지에게 고기를 먹여 주려
　　　　　　한다.)

강아지 폴　　(여전히 고개를 젓는다.)

노인 폴　　　폴! 바닷가에 가면 누가 있지? 네가 해변에 나타나
　　　　　　면 영락없이 빨간 리본도 달고 아주 귀엽게 생긴 강
　　　　　　아지가 졸졸졸졸 네 뒤를 따라 다니잖냐! 너도 그
　　　　　　강아지 보고 싶지? (다시 한 번 떠먹이려 하면서)
　　　　　　자, 네 여자 친구를 위해서 한 입!

강아지 폴　　(다시 고개를 젓는다.)

노인 폴　　　허! 이 녀석 보게나! 그럼 내일 병원 가서 주사 맞
　　　　　　고, 다 나으면 떠나자. 좋지?

강아지 폴   (눈이 동그래지며, 빨리빨리 먹기 시작한다.)

노인 폴   오! 폴! 천천히 먹어야지. 그러다 정말 병나면 내일
            떠날 수가 없어요.

강아지 폴   (보통 속도로 먹는다.)

노인 폴   오! 내 아들! 자, 물도 먹고, 천천히! 천천히! 옳지!
            (웃는다.) 허허허허! (식사를 계속하며) 그런데 웬 비
            가 이렇게 오나! 이 녀석 그러고 보니 비가 와서 더
            식욕이 없었나 보군 그래. (입을 닦으며 일어나며)
            아빠가 좋은 생각이 있다. 네가 좋아하는 음악을 들
            으면 식욕이 좀 날 거야. (문으로 나가 클래식 음악
            을 틀고 들어오면서 지휘하듯 하며) 오! 인생은 아름
            다운 것! 흘러가는 빗물처럼 흘러가기만 하지만, 음
            악의 선율처럼 평화로운! (의자에 앉으며) 자! 그런
            의미에서 한 번 더! (자신의 포도주 잔을 강아지의
            물 접시에 부딪히며) 칭!

　　노인과 강아지의 행동이 정지된 상태에서 조명은 잠시 노인 폴
과 강아지 폴의 평화로운 모습을 조명하다 꺼지고, 식당의 커튼도
닫힌다.

　　청년 폴의 다락방 커튼이 열리고, 조명은 다락방만을 비춘다. 노
인의 안락한 생활과는 대조가 되는 낡은 다락방이다. 다락방 벽에
는 연극 포스터가 붙어져 있고, 뒤 벽면 좌측으로 문이 있고, 그
옆에 책장이 있다. 우측에는 침대가 있다. 커튼으로 가려졌던 곳은
베란다 문이다.

　　청년 폴과 폴린은 다락방 중앙에 말없이 앉아 있다.

폴린   (한참을 침묵하다 폴을 한 번 쳐다보고, 말을 하려다
           다시 침묵한다. 서서히 침묵을 깨며) 폴! 그러지 말
           고 기운 내!

청년 폴   (허공을 보며 기운 없이) 난 더 이상 버틸 힘이 없
           어. (침묵하다) 마음껏 움직일 수도 없는 작은 무대
           에서, 우리들 나름대로 열심히 한다고 뛰어 봤지만,
           세 줄밖에 안 되는 객석은 이제 텅텅 비었어. 관객
           없는 연극도 연극이니?

폴린   (무심코) 한 사람 보러 왔잖아. (폴을 쳐다보며) 여름
           이라 휴가들을 떠나서 그런 거야.

청년 폴   우리가 그 한 명을 위해 굳이 좁은 무대까지 갔단
           말야? 그런 식이라면 너하고 둘이서 여기서 하면 돼.
           (화내며) 그 노인넨 연금이나 타 먹으면서 시간이 남
           아돌아 오는 노인네라고.

폴린   그래도 3년 전부터 우리 공연을 꼬박꼬박 보러 온
           분이야. 관심도 없는데 작품마다 보러 오셨겠어?

청년 폴   그런 관객은 필요 없어!

폴린   한 명의 관객은 중요하지 않고 백 명의 관객은 중요
           하다고 생각하는 거야?

청년 폴   (화를 내며, 벌떡 일어나서) 그래서 꾸벅꾸벅 졸고
           있었니! (흥분하면서 걸으며) 그 노인넨 날 모욕하고
           있었어. 아니, 오늘 같은 날은 그 노인네가 우리들
           구세주였지. (흥분을 가라앉히고 단호하게) 난 결심
           했어. 다시는 막을 올리지 않기로.

폴린   (일어나며) 또 그런다. 매번 막 내릴 때마다 그랬어

도, 또 올렸었잖아. (침대에 걸터앉으며) 힘든 건 알

지만 우리만 힘든 건 아니잖니?

청년 폴　(폴린을 보며) 난 더 이상 버틸 힘이 없어. (서성거리

며) 너한테 여태껏 한 번도 얘기하지 않았지만 시간

이 지날수록 남는 것이라곤 겁밖에 없어. 작품 앞에

서 멀리 도망가고만 싶다고.

처음엔 연극에 대한 큰 꿈 하나만으로 모든 연극 앞

에서 우월감을 느꼈었지. 그땐 이런 식으로 고민에

빠진 적이 없어. 있는 것이라고는 끝없는 자만심, 의

욕, 열정, 그런 것들뿐이었지.

그런데 차츰, 남들이 연출한 사실적 무대는 작품도

연출도 함께 살아 있는데, 내가 사실적으로 그려 본

무대는 하품만 나오는 생기 없는 무대였어. 작품의

뒤만 쫓으며 헐떡거리다만 꼴이었지.

그리고 한껏 창조적 무대를 올려 보려고 시도했을

땐, 나만이 창조한 독특한 무대라 생각하면서 내 연

출력에 황홀해했지만, 막상 무대에 올리면 희곡의

본 모습은 자취도 없이 사라져 버리고, 곳곳에서, 아

니 전부, 이미 있어 온 연출가의 무대를 이리저리

깁은 모방의 조각들뿐이었어. 남들이 풍성한 연극

유산을 최대로 활용하고 창조해 자기만의 무대를 만

들 때, 난 이것저것이 난무하는 무질서만을 보였을

뿐이야.

이번처럼 의미 전달에 힘쓴 연극들은 관객을 졸게

했고…….

(절망적으로) 다른 녀석들 무대 앞에서 철모르던 시절 느꼈던 우월감, 오만감은 다 사라져 버렸어. 지금 내 꼴은 저 꽁무니에서 제 길도 못 찾고 허우적거리는 한심한 꼴이라구. 연극에 대한 의무감 때문에 여태껏 머물러 있었지만, 내가 한 것이라곤 공해를 일으킨 것뿐이야.

폴린   폴! 단정 짓지 마. 우린 젊으니까 여러 가지 시도하게 되고, 그러다 보면 실패작도 나오게 되고 그러는 거야. (강조하면서) 우린 이제 겨우 서른이야. 서른까지만 하고 그만두려고 했어? 자긴 지금 이상을 향해 걸어가고 있는 중이야. 자기 세계를 이루는 것이 느리든 빠르든, 아니면 매번 제자리걸음이든, 여하튼 머릿속이 아니라 무대 위에서 실행되는 날까지 노력하다 보면 언젠가는 만족스런 때가 올 거야. (일어나 폴에게 다가가 붙들며) 폴! 그러지 말고 우리 이번 고비만 한 번 더 지혜롭게 넘겨 보자, 응! 그때 가서 어떤 결심을 해도 늦지 않잖아?

청년 폴   (폴린을 밀치며) 다음엔! 다음에! 이젠 그럴 필요 없어. 서성거리는 건 시간만 낭비할 뿐이야. (걸으며) 내가 빨리 결정해야 돼. 그래야 남아 있는 단원들도 하루빨리 각자의 길을 가지. (한숨 쉬며) 우리 모두 더 이상 꿈만 지닌 채 버틸 수 없는 나이가 되었어. 실패 때마다 그 꿈들도 산산조각이 나 다 사라져 버렸고. 세계적, 독자적 무대는커녕 망망대해 앞에서 어느 길이 내 길인지도 모르고, 미풍에도 넘어질 정

　　　　　도로 허약해 가지고, 어떻게 다시 모이게 해 남의
　　　　　인생을 낭비하게 하겠니?
폴린　　　다들 자신들이 선택해서 모인 거야. 네가 떠나도 우
　　　　　린 계속 할 거야. (침대에 앉는다.)
청년 폴　(지친 목소리로) 그래. 그건 너희들이 결정하는 거고,
　　　　　난 지쳤어. 더 이상 하찮은 일을 하면서 연극을 위
　　　　　해 살겠다고 외칠 수가 없어. (폴린을 쳐다보며 망설
　　　　　이다가) 얼마 전까진 사랑과 연극이 삶을 밀어냈지
　　　　　만, 지금은 (머뭇거리다) 삶이 연극과 널 자꾸 밀어
　　　　　붙이고 있어. 사는 걸 이렇게 무거워하면서, 우리가
　　　　　그리는 예술이 진실이라고 할 수 있겠니? 그것은 다
　　　　　위선이야! (폴린에게 다가가서) 사랑이 도대체 뭐니?
　　　　　(회상하듯) 우리가 처음 만났던 날, 우릴 축복이나
　　　　　해 주듯 첫눈이 펑펑 내렸었지. (침묵 후 망설이다)
　　　　　헌데 지금 우린 뭐니? 질척이는 눈 녹은 길에 쓰러
　　　　　질까 봐 서로 부축하면서 넘어지지 않으려고 안간힘
　　　　　을 쓰고 있잖아. 이게 사랑이니? (서성이며) 처음엔
　　　　　사랑에 취해서 온 세상이 다 내 것 같았지. (걸으며
　　　　　화내듯이) 그런 사랑조차도 지금은 습관으로 느껴질
　　　　　뿐이야. 감정은 무디어져 가고, 어느 날부터인가 우
　　　　　린 삶에, 예술에 지쳐 찌들어 가면서 서로 얼굴을
　　　　　쳐다보며 억지로 쓴웃음을 짓고 있어. 억지로!
폴린　　　폴! 제발 그만 해!
청년 폴　(빈정대듯) 내 막막한 미래에 널 가두는 게 사랑이니?
폴린　　　(일어서며) 누가 누굴 가둔다 그래! (폴을 향해) 이건

내가 선택한 삶이야. 그러니까 너도 내 시간을 이런 쓸데없는 투정으로 파괴하지 마! 나한텐 한순간 한순간이 다 중요하니까.

청년 폴　(폴린에게 다가가며) 바로 그거야. 네 현재, 네 미래, 다 중요하겠지. 잘 생각해 봐. 넌 우리 둘이 합해서 홀로 선 하나라도 되었다고 생각하니? 우린 둘 다 허약해 서로를 무너뜨리고 있을 뿐이야. 서로가 허약하다는 걸 알아 서로 떨어지지 못하고 함께 있는 것뿐이라구.

폴린　(침착하게) 하루아침에 모든 게 완성된다고 생각하지 마. 모든 것이 부족하니까, 서로 노력해 왔잖아.

청년 폴　(단호하게) 난 결정했어. (폴린을 쳐다보며) 넌 이제 부터 자유야. 말을 타고 신나게 모험을 떠나는 거야! 다른 여자들처럼! (말발굽 소리를 내며) 갈롭 갈롭 갈롭 히히힝! 야호!

폴린　폴! 네가 지친 것은 이해하지만, 나도 피곤해. 쓸데 없는 말 그만 하고 좀 쉬자!
나, 내일부터 하루 종일 옷가게 점원일 해야 하잖아. 그 일은 처음이라 좀 긴장된단 말야. 너도 내일 카페에 아홉 시까지 간다 그랬잖아?

청년 폴　(폴린의 말은 듣지 않은 채) 한동안 슬퍼하겠지. 하지만 그 슬픔이 가시는 날, 너도 뒤돌아서서 네 행복을 찾아 나설 거야. 날 잊은 채. (폴은 모자 달린 잠바를 들고 문으로 나간다.)

폴린　(뒤쫓으며) 폴! 폴! (다시 돌아와 베란다 문 쪽으로 와 폴이 뛰어가는 것을 보며 한숨지으며 혼잣말로) 이번엔 또 얼마나 걸리는 거야. 연극 한 편 끝날 때마다 한 번씩 저러는데 그때마다 얻은 게 뭐 있어! (비 오는 것을 쳐다보며 밤공기를 마시며 시선을 멀리 던지며) 무심한 파리는 오늘도 아름답네!

폴린의 행동이 정지된 채 조명은 잠시 폴린을 조명하다 꺼지고, 다락방의 커튼도 닫힌다.

빗소리는 계속된 채 조명은 어슴푸레 커튼이 이미 닫힌 노인 폴의 집만을 비춘다. 노인은 식당과 거실을 오가며 문이 잘 잠기었나 확인하는데, 그의 목소리와 걷는 소리만 들린다.

노인 폴　　폴! 아빠랑 문단속 잘 됐나 다시 확인하러 가자! (걷는 소리를 내며) 너 세상에서 제일 못 믿을 게 뭔지 아니? 바로 인간들이야. 그래 아빤 어디서든 특이한 자물쇠가 눈에 띄면 안 사고는 못 배기지. (확인하는 소리를 계속 내며) 문마다 열 개씩 잠가 놨으니까 도둑놈이 떼로 몰려와도 우리 집 문은 아무도 못 열지.

노인 폴의 걷는 소리, 강아지 폴의 짖는 소리, 문단속 확인하는 소리가 계속되면서 조명은 꺼진다.

조명이 밝아 오면 여름인데도 여러 겹의 옷을 입은 걸인 1과 걸인 2가 길게 붙여 놓은 두 벤치 위에서 서로 머리를 붙이고 코를 골며 자고 있다. 이들은 술에 찌들어 있고, 얼굴에는 부스럼, 상처 등으로 매우 지저분한 모습이다. 걸인이 자는 두 벤치 아래엔 그들

의 일상 도구가 들어 있는 큰 비닐주머니가 각자의 벤치 밑에 하나
씩 있다. 걸인 1과 걸인 2는 계속 술에 취한 말투로 연기해야 한다.

걸인 2   (코를 골다 악몽에 시달리는 듯이 숨 막혀 하며 자
             고 있다.)

걸인 1   (눈을 비비며 일어나면서, 걸인 2를 보며 머뭇거리다
             작은 목소리로) 어이! 이봐!   (머뭇거리다, 걸인 2를
             흔든다.)

걸인 2   으으으! (놀라서 깨어나듯 갑자기 일어나 앉아 머리
             를 쥐어뜯는다.)

걸인 1   아이구 깜짝이야. 또 악몽을 꿨군 그래! (급한 듯 발
             을 구르며) 오줌! (걸인 2의 팔을 잡아끈다.)

걸인 2   (뿌리치며) 가만 좀 있어. 숨 막혀 죽겠다 이놈아.

걸인 1   (일어나 발을 동동 구르며) 쌀 것 같아.

걸인 2   (화를 버럭 내며) 네놈 혼자 가서 눠!

걸인 1   무서워.

걸인 2   이놈아! 여기 네놈하고 나밖에 없는데 무섭긴 뭐가
             무서워. 이놈은 꼭 이맘때만 되면 사람 귀찮게 깨워.
             게을러빠지긴. 그래 내가 미리 누고 자랬지.

걸인 1   (애원하듯) 내일부턴 그렇게. 제발 요번 한 번만! 네
             놈도 잘 알잖아. 나 혼자 깨서 돌아다니는 걸 내가
             죽기보다도 싫어하는 거. 네놈은 나 깨운 적 없냐?

걸인 2   나야 어쩌다 한 번씩이지 네놈처럼 매일 그러진 않
             아! 다음에 또 이러면 난 (객석을 가리키며) 저쪽 건
             너편에 가서 혼자 잘 거야.

걸인 1   그러기도 하겠다. 자, 화내지 말고, 요번 딱 한 번만!
걸인 2   녀석 하군. (일어난다.)

둘은 박자를 맞춰 비틀거리며 좌측 구석으로 가서, 소변을 한참 나란히 눈 후, 다시 박자를 맞춰 걸어오다 무대 우측으로 청년 폴이 비에 젖은 모습으로 들어오는 것을 본다. 걸인 1과 2는 눈을 크게 뜨고 서로 쳐다본다.

걸인 1   (걸인 2에게) 웬 물에 빠진 생쥐냐?
청년 폴   비에 젖은 모자 달린 잠바를 벗어 벤치에 널고 앉아
             담배를 피워 문다.)
걸인 2   (걸인 1에게) 거 그놈 미국 놈 같네그랴. 여기가 쥐
             구멍인 줄 알고 들어왔나!
             (청년 폴에게 큰 소리로) 지하철 끊겼어! 기다려도
             소용없어! (걸인 1에게 으스대 며) 이봐! 너 내 영어
             실력 알지! 하이! 미스터 생쥐! (손을 저으며) 노 전
             철! 전철이 헤브 노다 이놈아! (청년 폴을 쫓는 시늉
             을 하며) 워이! (우측 입구를 가리키며) 택시? 예쓰.
             두 유 언더스텐?
청년 폴   (웃음을 터트리며) 어서들 주무슈!
걸인 2   (청년 폴에게 다가가서) 어쭈 이놈 봐라. 알아들었으
             면 빨리 대답을 해야 할 것 아냐! (청년 폴의 발을
             치며) 누구 맘대로 우리 집에 들어오랬어. 이 역엔
             아무나 함부로 들어올 수 없다는 거 모르나!
청년 폴   (못 들은 척 계속 담배만 핀다.)

걸인 1   (다가와서) 이 녀석 태도 좀 보게나. (큰 소리로) 일
어섯!

청년 폴   (서서히 일어나면서 담배를 발로 비벼 끈다.)

걸인 1   돈 가진 것은? (청년 폴의 몸을 수색하듯 툭툭 친다.)

청년 폴   (걸인 1을 가볍게 밀치며 주머니에서 동전 한 개를
꺼내 주고 주머니를 뒤집어 보인다.)

걸인 1   (걸인 2에게) 어! 정말 거지네.

걸인 2   (걸인 1을 끌며) 그냥 내버려 둬. 내가 봐도 거지상
은 아냐. 며칠 있다 갈 놈이지. (걸인 1, 2는 박자를
맞추어 걸어와 벤치에 다시 머리를 맞대고 눕는다.)

청년 폴   (다시 앉아 담배를 피워 문다.)

걸인 2   (벌떡 일어나 앉으며, 걸인 1을 치며) 일어낫!

걸인 1   (누워서) 왜 그래? 졸려 죽겠는데.

걸인 2   난 못 자. 그놈의 악몽 지긋지긋해.

걸인 1   (계속 누워서) 악몽이나 깨어 있는 거나 뭐 다 같은
악몽 아니냐! 그러지 말고 누워! 안 자도 악몽, 자도
악몽일 바엔 자서 악몽이 좀 낫지. 거 몸이나마 편
하잖냐.

걸인 2   허긴. (다시 걸인 1의 머리와 맞대고 눕는다. 잠시
후 다시 일어나 앉으며) 아, 이놈이 깨운 건 누군데
남 잠 안 오는데 자꾸 자래. 이놈아! 혼자 깨어 있지
못하는 놈이 혼자 잠은 잘 수 있냐? (바닥을 뒤적이
다 큰 비닐 주머니에서 술병을 찾아 마신다.)

걸인 1   그러니까 같이 자자구. 네놈도 알잖아. 머리를 맞대
야 우리 둘 다 잘 수 있다는 거. (일어나 앉으며) 뭔

악몽을 꾸었는데 그래? (그도 그의 비닐 주머니를 뒤적이며 술병을 더듬어 찾아 마신다.)

청년 폴   배를 끄고, 벤치에 눕는다.)

걸인 2   전쟁. (기관총 소리를 내며) 따다따다따다따다 쿵! 모든 게 다 파괴되었어. 건물들도 잿더미가 되고, 많은 사람들이 우리처럼 거지가 되어서 통곡들을 하더군. 그러다 갑자기 장면이 바뀌어서 끝도 없는 사막 위를 네놈하고 나하고 하늘만 쳐다보며 헉헉거리며 뛰고 있는 거야. (술을 마신다.)

걸인 1   사막에서? 누가 쫓아왔냐?

걸인 2   아니. 우리 둘뿐이었어.

걸인 1   그런데 왜 뛰어?

걸인 2   나도 몰라. 아무도 쫓아오지 않는데, 네놈하고 하늘만 보며 뛰었어. 그러다 아무리 달리려 안간힘을 써도 매번 제자리인 거야.

걸인 1   그게 뭐 악몽이냐. (술을 마신다.)

걸인 2   (허탈하게 웃으며) 허긴, 네놈하고 내 꼴 같은 꿈이네그려. (술을 마신다. 술병을 들고 일어나 휘청거리며 걷다 걸인 1을 보며) 하지만 꿈속에서 네놈도 나하구 죽을 뻔했다고. (비틀거리며 움직이고 술을 마시며) 모래알은 바람에 날려 입 안에 가득하지, 뛰려 해도 몸은 꼭 철사 줄로 묶인 것처럼 앞으로 나가지 않지, 그러다가 갑자기 모래 위에 건물들이 마구 생기는 거였어. 자동차들도 무질서하게 마구 달리고 있었고. 건물들은 모래 위로 금세라도 무너질 듯이 휘청거리면서 우릴 둘러치고 있지, 사람들은 앞만 보고 우리 같은 거야 치든 말든 마구 달리고들 있지, 정말 숨이 넘어가기 일보 직전에 (걸인 1을 바라보며) 네놈이 날 깨운 거라구. 네놈 아니었으면 난 지금쯤 지옥으로 곧장 떨어졌을 거야. <u>흐흐흐흐흐</u> (벤치에 앉으며 술을 마신다.)

걸인 1   허, 내가 구세주네. (입맛을 다시며) 거 이왕이면 꿈이나마 달콤하게 꾸고 얘기해 주면 누가 뭐래냐. 이놈은 꿈도 무거워요. 거 뭣이냐. 크 크 크레파스! 아니지. 크 크 아! 크 크파트라! 그랴! 크 크파트라와 사랑을! <u>흐흐흐</u>. (술을 마신다.)

걸인 2   이런 무식한 놈. 클레오파트라도 모르는 주제에. 이놈아 사랑도 한순간에 꿈이라는 거 몰라? 네놈하고 내 팔자가 최고라고. 인생아 흘러가라! 난 언제나 여기 이곳에 있다. <u>흐흐흐흐흐흐흐흐흐</u>. (비틀거리며 술 마시고 걸으며) 이놈들아, 다 나와 봐라! 어느 놈이 제일 낫냐? 인생은 좋은 거야 하며 잠자는 굄이처럼 안락이나 꿈꾸는 놈이나, 인생은 다 그런 거야 하며 기계 돌듯 일상의 노예처럼 헐떡이는 놈이나, 좀 더 가져 보겠다고 머리를 깨고, 짓고 지어 봤자, 원자폭탄 하나면 휘! 모든 게 사라지는 거라구. 사랑? 행복? 흥 그런 것은 다 사르비아의 단맛만큼이나 짧은 거 몰라?

네놈하고 나하구 이 지하철역을 빠져나가서 몸단장하고 살아 봤자 지루하고 숨 막히긴 마찬가지라고.

한도 끝도 없는 일, 일, 일. 지루한 반복들. 그리고 이리저리 정신없이 뛰는 동안 썩어 가는 육체! 병! 늙음! 모두들 정신없이 달려가지만, 결국 우리 모두를 기다리는 것은 죽음! 죽음의 종착역! <u>흐흐흐흐흐흐흐</u> 그래서 달리다 죽으나, 네놈하고 나처럼 졸다 죽으나 결과는 피차마차 아니겠어.

(갑자기 큰 소리로) 선서!

걸인 1   (벌떡 일어나며) 선서!

걸인 2   그래서 우린 선택했다.

걸인 1   그래서 우린 선택했다.

걸인 2   네놈들이 건설하고, 새로워지고, 편리해지는데 정신이 없는 동안

걸인 1   네놈들이 건설하고, 새로워지고, 어쩌고 저쩌고

걸인 2   이런 돌 머리! (다시 큰 소리로) 우린 늘 잠자기를 선택해서 용감히 지금껏 살고 있다.

걸인 1   살고 있다.

걸인 2   이런 게으름뱅이! (다시 큰 소리로) 너희들 몫까지 잠자기로 결심했다.

걸인 1   잠잠잠잠

걸인 2   장난 말구! <u>흐흐흐흐흐흐흐흐흐</u>

걸인 1   <u>흐흐흐흐흐흐흐흐</u> (벤치에 앉으며) 이놈아, 개똥철학 집어치우고 건배나 해!

걸인 2   (앉아, 걸인 1의 술병과 마주 치며) 칭!

걸인 1   (동시에) 칭!

두 걸인은 술을 마신다.

걸인 2   (술을 다 마시곤 빈 병이 된 술병 안을 들여다보고, 걸인 1의 술병을 잽싸게 빼앗아 마시려 하는데, 그것도 또한 빈 병임을 알자 걸인 1을 노려본 후) 거 형님을 위해 좀 남겨 놨어야지.

걸인 1   이놈아, 내 술 내 맘대로 마셨는데 네놈이 웬 참견이야.

걸인 2   (일어나며) 이놈 봐라.
          좋았어. 이번엔 네놈 차례니까, 네놈이 지하철에 올라가서 구걸 좀 해 와 봐.

걸인 1   어쮸! 술 안 마시고는 못 올라가는 거 네놈도 다 알면서, 술은 다 마셔 놓고 어떻게 맨 정신으로 구걸을 하라는 거야.

걸인 2   잔말 말고 연습해! (걸인 1을 일으켜 세운다.)

걸인 1   (청년 폴을 쳐다보며 망설인다.)

걸인 2   잘됐잖아. 저 녀석이 손님이다 생각하고, 안 떨릴 때까지 한번 해봐!

걸인 1   네놈이 먼저 해봐!

걸인 2   이놈은 그저 나 없인 아무것도 못 한다니까. (손을 비벼 가며) 신사 숙녀 여러분! (불쌍해 뵈는 표정을 지으며) 저로 말씀드릴 것 같으면, 제 인생은 불행의 연속이었습니다요. 어려서 부모님을 여의고, 이 고아원 저 고아원 떠돌아다니다가, 커선 이 직업 저 직업 안 해 본 것이 없었습니다요. (걸인 1을 쳐다보며) 그다음은 뭐였지?

걸인 1   마누라가 병들고.

걸인 2   아, 그렇지. 안 해본 것이 없었습니다요. 또 제 부인
　　　　　께서는 병들어 입원해 계시고, 그래서 어린 자식들
　　　　　을 보살피다 보니 그만 직장을 잃었습니다요. 그러
　　　　　니 불쌍히 여기시고, 동전 한 푼 줍쇼! 자! 이젠 네
　　　　　놈이 한번 해봐!

걸인 1   (머뭇거리다, 더듬거리며) 신사 숙녀 여러분!

걸인 2   (큰 소리로 영화감독처럼) 컷! 넌 불쌍한 목소리로
　　　　　하면 안 된다고 내가 수천 번도 더 말했지. 넌 형무
　　　　　소에서 갓 나온 것처럼 무시무시하게 어깨에 힘주고
　　　　　해야 한다니까.

걸인 1   그러지 말고 네 것을 내가 하면 안 되겠냐?

걸인 2   안 돼. 난 미남이라서 그런 우락부락한 대사는 안
　　　　　어울려. 너처럼 아무렇게나 생긴 놈이 해야 사람들
　　　　　이 무서워서 돈을 주지. 잠깐! (걸인 1에게서 멀리
　　　　　떨어져서 영화감독처럼) 자, 준비!

걸인 1   저놈은 그저 나쁜 것은 다 나한테 떠민다니까. (목소
　　　　　리를 가다듬고, 준비되었다는 표시를 한다.)

걸인 2   머리도 좀 흐트러뜨리고! 자! 준비! 액션!

걸인 1   신사 숙녀 여러분! 나로 말할 것 같으면, 전과 7범으
　　　　　로, 절도범, 방화범, 정치범으로 온갖 죄를 다 짓고,
　　　　　감옥소를 내 집 드나들듯 했어요.

걸인 2   컷! 어허! (걸인 1에게 다가와서, 힘주며) 절도범! 방
　　　　　화범! 정치범! 좀 액션을 넣어 가면서 목청도 좀 크

게 해봐! 너 하는 꼴이야 어디 좀도둑 같지, 큰 도둑
같냐?

걸인 1   알았어.

걸인 2   (다시 걸인 1에게서 멀어져서) 자! 다시 준비! 액션!

걸인 1   절도범! 방화범! 정치범으로 온갖 죄를 다 짓고 어때
좀 나아졌냐?

걸인 2   (청년 폴을 쳐다보며) 어때 네가 보기엔 좀 나아진
것 같냐?

청년 폴   (대답 없이 자는 척한다.)

걸인 2   허, 저 녀석 벌써 자네! 자자자 계속 해봐!

걸인 1   절도범! 방화범! 정치범으로 온갖 죄를 다 짓고, 감
옥소를 내 집 드나들듯 했수다. 그러던 중 깨달은
바 있어 개심하고 살려 들었지만, 현재까지 일자리
를 못 찾았수다. 일 찾을 때까지 잠잘 곳도 먹을 것
도 없어 그러니, 사회의 안녕을 위해서, 동전이든,
큰 지폐든 닥치는 대로 마구 줘! 앙!

걸인 2   좋았어. (걸인 1에게로 다가오며) 그런 식으로 잘 될
때까지 자꾸 연습해 봐! 잘 될 때까지. 잘하면 한몫
보겠는데. 네놈도 알다시피, 내 대사 보단, 네 대사
에 사람들이 더 돈을 많이 주잖냐. 앞으로 다섯 번
만 더 연습하고 자!

걸인 1   졸려 죽겠다. 누워서 할래.

걸인 2   게을러빠지긴. 그러니까 거렁뱅이 신세지.

걸인 1   잔말 말고 누워! 오랜만에 일하려면 잠을 푹 자야
뭔 일이 되지.

걸인 2   녀석하고는.

걸인 1과 걸인 2는 다시 머리를 붙이고 눕는다.

걸인 1   신사 숙녀 여러분! 나로 말할 것 같으면, 전과 7범으
               로 절도범, 방화범, 정치범으로 온갖 죄를 다 짓고,
               (점점 졸음에 빠지며) 감옥소를, 감옥소를……
걸인 2   (코 고는 소리를 내며 잠든다.)
걸인 1   감 감옥소를……(잠든다.)

두 걸인의 코 고는 소리가 들리면서 조명은 조금씩 어슴푸레하
게 되고, 두 걸인의 코 고는 소리가 점점 커지면 조명이 더욱더 어
두워진다.
조명이 다시 서서히 밝아지면, 지하철 소리, 사람들 발자국 소리,
지하철 문 여닫는 소리 등의 반복 속에서, 두 걸인은 잠에 술에 취
한 채, 벤치에 앉아 각자의 술병을 들고 마시다 다시 눕는다. 두
걸인의 코 고는 소리와 함께 다시 조명이 서서히 어두워지고, 두
걸인의 코 고는 소리가 점점 커지면, 조명은 더욱더 어두워진다.
조명이 다시 서서히 밝아지면, 다시 지하철 소리, 사람들 발자국소
리, 지하철문 여닫는 소리 등 위의 장면이 세 번 정도 반복돼 며칠
이 지나감을 나타낸다.
두 걸인의 코 고는 소리가 커지고 조명이 다시 어두워졌을 때,
청년 폴은 서서히 일어나 벤치에 앉는다.

청년 폴   (머리를 감싸며) 아! 머리가 뻐개질 것 같아! (고개를

들며) 이런 식으로 사는 것도 아무나 할 수 있는 게 아니네…… (한숨 쉬며) 휴! 휴식 없는 몽롱한 나날들…… 며칠이나 지난 거지? (머리를 긁적인다.) (침묵 후) 주머니엔 동전 한 푼 없고 저들처럼 담배꽁초를 주워 모아 피우고…… 휴! (걸인 1과 걸인 2를 바라보며) 너와 나처럼 머리를 맞대야만 잠드는 저들! 가난한 저들! 우리에게서 연극과 사랑을 빼면, 우리도 저들과 비슷한 처지이지. 다만 이곳에 오래 머물 수 있을 정도로 이 생활에 익숙해질 수 있느냐가 문제겠지만…….
내게도 지금 몇 푼의 돈이 있다면, 저들처럼 술을 마시고, 잠의 세계로 도피하고 싶어. (머리를 흔들며) 하지만 난 벌써 지쳤어. (일어나며) 이젠 이곳을 떠나야 할 것 같아. (서성이며) 어디로 가지? 어디로? …… 어디든 가야지! 우선 돈을 벌어야 해! 돈을! (우측 입구를 향해 몸을 돌린다.)

조명은 청년 폴의 행동이 멈춘 상태를 잠시 조명하다 꺼진다.
조명이 서서히 들어오면 걸인 1과 걸인 2의 코 고는 소리가 커지다, 걸인 2가 악몽을 꾸는 듯 숨 막히는 소리를 내다가 소리를 지르며 일어난다. 걸인 1은 그 소리에 놀라 깬다.

걸인 1   이놈 때문에 심장병 걸러 죽겠네! 또 악몽을 꿨냐?
걸인 2   (괴로워하며) 휴! 휴! 꿈이어서 다행이네…… 거인
            놈들이 날 막다른 골목으로 몰고 가 죽이려 하는데,

눈을 아무리 뜨려 해도 뜰 수가 있어야 말이지…….

걸인 1   그렇게 악몽에 시달려서 어떻게 하냐!

걸인 2   (주머니를 뒤적이며 담배를 찾으려 하지만 없자) 남
          겨 뒀었는데…….

걸인 1   (자신의 주머니를 뒤적이다 없자) 내 주워 올게! (바
          닥에 있는 담배꽁초들을 주워 모으다) 어! 이 녀석
          갔네!

걸인 2   (청년 폴이 있었던 벤치를 보며) 언제 갔지?

걸인 1   (무대 전면으로 나와 철로 위를 살피며) 죽은 건 아니
          겠지?

걸인 2   (안도의 한숨을 내쉬며) 휴! 이제야 숨통이 트이는군.
          우리 둘만 있다가 셋이 되니까 더 숨통이 막혔었는
          데. 휴! 난 말야 새 환경에 적응을 잘 못 하거든.

걸인 1   나도.

걸인 2   지하철 지날 때마다 저놈이 확 뛰어내려 죽으려 들
          면 어쩌나 얼마나 신경이 쓰이던지…….

걸인 1   맞아! 간이 콩알만 해져서 나도 한숨도 못 잤다니까.
          (벤치에 앉는다.)

걸인 2   이놈이 잠만 잘 자 놓고 이젠 거짓말까지!

걸인 1   (작은 소리로) 그런 지놈은? (담배를 걸인 2에게 주
          고, 자신도 피워 물며) 오늘은 신경 쓸 일도 없고 오
          랜만에 푹 잘 수 있겠다.

조명이 어두워지고, 걸인 1과 걸인 2의 담뱃불만 깜박이다 조명
이 꺼진다.

배우들은 벤치들을 들고 나간다.

파도소리가 나면서, 조명이 밝아지면, 모자를 쓴 경쾌한 차림의 노인 폴이 강아지 폴과 함께 무대 좌측에서 나와 무대 전면으로 온다.

노인 폴   (객석을 바라보며) 으음! 이 바다 냄새! 폴! 저기 갈매기들 좀 봐라! 아! 저기 유람선도 있네.

강아지 폴 (좋아서 짖는다.)

노인 폴   우리 폴 배 타는 거 좋아하지! 자, 아빠가 태워 줄게, 가자! (무대 좌측으로 가려 한다.)

강아지 폴 (따라가지 않고, 무대 우측을 바라보며 계속 짖는다.)

노인 폴   뭔데 그래? (무대 우측을 멀리 바라보며) 아! 네 여자 친구가 드디어 나타났구나! 내일 돌아가야 하는데, 못 보고 가면 어쩌나 했더니. 하! 녀석! 그렇게도 좋냐?

강아지 폴 (무대 우측으로 뛰어간다.)

노인 폴   (따라가며 웃으며) 허, 그 녀석! 저렇게도 좋나!

무대가 빈 채 파도소리가 계속되다 조명이 어두워진다. 빗소리가 들리면 조명이 다시 무대 전면을 비춘다. 잠바를 걸친 노인 폴이 가방을 들고 무대 좌측에서 빠른 걸음으로 무대 전면으로 나온다. 강아지 폴도 따라 나온다. 무대 전면은 시골 별장 앞 자동차가 있는 장소이나, 이 장면은 자동차 없이 배우의 연기로 대신한다.

노인 폴   (자동차의 뒷문을 여는 행동을 하고, 가방을 던져 놓고, 문을 닫는 시늉을 한다. 돌아와서 자동차의 앞문 강아지 폴   (자동차를 타는 행동을 하며, 앉는다.)

노인 폴   (자동차 문을 닫고, 돌아와서 자동차의 왼쪽 앞문을 열고, 타서 앉는 행동을 하며, 문을 닫는 시늉을 한다.) 자! 출발! (운전을 하면서) 어젠 그렇게도 날씨가 좋더구만, 왜 하필이면 돌아가는 날 비가 이렇게 오나! 우리 폴이 비라면 질색을 하는데 말야. (강아지 폴을 보며) 그지! 하, 그 녀석! 졸리냐? 그럼 폭 자! 여섯 시간이나 달려야 하니까, 낑낑대지 말고 자는 게 낫겠다.

강아지 폴   (잠을 잘 자세로 쭈크린다.)

노인 폴   하! 고 녀석! 아빠 말을 그렇게도 잘 들으니까, 아빠가 우리 폴이라면 껌뻑 죽지!
(운전을 계속하며 혼잣말로) 비가 좀 그친 다음에 떠날 걸 그랬나! 왜 이렇게 기분이 안 좋지.

천둥, 번개소리가 난다.

강아지 폴   (일어나 창문을 두드리는 시늉을 하며 불길하게 짖는다.)
노인 폴   괜찮아, 아빠가 있는데 뭐가 무섭냐. 자! 코 자요! 코오!
강아지 폴   (계속 불길하게 짖는다.)

천둥, 번개소리가 더욱 커진다.

노인 폴   (달래듯) 조용히 해요! 아빠가 정신이 다 나가겠다!

우리 폴 착하지!

강아지 폴   (계속 짖는다.)

노인 폴   (당황하며) 어! 어! 이 차가 왜 이러지!

천둥, 번개소리와 함께 차가 미끄러져 가드레일을 들이박는 소리
가 나며, 노인 폴과 강아지 폴의 비명소리가 난다.

조명이 꺼진 채 천둥, 번개소리가 난다. 잠시 후, 앰뷸런스의 사
이렌소리가 크게 났다, 쉬었다가, 다시 크게 나면서 점점 멀어져
간다.

다시 조명이 무대 전면을 비추면, 반소매 와이셔츠에 나비넥타이
를 맨 청년 폴이 무대 우측에서, 쟁반 위에 오렌지 주스 잔을 든
시늉을 하며, 무대 전면으로 들어온다. 무대 전면은 카페이다. 여름
이라 테이블 두 개가 카페 앞에 놓여 있으나, 이 장면에서는 모든
소품들과 모든 인물들이 등장하지 않은 채, 청년 폴이 혼자 마임으
로 처리한다.

청년 폴   여기 오렌지 주스 나왔습니다. (주스 잔을 테이블 위
            로 놓는 마임을 하고, 옆 테이블로 가서) 주문하시겠
            습니까? (……) 커피요! 이쪽 분은? (……) 아, 예,
            에스프레소요! (돌아서려다) 방금 아주 맛있게 구운
            사과파이가 나왔는데, 커피에다 사과파이 한 조각씩!
            어떠세요? (……) 아, 커피만요? (무대 우측으로 들
            어간다.) (다시 나와서 커피 잔들을 내려놓는 행동을
            한 후, 옆 테이블을 지나 우측으로 들어가려다, 테이
            블에 다가가서) 아가씨! 사과파이 안 드시겠습니까?

(……) 아, 그럼 복숭아파인 어떠세요? (……) 아, 죄
송합니다. (멋쩍은 표정으로 무대 우측으로 들어간다.)

조명이 꺼지고, 다시 밝아지면 초가을이다.
양복 상의를 입은 청년 폴이 무대 우측에서 나온다.

청년 폴   (테이블을 카페 안으로 옮기는 시늉을 하면서) 또 하
              루가 지났군. 이놈의 날짠 왜 이렇게 빨리 가는 거
              야! 벌써 초가을인데, 해놓은 것은 없고 날짜만 자꾸
              가네! (다시 앞으로 나와, 남은 테이블을 옮기는 행
              동을 하며) 아침에 눈뜨고 나와, (멈춰 서서) 뭐 드실
              까요? 커피요? 파이도 좀 드시죠! (옮기며) 앵무새처
              럼 하루 종일 똑같은 말만 지껄이다, 또 아침이 되
              면 어김없이 어제랑 복사판이지! (손을 털며) 휴! 날
              씨가 제법 쌀쌀해졌으니까, 내일부턴 테이블 밖으로
              내다 놓는 일은 안 해도 되겠지. (앞을 바라보며) 연
              극을 위해서 일 할 땐 반나절씩 이 일을 하면서도,
              새끼 새들 먹이려 벌레 찾아 헤매는 어미 새가 된
              기분도 들곤 했었는데…… (옆에 있는 의자들을 정
              리하는 시늉을 하며) 이거야 원, 머리는 텅텅 비어
              가고, 그저 먹고살자고 하루 종일 이 짓을 하니……
              내가 정말 이 정도밖에 안 되는 인간이었나? (머리
              를 긁적이며) 지금껏 내가 한 것 갖고, 그걸 살리면
              서 사람답게 살 수 있는 길은 없는 걸까? 이렇게 세
              월만 보낼 순 없어! (전화벨 소리가 나는데, 다시 머

리를 긁적이다가 무대 좌측을 쳐다보며) (……) 제 전화예요? (무대 좌측으로 뛰어가서, 전화받는 행동을 하며) 여보세요! (……) 아, 필립! 오랜만이다! (……) 전화했었어? (……) 응! 요새 혼자 지내. (……) 아니, 헤어진 건 아니고…… (……) 연극? 머리 좀 정리하려고 몇 달째 손 안 대고 있지. 그래 광고 일은 잘돼가고? (……) (놀라며) 날 캐스팅하겠다고? (……) 아, 스튜디오에서 연극 무대처럼 해놓고 찍으려고? 거 재미있겠는데! (……) 뭐 줄타기? (……) 그래 할 수 있지. 대학 다닐 때 배웠잖냐. 안 한 지 꽤 오래됐긴 하지만 연습 좀 하면 잘할 수 있을 거야. (……) 뭐? 이번에 반응이 좋으면 계속 같이 하자구? (……) 그래! 고맙다! (……) 거기까지 한 한 시간이면 될걸. (……) 그래 가서 의논하자! 고맙다! (……) 그래! (전화를 끊는 시늉을 하고는, 뒤돌아보며 나비넥타이를 풀며) 저, 정리 다 했으니까, 퇴근할게요! (……). 예. 내일 봅시다! (나비넥타이를 주머니에 넣고, 카페 테이블이 놓였던 자리보다 더 앞부분까지 걸어 나온다. 카페 앞 작은 길이다.) 그래! 기회는 올 때 놓치지 말아야 돼! (담배를 피워 물고는) 같이 일하자고 할 때마다 거절했었는데, 이번엔 나도 좀 적극적으로 잘 해봐야지……(퇴장하며) 기회는 아무 때나 오는 게 아니니까! 왔을 때 잘 해야지!

조명 어두워진다.

〈제2막〉

　병실을 가린 커튼이 젖혀지고, 조명이 병실을 비춘다. 병실 안에는 양옆으로 침대가 하나씩 있으며, 각각의 침대 옆에 작은 탁자가 하나씩 있고, 왼편 침대에는 의자도 하나 있다. 병실 뒤 벽면 중앙에는 병실 문이 있다.
　병실 한가운데에는 휠체어에 담요를 덮은 채 침묵하고 있는 노인 폴이 있다. 조명은 서서히 노인 폴만을 비춘다.

노인 폴　　　(한참을 고통스러워하다가, 서서히 작은 목소리로 울먹이며 천천히 독백을 시작한다.) 폴! 내 아들! 네가 내 곁을 떠나고 계절이 바뀌었는데도, 난 아직도 네가 죽은 게 믿어지지가 않아. 이 애비가 정신을 잃어, 네 마지막 모습도 보질 못 했으니…… 널 그렇게 쓸쓸히 떠나보내다니……. (울먹이며 침묵 후) 다 이 애비 잘못이야! 비 오는 날을 네가 그렇게도 싫어했는데, 좀 더 지내다 올라올걸…… 가엾은 것! (울먹인다.)
　　　　　　(침묵 후 비참하게) 폴! 이 애비한테 이제 남은 것은 아무것도 없단다. (침묵 후) 텅 빈 아파트! (침묵 후) 죽음!…… 그래. 넌 내게 죽음이 있다는 걸 알게 하고 떠났지. 많은 사람들이 죽었어도, 그저 죽었나 보

다 했었는데. 삶이 있으면, 죽음도 있는 거고, 죽기 전까진 삶에 충실해야 한다고 생각했었지. 고통이 닥칠 때마다 암! 그래도 사는 건 즐거운 거야 하고 외치곤 했는데.

(침묵 후) 죽을 날이 코앞에 느껴지니까, 내 인생이 모두 어이없이 느껴지는구나. 나름대로 성공했다 생각했었지만, 인생이란 둥근 원만을 그린 채, 안은 텅 텅 빈 채 내버려 둔 꼴이랄까? 어느 날부터인가 사랑하는 모든 것으로부터 달아났던 삶! 그러면서도 모든 내 행동을 합리화시키면서 만족해했던 삶! 겉으론 모든 이들에게 친절을 베풀면서도, 누구에게도 진실로 내 마음을 준 적이 없었지. 이런 삶은 내가 원했던 삶이 아니란 생각이 들 때면, 깊이 있게 생각하길 귀찮아하고, 즐거움을 줄 일시적 대상에 파묻히거나, 그저 일상을 즐기며 만족하려 했었어. (침묵한 후 씁쓸하게) 이젠 얄팍한 만족감 속에서 나 스스로를 속이며 산 내 인생을 정말 정면으로 바라봐야 할 것 같아.

(평화로운 미소를 지으며) 폴! 그래도 너하고는 늘 평화롭게 지냈지. 네 앞에선 난 어떤 이기심도, 수치심도 지닌 적이 없었으니까. 내 마음속이 마치 어린 애마냥 늘 깨끗하고, 따스했었거든. 오! 사랑스런 내 아들!

조명이 서서히 밝아지면서, 한쪽 다리에 깁스를 한 청년 폴이 목발을 집고 병실 문으로 들어온다.

노인 폴   (청년 폴에게로 휠체어를 굴리어 다가가, 명랑하게)
         그래, 곧 퇴원할 수 있다고 하던가?

청년 폴   예. (침대 위로 가서 베개를 등에 댄 채 앉는다.)

노인 폴   (섭섭한 기분을 감추며) 거참, 잘됐네그려. 그동안
         정말 고마웠네.

청년 폴   제가 뭐 해드린 게 있나요.

노인 폴   해준 게 없긴. 자네가 오기 전, 나 혼자 있었을 때,
         난 아무것도 먹지 않고, 말도 하지 않고 지냈었지.
         폴이 죽었다는 것을 감당할 수가 없었어. 또 하루아
         침에 무너져 버린 내 육신을 쳐다보면 정말 죽고만
         싶더군. 다 자네 덕분에 말도 되찾고, 휠체어로나마
         움직이려고 애쓰게 됐지. 지금도 나 혼자 있을 때면
         늘 악몽 같은 생각에 시달려. (다시 밝은 목소리로)
         그래, 폴린에게는 알렸나? 제일 기뻐할 텐데.

청년 폴   (고개를 흔든다.)

노인 폴   요샌 잘 안 오는 것 같은데, 뭔 일이 있나? 하긴 벌
         써 3주째 자네가 입원해 있으니, 더 할 일이 많겠지.
         내가 퇴원하게 되면, 저녁식사에 초대할 테니까, 우
         리 집에 와서 식사도 하고 춤도 추고 하자구. (웃으
         며) 폴린은 참 좋은 아가씨야. 남들이 휠체어 타고
         잘 활동하는 것처럼, 나도 뭐든 할 수 있다고 용기
         를 주더군. (침묵 후 휠체어를 굴리며 한숨 쉬며) 숨
         소리 하나 안 나는 그놈의 아파트 속으로 갈 생각을

하면, 지금부터 두려워. (청년 폴을 보며) 우리 집에
　　　　　자주 올 거지?
청년 폴　　그럼요. 퇴원하시기 전까지 여기도 자주 들르고, 퇴
　　　　　원하시는 날 제가 모셔다 드려야죠. 파티도 열어 드
　　　　　리고요.
노인 폴　　아! 나 퇴원하는 날 꼭 좀 와 주게! 자네가 안 오면
　　　　　문도 다 부수고 들어갈 판이야. 휠체어 신세니 꼭꼭
　　　　　잠가 놓은 문을 무슨 수로 다 열겠나. 퇴원하면 열
　　　　　쇠 꾸러미부터 버릴 거야.
청년 폴　　걱정하지 마세요. 폴린은 잘 모르겠고, 저는 꼭 올게요.
노인 폴　　왜 무슨 일이 있었나?
청년 폴　　(머뭇거리다) 며칠 전에 물리 치료 받으시러 가셨을
　　　　　때, 폴린이 왔었어요.

　노인 폴은 어둠 속에 남긴 채, 조명은 청년 폴 쪽만 비춘다. 바
바리를 입은 폴린이 들어와, 청년 폴의 침대 옆 의자에 앉는다. 한
참을 서로 침묵한다.

폴린　　　어때 오늘은?
청년 폴　　왜 또 왔어. 혼자 있고 싶으니까 가 봐.
폴린　　　왜 이러는 거야. 나도 더 이상 참을 수가 없어. 매번
　　　　　이런 식으로 날 대하는 이유가 뭐야? 너의 이런 태
　　　　　도 때문에 남의 감정이 망가지는 건 생각도 안 해?
　　　　　네가 아픈 건 다리지, 마음이 아니잖아. 아픈 사람하
　　　　　고 싸우게 만들지 좀 마.

청년 폴   너한테 도움도 안 되는데, 왜 자꾸 와서 이러는 거야? 난 널 훨훨 날려 보냈어. 넌 어디든 날아갈 수 있다고!

폴린   (일어서며) 그래, 나도 그러고 싶어. 하지만 불과 몇 달 전에 에밀리 역을 하면서, 사랑하는 사람과 영광도 기쁨도 수치심도 고통들도 다 함께하고 싶다고 무대 위에서 외치고는, 내 삶의 주인공인 내가 내 진짜 역에선, 사랑하는 사람이 힘들게 한다고 금세 돌아서야 해? 하지만, 하지만 그건 내 의지일 뿐이야. 내 감정은 지금 산산이 무너지고 있어. 그래서 이러지도 저러지도 못하고 머뭇거리고 있는 것뿐이야. (분노하며) 난 정말 네 기회주의 앞에서 환멸을 느꼈어. 지금 난 엄마에게 느꼈던 분노를 너한테 느끼고 있어. (걸으며 회상하듯) 엄만 자기 인생을 무엇보다도 중요시하고, 매 순간순간을 자신을 위해 살려 했었지. 사랑 앞에서도 어떤 고통이 생기면 그 고통에 머물지 않고, 곧 해결책을 찾아 나섰었고. 여섯 살 때부터 이해할 수 없는 어른들 때문에 너무나 힘들었어. 주말마다 아빠가 찾아와선 가기 싫어 우는 나를 데리고 갔지. 엄마보다 더 젊고 예쁜 여자와 함께 동화책을 읽어 주며 잠재워 주는 아빠도 싫었고, 엄마 집에 왔을 땐, 새 아빠도 싫었고, 엄마도 미웠어.

청년 폴   너만 그러고 산 것도 아닌데 뭘 그래.

폴린   그래. 어린애들이 주말만 되면, 아빠 집으로, 엄마 집으로 대이동을 하는 건 특별한 일도 아닌 게 됐어. 그렇다고 모두들 상처가 없다고는 생각지 않아.

난 가끔 왜 우린 아빠와 함께 살지 않느냐고 물었
지. 그럼 엄마는 늘 씁쓸하게 웃으면서, 어린 내가
그 뜻을 알 거라고 생각하는지, "폴린, 인생이란 다
그런 거란다." 하고 대답했었지. 어렸을 땐, 그 인생
이란 단어가 정말 너무나 복잡하게 느껴졌었어. 그
뜻이 뭔지는 알 수 없지만 굉장히 힘든 것 같은 느
낌이었다고.
옛날엔 부모들이 애들을 먼저 생각하면서 살았지만,
우리가 어렸을 땐, 이기적인 어른들이 자기들끼리
합의한 해결책을 논리적으로 설명하면서, 뜻도 모르
는 우리들을 이해시키려 들었고, 우리들이 오히려
어른들 인생을 보호해 주며 살았었으니까. 우리가
컸을 땐 우린 마음속 깊이에서 사람을 믿고 서로 도
우며 사는 것보단, 언제나 홀로인 인생을 알아차렸
어. 그리고 부모들이 우리에게 준 그 불신 위에 우
리도 아무런 죄의식 없이 더 큰 불신을 만들려 하고
있어. 서로에게 주는 아픔을 최소로 줄이려 노력하
기보단, 모두들 자신들 행동의 타당성만을 주장하고
이리저리 이익들만 좇아 달리고들 있어.
(청년 폴을 보며) 널 만나고부터 엄마에게 지녔던,
그리고 이 세상에게 지녔던 불신감은 사라졌었지.
너와 나만큼은 서로에 대한 믿음을 언제까지고 지닐
거라 확신했었어. (폴에게 다가가며) 적어도 네가 이
리저리 기웃거리며 자신의 이득을 좇아 뛰어다니는
사람이라곤 생각해 본 적이 없어. (절망스럽게) 그런

데 넌 엄마가 자신의 사랑을 좇으며 내게 소홀히 했
듯 너에게 이익이 되는 일이 생기면 무엇이든 버릴
수 있는 속물이었어. (비꼬듯) 그래 겨우 방황해서
네가 찾은 길이 그 길이니?

청년 폴　(흥분하며) 무슨 길? 광고? 그게 어때서? 그 친구한
　　　　테 미안할 뿐이야. 기회를 줬는데 줄타기 연습하다
　　　　이렇게 돼 찍지도 못하고 시간만 낭비하게 했으니까.

폴린　　너 자신한테 미안한 것은 없고? 그래 사고가 안 났
　　　　으면, 넌 그 일에서 허우적거리다, 일이라도 계속 맡
　　　　게 되면, 네 스스로 물질의 노예가 되어 가는 것도
　　　　잊은 채, 하잘것없는 상품 선전을 위해 널 바쳤겠지.
　　　　그러다 네 상품 가치가 떨어지면 연극을 떠났듯 또
　　　　뭔가를 찾아 이리저리 기웃거렸을 거야.

청년 폴　말 함부로 하지 마! 내가 연극을 위해, 내 생활비를
　　　　벌기 위해 했던 카페 보이 노릇을 언제까지 할 수
　　　　있다고 생각하니? 지난 몇 달간 하루에 여덟 시간씩
　　　　그 일을 하면서 내 생각을 정리해 보려 했지만, 도
　　　　저히 이런 식으론 계속 살 수 없다는 생각뿐이었어.
　　　　난 내가 갖고 있는 것으로 내 능력도 확인하면서,
　　　　우선 경제적으로 안정을 얻을 수 있는 길을 찾고 싶
　　　　었어.

폴린　　(말을 가로막으며) 경제적 안정? 그것은 생활의 기본
　　　　이지 근본이 아냐. 네가 원하는 것은 경제적 안정이
　　　　아니라 부유였겠지. 물질적 자립을 위해 나서다가 풍
　　　　요를 꿈꾸고, 그러다가 언젠간 물질의 노예가 되는.

청년 폴　　물질적 가난은 정신적 가난만큼이나 부끄러운 거야.

폴린　　　우린 가난했지만, 연극을 지키지 못할 만큼 가난하진 않았어. 많은 예술가들처럼 우리도 당당히 성실하게 우리 생활비를 스스로 벌면서 예술을 했었다고. 가난한 식탁은 물욕에 찬 욕심에 비하면 부끄러운 것이 아니야.

　　　　　(냉정하게) 넌 광고 일에서, 연극에서처럼 돈을 벌 수 없다고 해도, 적극적으로 해보고 싶을 만큼 그 일을 사랑한다고 생각하니? 넌 광고라는 일을 사랑해서가 아니라, 그 일이 가져다줄 물질의 풍요를 계산했던 거야.

청년 폴　　철저한 생활인이 된다면, 그 일처럼 흥미 있는 일도 드물어.

폴린　　　광고는 상품이 대상일 뿐이야. 새 상품을 빨리 효과적으로 알려서 소비를 자극시키는 게 목적이라구. 흥미를 줄 수 있고, 신선한 아이디어로 문화를 반영할 순 있어도, 인간 존재의 근본 문제를 다루거나, 우리 생활의 근본적 방향을 움직이게 할 힘은 거기엔 없어.

청년 폴　　(답답한 듯이) 그렇게 이분법적으로 단정 짓지 마! 보잘것없는 연극 한 편보다도 더 나은 광고도 많아. 어떤 직업이든 인간을 위한 부분은 있는 거야. 지금처럼 가족의 개념이 희박한 시대에, 짧은 영상 속에 평화로운 가족들의 모습을 담아, 우리가 잃은 삶의 소중한 모습을 되돌아보게 하고, 평온함과 재미를

주는 것도 광고가 하는 일이야. (강조하면서) 어느
직업이든 인간애는 있어!

폴린　　　바로 그거야. 네가 「신나」라는 작품에서 가장 중요
하게 생각했던 것은, 관객의 수도 아니고, 중국 영화
처럼 아버지를 위해 복수하려는 17세기적 명예관을
보이려 한 것이 아니라, 자신의 마음을 조절하고, 관
용으로 다른 이들의 마음을 정복한, 진정한 황제인
아우구스투스 황제의 모습을 강조하려 했던 거야.
그 극을 올리자면서 넌 흥분했었지. 너무나 이기적
이 돼 가는 이 시대에, 다시 한 번 꼬르네이유가 강
조했던 자유의지와 인간애를 퍼뜨려야 한다고.
극은 극이고 우린 우리인 거야? 우리가 제일 싫어했
던 건 연극 속에선 온갖 진리를 다 떠들어대면서,
자신의 인격엔 무책임한 추한 인간들 아니었어?

청년 폴　　설교하려 들지 마. 내 일은 내가 결정해. 네가 아니
고 내가!

폴린　　　내가! 내가! 내가! 결국 우린 함께 있어도 각자 살고
있었어.
(차분하게) 이제야 왜 엄마가 자신의 인생을 무엇보
다도 소중히 했었나 이해가 가. 엄만 의사라는 직업
을 자신만큼 소중히 여겼었지. 그 직업을 딸인 나보
다도, 엄마의 남자들보다도 더 중요하게 생각하는
것 같아 보였어. 거기엔 자신의 능력을 확인하는 기
쁨과, 물질적 안정, 그리고 삶을 즐길 수 있는 여유,
그런 것들이 다 있었으니까. 어쩌면 늘 엄마를 보호

해 준 것은, 나나 엄마의 애인들이 아니라, 바로 엄마의 직업이었는지도 모르지. 난 이기적인 엄마를 경멸하곤 했었는데, 그래도 엄만 자기 직업을 통해서 많은 사람들에게 사랑을 베풀었던 것은 사실이야. 이제야 엄마를 조금은 이해할 수 있을 것 같아. (침묵하다 씁쓸하게 웃으며) 그래. 난 착각 속에서 내 하루의 반나절을 살고 있었는지도 몰라. 연극 속에선 쉽게 주인공일 수 있었지만, 연극! 사랑! 내 삶! 내 위치! 이제야 모든 게 객관적으로 또렷이 보여. 지금 난 나를 사랑할 수가 없어. 너에게 아무런 도움도 줄 수 없고, 네가 느끼는 다리의 아픔도 난 같이 느낄 수가 없어. 널 이해하고 인내하기보단, 보통 여자들처럼 다투고 싶을 뿐이야.

(침묵 후, 침착하게) 하지만 사람보다 일이 먼저이고, 남자들을 경멸하면서도 남자들의 추한 모습들을 모방하기에 바쁘고, 진실한 사랑보다 욕망이 먼저이고, 의리보단 자신의 이득이 먼저 계산되는 황량한 길. 그 길은 절대 내 길이 아냐.

(폴에게 다가가서) 함께 있으면서 서로 부수기만 할 바엔, 좀 떨어져서 이성을 되찾는 것이 더 현명한 방법이겠지. 나도 노력할 테니까, 너도 우리가 가장 중요하게 생각했던 것이 뭐였나 생각 좀 해 봐. (잠시 침묵하다가) 갈게!

폴린은 뒤돌아 나가고, 청년 폴은 폴린이 나가는 것을 응시하며,

폴린이 나간 후에도 계속 문 쪽을 보고 있다.

조명은 점점 어두워지다 다시 병실 전체를 비춘다.

청년 폴   (침대에 걸터앉으며) 연극도 사랑도 다 떠나보냈고,
            모든 게 홀가분해졌는데, 자유가 아니라 텅 빈 느낌
            이 드는 건 뭐죠. 갑자기 내가 없어진 느낌이에요.
            (씁쓸히) 남은 것이라곤 물욕의 문턱에서 허물어진
            모습만 남은 거죠.

노인 폴   (청년 폴 쪽으로 휠체어를 움직이며) 다시 시작하면
            돼! 암. 다시 시작하기에 늦은 나이는 없지. 게다가
            자넨 젊은데 무슨 걱정인가? (청년 폴을 쳐다보며,
            미소 지으며) 자넬 보고 있으면, 꼭 젊었을 때 나를
            보는 것 같아.
            (침착하게) 젊었을 땐 누구나 다 고민하게 마련이지.
            이상은 하늘 끝까지 높고, 열정도 가득하지만, 현실
            속에선 모든 게 첫 걸음마니, 매번 시도하는 일이
            실패된 듯 보이게 마련이지. 그런 실패감이 쌓이다
            보면, 지녔던 이상들도 멀리 사라지고, 초라한 제 모
            습만 보게 되거든. 이상이 높은 만큼 끈기가 있어야
            하는데, 끈기보단 자꾸 실패만 반복하게 될 것 같은 미
            래가 상상되니 지레 모든 걸 외면하고 도피하게 되지.
            (회상하듯 미소 지으며) 그런 시절이 있었으면서도
            자네 같은 젊은이들을 보면, 그 젊음 하나만으로도
            부유하게 느껴지고, 한없이 부럽기만 하니…… 미래
            가 암담하기는커녕, 뭐든 할 수 있을 것 같은 희망

부터 느껴지지.

청년 폴　희망요? 그건 그저 계획 속에서 공상할 때뿐이죠.

노인 폴　그래도 계획은 중요해. 상상 속에서 희망을 지녀보는 시간도 중요하고. 어떤 것을 계획하느냐, 어떤 꿈을 이루려 하느냐, 그런 것에 따라 인생의 방향이 달라지잖나!

　　　　　(머뭇거리다) 자네 내 인생 얘길 좀 들어보겠나? 자네한텐 지루할 테지만…….

청년 폴　지루하긴요. 잠도 안 오는데 말씀해 보세요.

노인 폴　자네 알지? 내 이름도 폴인 거.

청년 폴　(웃으며) 예. (계속 웃는다.)

노인 폴　(웃으며) 음. 그래서 자네를 보면 내 젊음을 되돌려 받은 것같이 희망을 갖게 되고, 자네가 나와 다른 길을 걸었으면 해서 더 내 얘길 들려주고 싶어.

　　　　　(회상하듯) 나 역시 젊었을 때 고민이 많았었지. 어떤 이는 빵 덩어리가 두 개가 있다면 하난 팔아 자신의 넋을 위해 히아신스를 사겠다고 했지만, 두 덩이의 빵이 있다면 얼마나 행복하겠나! 하지만 젊은 시절엔 대부분 한 덩이의 빵밖에는 못 지니게 되지. 그래서 먹기 위한 노동은 정신을 삭막하게 해서 삶을 지치게 하고, 넋을 위한 작업은 먹을 빵을 잃게 하지. 그 지친 기로에서, 인내심을 지니고 느리지만 정신과 물질의 자립의 길을 균형 있게 걷기보단, 빠른 길처럼 보이는 길로 들어서게 되지.

　　　　　(청년 폴을 보며) 나도 젊었을 땐, 그림 앞에서 누구

못지않게 정열을 지닌 가난한 화가였다네.

청년 폴　　아, 화가셨어요?

노인 폴　　한때 그랬었지. (회상에 잠기며) 그땐 그림을 향한
열정도 있었고, 아내도 있었다네. 내 처는 미련스러
웠지만 내겐 천사 같은 여자였어. 난 내 처가 늘 내
곁에 있어 주리라 굳게 믿었지. 그 믿음이 강할수록
지겨워하고 함부로 대했어. 생활이야 어떻게 되든
난 그저 그림에 파묻히다가 뛰쳐나가 이리저리 방황
하다 돌아오곤 했지. 그래도 내 처는 늘 날 기다리
고 있었으니까!
하지만 그 여잔 내가 생각한 만큼 미련하지 않았어.
세기세기 내려온 여자 학대가 지금 폭발해서 여자들
도 남자들에게 맞서고 있듯이, 미련한 내 처도 불만
이 쌓이고 쌓여 더 이상은 참을 수가 없었던 거야.
그렇다고 논리적으로 내게 맞설 능력도 없는 여자여
서, 어느 날 나 몰래 자기 것은 철저히 다 챙겨서
도망을 갔어.

청년 폴　　충격이 크셨겠네요.

노인 폴　　말도 못 했지. (분노하며) 더 힘들었던 건, 내 친구
놈하고 사랑에 빠져 떠났다는 사실이야.

청년 폴　　(놀라며) 예?

노인 폴　　그놈은 인정 많고 돈 많은 놈이었지. 내겐 정말 감
당하기 힘든 고통이었어. (씁쓸하게) 그때부터 난 사
랑도 우정도 안 믿었어.

청년 폴　　(작은 소리로) 그러셨군요.

노인 폴   그 고통 속에서, 난 돈이 가장 중요하다고 결론 내
          렸다네. 내가 돈이 많았다면 그 여자가 돈을 좇아
          쫄랑쫄랑 떠나진 않았을 거라고 생각했거든. 그림이
          고 뭐고 더 이상 현실을 등지고 예술만을 위해 살진
          않을 거라고 굳게 결심하곤, 열심히 닥치는 대로 일
          했지. 그래 어느 날 그래도 웬만한 화방을 열게 되
          었다네.

청년 폴   화방요?

노인 폴   음. 이상하게 미술과 연관된 일을 하게 되더군. 1년
          전에 다 정리하긴 했지만, 화방 덕분에 평생 안정되
          고 돈 걱정은 안 하고 살 수 있었지.
          하지만 나 자신에 대해 불만이 늘 있었어.

청년 폴   불만요? 돈 걱정 없이 그림에 더 몰두할 수 있었을
          것 같은데 왜요?

노인 폴   나도 그렇게 하려고 화방을 한 거였지. 그런데 젊었
          을 땐 물감 살 돈이 없어도 그림에 전념했었는데,
          빵 없는 예술은 있을 수 없다고 박차고 나와 하는
          사업에서 빵은 늘어 가는데, 몰두가 안 되더군. 다
          핑계겠지만, 장사하다 어쩌다 한가해지면 붓을 들었
          다가도, 또 장사 일이 바빠지면 장사에 신경 쓰다
          그림은 까맣게 잊어버리게 되더라구. 수많은 물감,
          빈 캔버스들을 쌓아 두고도 난 그동안 그림 한 장
          제대로 그릴 수가 없었다네. (쓴웃음을 짓는다.)
          가난한 화가들에게 새로 나온 재료들을 써 보라고
          그냥 주고, 초대해서 배불리 먹여 주고, 진지하게 토

론도 하면서 충고도 해 주었지만, 내 충고들은 쓸데
없는 잔소리였지. 그 친구들에겐 허드레 야채를 주
워 먹으면서도, 묵묵히 자신의 길을 걷는 화가가 더
강한 충고를 주는 거 아니었겠나.
(침묵 후) 문득문득 내가 왜 이러고 사나? 언제까지
이렇게 적당히 살 것인가 하는 생각이 들었지만, 생
활이 바쁘다 보니, 내가 뭘 생각해 보려 했었는지도
금세 잊어버리게 되더군. 그래 아무 생각 없이 하루
하루 열심히 사는 것이 최선일지도 모른다고 생각하
면서 살게 되었지. (침묵한다.)

청년 폴　　재혼은 안 하셨어요?

노인 폴　　했지. 세월이 흐르다 보니 옛사랑은 어떤 분노도 어
떤 감흥도 불러일으키지 못하는 낡은 레코드에서 흘
러나오는 가락 같았고, 내게 중요한 것은 현재였어.
그래서 난 또 내 행복을 찾아 나섰다네.

청년 폴　　어떤 분이셨어요?

노인 폴　　내 두 번째 아낸 먼저 여자보다 현명한 여자였어.
남자에게 얹혀서 던져 주는 행복이나 기다리며 졸고
있는 멍청한 여자가 아니라, 아주 능동적으로 삶을
잘 꾸려 나가는 여자였지. 활발하고, 적극적이고, 매
력이 넘쳤어. 나 만나기 전 두 번이나 결혼했었던
여자여서 아빠가 다른 아들이 둘 있었지만, 엄마로
서, 직장인으로서, 그리고 여자로서도, 나무랄 데 없
이 성실한 여자였지. 우린 둘 다 첫눈에 서로에게
반했다네. (청년 폴을 쳐다보며) 사랑이란 늘 무조건

적이고, 처음엔 모든 게 희망적이지 않나.

청년 폴   (웃으며) 그렇죠.

노인 폴   하지만 그 여자하고도 오래가지 못했어. (침묵하다)
              가끔씩 사소한 의견 차이가 생기면, 서로를 이해해
              주려 노력하기보다는 끝까지 논리적으로 맞섰고, 어
              느 문제에서든 각자를 보호하기에 바빴거든. 그 여
              자 말대로 우린 둘 다 한 발씩 문밖에 내놓고 언제
              든 떠날 준비가 되어 있었지.

              (쓸쓸하게) 이미 이별이라는 것을 경험해서인지, 다
              투는 시간도 오래가지 않았어. 결국 우린 헤어졌지.
              헤어지고도 친구가 되려고 노력도 했었지만 서로에
              게 거리를 느껴 완전히 헤어졌어. 사랑도 없이 서로
              에게 가벼운 친절을 베푸는 게 무슨 의미가 있었겠
              나. (침묵 후) 그 여자하고 헤어진 후론, 결혼이란 형
              식도 도덕이란 것도 내겐 더 이상 중요한 의미를 주
              는 것이 못 됐어. 그래 한동안 동쥬앙처럼 가벼운
              사랑만 수집하고 다녔지. (침묵하다 쓸쓸하게) 거기
              엔 어떤 구속도 없었지만 사랑도 없었어. 소유했다
              생각했던 만큼 잃음이 있었고, 적어도 불행에 머물
              지 않게 했을지 모르지만, 오히려 불행이 더 많이
              쌓인 게 아닌가 싶네. (쓸쓸히) 내가 쌓은 건 고독이
              었어. (침묵하다 후회하듯) 지금 생각해 보면 그것은
              삶을 죄악과 혼돈 속으로 집어넣는 일이었지.

청년 폴   글쎄요. 어쩔 수 없는 운명에 의해서든, 자신의 선택
              에 의해서든, 모든 것에서 누구든 다양한 경험을 하

게 되는 게 아닌가요? 산다는 게 단순하지 않잖아요?

노인 폴 물론 운명이야 피할 수 없는 것이겠지만, 운명이나 신을 원망할 자격도 없지. 불행을 만나고, 또 불행을 반복하지 않으려다, 이 흉측한 인생을 만들어 놓았으니까.

청년 폴 흉측하긴요?

노인 폴 많은 사람들이 나처럼 사니까 보통처럼 여겨져서 그렇지, 문젠 심각해. 물질로 잘 포장되어서 우린 그 겉모양만 보고 웃고들 있지만, 그 안을 들여다보면 정신적 황폐는 그 어느 때보다도 심각하지. (허무하게 웃으며) 나도 그 황폐를 위해 평생을 바친 꼴이 됐으니…….

(자신을 바라보며) 이 꼴이 뭔가! 죽는 날까지 돈만 있으면 남 신세 안 지고 잘 살다 갈 줄 알았더니, 죽어 가는 소리에 신음하는 소리에 지겨워하면서도, 이 병원보다 아무도 없는 텅 빈 아파트 속으로 돌아가는 게 더 두려우니…… 내 아파트는 이제 내 안식처가 아니라, 내 시체가 썩어도 아무도 모를, 내가 만든 무덤이야.

청년 폴 너무 그렇게 생각하지 마세요. 물질적으로 풍요로웠다 해도, 정신적으로 강인했다 해도, 몸이 건강했었다 해도, 언제든 일순간에 허물어질 수 있는 거죠. 또 그게 다가 아니잖아요? 다시 노력하면 회복될 수도 있는 거구요. (웃으며) 저도 이런 말할 자격은 없지만요.

노인 폴　　　(씁쓸히 웃는다.)

두 사람 사이에 긴 침묵이 흐른다.

노인 폴　　　입원한 후 내가 왜 이렇게 되었나 정말 많이 생각했
　　　　　　었다네. 결국 정신적 자립이라는 것이 나와 남들을
　　　　　　사랑할 수 있는 능력인데, 나만을 보호하는 능력이
　　　　　　라고 착각을 해서 이렇게 된 것 같아. 그래서 다른
　　　　　　사람들이 주는 상처를 받지 않으려고 내 주장만 내
　　　　　　세우며 다투게 되고, 남이 준 상처를 빨리 잊어버리
　　　　　　려고 다른 대상을 찾게 되고, 또 아픔을 주는 인간
　　　　　　들보단 물질로 내 삶을 보호하려 들었기 때문에, 이
　　　　　　렇게 날 고립시킨 거지.
청년 폴　　　(웃으며) 저도, 몇 달 동안 내가 왜 이렇게 방황했나
　　　　　　생각해 보면, 가장 중요한 것은 생각하지 않고, 빨리
　　　　　　많이 갖고 멀리 뛰어 볼 생각을 했던 게 문제였던
　　　　　　것 같아요. (자신을 비웃으며) 그러다 이렇게 빈손으
　　　　　　로 허물어졌죠.

두 사람 사이에 침묵이 흐른다.

노인 폴　　　(웃으며) 이제부턴 가장 중요한 것들을 생각하며 살
　　　　　　아 보자구!
청년 폴　　　(웃는다.)
노인 폴　　　(회상하면서) 그래도 우리 폴이 있을 땐 나도 꽤 괜

찮은 늙은이였는데…….

청년 폴　　아, 강아지요?

노인 폴　　그놈은 강아지가 아니라 내 아들이었어. (슬프게) 그
　　　　　녀석이 떠나니까 이렇게 허전할 수가 없어.

청년 폴　　강아지야 또 사서 키우시면 되죠.

노인 폴　　글쎄, 폴은 강아지가 아니라 내 아들이었다니까.

청년 폴　　(웃으며) 자식처럼 개를 키우는 걸 많이 봤지만, 그
　　　　　래도 강아지는 강아지죠.

노인 폴　　허허. 그래도 그놈은 내 아들이었데도…….
　　　　　(차분하게) 그놈은 정말 내게 많은 것을 가르쳐 주고
　　　　　떠났어. 끝없는 모험도 부질없는 거였고, 인간들에게
　　　　　완전히 지쳤을 때, 그 녀석을 키우게 됐지. (미소 지
　　　　　으며) 내 얘길 조용히 다 들어주었고, 말없이 내 능
　　　　　력을 인정해 주었지. 아직도 내가 무언가를 진심으
　　　　　로 사랑할 수 있다는 것을 확인시켜 주고 떠났어.
　　　　　(청년 폴을 쳐다보며) 우습지 않나! 개는 쉽게 사랑
　　　　　하면서, 인간을 대할 땐 서로들 이익 다툼이나 하고
　　　　　경계하기에 바쁘니…….

청년 폴　　그동안 인간들끼리 쌓은 불신이 너무 많아 그런 거겠죠.

노인 폴　　허긴. 남들을 다 못 믿을 놈들이라고 생각했었지만,
　　　　　난 나 자신을 믿는가 하고 물어보면, 제일 못 믿을
　　　　　인간이 바로 나인 것 같아.

청년 폴　　(웃으며) 저도 그런 것 같아요. 이리저리 핑계거리만
　　　　　찾고 비겁할 때도 많았던 것 같아요.

노인 폴　　(웃으며) 그렇지? 하지만 우린 뭐가 잘못됐었나 알았

으니까 다시 시작하면 될 거야. (한숨 쉬며) 그래도
흘려버린 시간들이 너무나 아쉬워. 주어진 시간들
속에서, 누군 삶을 파괴하는 데 평생을 보내다 가고,
누군 삶을 미리 포기해 버리고, 어떤 이는 삶 안에
서 서성거리기만 하고, 어떤 이는 주어진 시간을 낭
비하지 않고 사람들과 서로 사랑하며 삶을 진정으로
잘 살다 가지 않나. 그런 이들이 드물어서 위인이라
고 부르는지도 모르지만.
(청년 폴을 쳐다보며) 자넨 애인도 예술도 다시 찾
고, 자네에게 주어질 시간들을 나처럼 낭비하지 말
며 살게.

청년 폴　　(웃는다.)

두 사람 사이에 침묵이 흐른다.

청년 폴　　그동안 방황하면서, 내 능력에 대해 확신이 완전히
　　　　　선 것도 아니고, 그렇다고 다른 해결책을 찾을 수도
　　　　　없었지만, 생각은 조금 정리가 되는 것 같아요. 의,
　　　　　식, 주를 위해 남들처럼 일상의 무게를 느끼며 사는
　　　　　것도 인간다운 것 같고, 연극을 떨쳐 버리기엔 나를
　　　　　감동시킨 연출가들의 무대들을 아직도 잊을 수가 없
　　　　　어요. 그리고 내 무대에서 다른 연출가에게선 보기
　　　　　힘든 신뢰감과 따스함이 느껴진다며 용기를 주었던
　　　　　사람들의 믿음, 그런 것도 아직은 저버릴 수가 없고,
　　　　　(의욕적으로) 아직도 시도해 보고 싶은 것들이 남아

있는 것도 사실이에요. 그리고 직접 글도 쓰고 싶어
요. 다른 사람 희곡만으론 내가 연극을 통해 말하고
표현하고 싶은 것을 다 할 수가 없거든요.

노인 폴　(의욕을 북돋우며) 그래! 자넨 다 잘 할 수 있을 거
　　　　야! 자네 나이에 자네 능력을 다 평가하고 한계 짓
　　　　기엔 너무 이르지. 지금은 자네 일을 정말 사랑하면
　　　　서, 최선이면 되는 거야.
　　　　(웃으며) 그러고 보니 자네가 다친 게 괜히 다친 게
　　　　아냐.

청년 폴　예?

노인 폴　(웃으며) 날 만나려고 그랬었나 봐.

청년 폴　아, 예.

노인 폴　내가 걷던 길을 걷지 않게 하려고 하나님이 우릴 만
　　　　나게 해 준 것 같아. 그래서 자네가 내 나이가 됐을
　　　　때, 젊은이들에게 자네가 만든 세상을 내어 주면서
　　　　부끄러워하지 않게 하려고 말일세.
　　　　어때? 다시 시작할 수 있을 것 같지?

청년 폴　(웃으며) 우리 같이 다시 시작해 볼까요!

노인 폴　그러세! 자네 내 친구가 돼 줄 거지?

청년 폴　아, 물론이죠.

노인 폴　폴린도 내 친구가 돼 줄까?

청년 폴　(웃으며 머뭇거리나) 아마, 그럴걸요.

노인 폴과 청년 폴은 서로를 쳐다보며 평화롭게 웃는다. 조명은
두 사람만을 집중적으로 비추다, 서서히 어두워지면서 막이 내린다.

아버지의 유산

등장인물

김영수 1(1935년생) 남자답게 생긴 미남형.

젊어서는 만두집을 했고, 세 번 결혼해 자
식들을 돌보지 않은 것을 후회함. 말년에는
중풍으로 인해 우측 반신불수에 말이 어눌
함. 강아지들을 자식 돌보듯 하며 살다 죽음.

김영수 2 죽은 후의 해설자 김영수.

죽은 후 무덤 속에서 나와 자신의 일생을
설명하는 역으로, 어눌한 말투는 없다.

박순자(1938년생) 식모살이를 하다 김영수와 결혼해 딸 하나
를 낳은 첫째 부인. 전형적인 한국의 어머
니상으로 인정이 많다.

김미자(1962년생) 김영수와 박순자 사이의 딸. 엄마와 유사한
외모와 성격을 지니고 아버지의 음식솜씨를
닮아 만두집을 한다.

이옥순(1940년생) 미인형. 미용사를 하다 김영수의 둘째 부인
이 됨. 아들 셋을 낳음.

김장군(1967년생) 김영수를 꼭 닮은 장남. 딸 하나를 낳고 이

	혼해 만두집을 하며 어머니를 모시고 삼.
김대장(1968년생)	둘째 아들. 한 회사의 부장. 너그러운 성격을 지님.
김미남(1969년생)	셋째 아들. 가족을 책임지기 싫어 결혼을 안 한 사업가.
최순미(1956년생)	김영수의 나이 차이가 많은 셋째 부인. 전형적인 한국의 땅, 아파트 투기꾼.
꽃분댁(70대 중반)	병들고 늙은 김영수를 좋아하는 한마을의 할머니.
김 영감(70대)	김영수의 한마을 친구
강아지들	김영수의 어린 자식들이 강아지로 분해 연기하고, 강아지들로 인해 극의 무게가 떨어져서는 안 된다.

단역들(아역들, 손님들, 여고생들, 마을 주민들, 사위, 장남의 딸과 전처 등)은 1인 다역을 한다.

장소

서울과 경기도

때

1961년 겨울~2007년

무대는 무대 후면, 무대 전면, 관객석에 인접한 전면무대로 구분
돼 사용된다. 무대 후면은 김영수의 시골집이 자리 잡고 있다.

무대 전면 우측에는 만두집이 자리 잡고 있는데, 이 만두집은 간
판으로 김씨네 만두집, 장군이네 만두집, 아버지 만두집 등 장소가
다름을 알려 주어야 하고, 무대 전환을 위해 이동이 가능하게 제작
되어야 한다. 무대 전면 중앙에는 김영수의 무덤이 있는데 이 무덤
은 연기 후 배우들이 들고 나가면 된다.

무대 전면 좌측에는 꽃다발 미장원과 순미 양품점을 간판으로
구분해 사용하는 가게가 하나 자리 잡고 있고, 이곳도 이동식으로
제작되어야 한다.

또한 중간 막을 사용해 무대 전면과 무대 후면의 김영수의 시골
집은 구분되어야 한다. (또는 무대를 3등분해 우측은 만두집, 중앙
은 김영수의 시골집, 좌측은 미장원과 양품점으로 사용되는 가게를
배치시켜도 된다.)

전면무대는 주로 죽은 김영수의 해설 장소와 그 외의 많은 장소들을 자유롭게 사용하면 된다.

〈서막〉

막이 열리면 조명은 무대 중앙의 김영수의 무덤만을 어둡게 비춘다. 무덤 곁에는 상복을 입은 네 마리의 강아지들이 울고 있어 음산한 분위기이다.

무대가 조금 밝아지면 소주병을 든 김 영감과 상식을 머리에 인 꽃분댁이 등장하고, 강아지들은 계속 운다.

    꽃분댁   (상식을 내려놓으며 통곡하며) 아이구! 내 영감! 죽이
                라도 끓여 바칠 때가 좋았지. 이렇게 혼자 훌쩍 가
                니, 내 사는 게 사는 게 아니유…… 영감! 어이 나도
                좀 데려가우! 아이구! 내 영감! 불쌍한 내 영감!

    김 영감   (위로하듯) 꽃분 할멈! 그만 울어! 정이 너무 들어 살
                맛이야 안 나겠지만 진짜 할멈 영감도 아닌데 너무
                그러지 마!

    꽃분댁   (계속 울며) 내 영감이나 진배없지. 손 한 번 잡은
                적은 없어도, 끝까지 돌봐 주고, 이렇게 상식까지 올
                려 바치는데 내 영감이지 뉘 영감이유…….

    김 영감   그래 실컷 울어! 불쌍한 영감, 할멈이라도 이렇게 울
                어 줘야지 누가 울어 주겠어! (무덤 위에 술을 부으
                며) 에이그 중풍 걸려 못 먹던 술 실컷 마시구, (우

는 강아지들을 보며) 영이라도 있으면 제발 이놈들 좀 어떻게 좀 해 봐! 밥을 줘도 안 먹어, 괴기를 줘도 안 먹어, 끌고 집에 가려 해도 고집들을 부리고 산소 곁을 떠나지 않으니, 이러다 이놈들 죄 굶어 죽게 생겼어!

꽃분댁   지 애비가 하도 지극 정성으로 위해 줬으니 이놈들이 삼년상을 치르려는 거여! (강아지들을 오라고 혀를 차며 달래듯) 미자야! 장군아! 대장아! 미남아! 어이 이리 와! 어이 와서 니 애비랑 같이 어이 먹어, 어이! 그래야 니 애비가 다리 뻗고 편히 잠들 거 아니냐!

김 영감   (술을 마시며) 무슨 방도를 세워야지 안 되겠어. 이러다 이놈들 죄 죽으면 저승 가서 무슨 낯으로 애들 애비를 만나겠어.

꽃분댁   누가 아니래우. (일어나 때리듯 강아지들을 몰아세우며) 어이와 안 먹어! 아무리 계모래도 어미 말을 들어야지. 천애고아가 되서도 이 어밀 무시하는 거냐? 어이들 와! 괴기두 먹구! 생선두 먹구!

강아지들   (계속 울기만 한다)

김 영감   (꽃분댁을 말리며) 살살 달래야지 그렇게 소리소리 지르면 말을 듣겠어?

꽃분댁   저 쬐그만 것들이 내 속을 안 알아주니까 그렇잖우. 꼭 지 애비 닮아 가지구.

김 영감   (한숨을 쉬며) 그나저나 유언을 들어줘야 되는데 자식들 주소라도 알아야 찾아 나서지…… (우는 강아

지들을 보며) 아무리 저것들이 자식 모양 울어대도
진짜 자식들만 하겠어.

꽃분댁   누가 아니래우. 무슨 방도를 세워야지. (다시 통곡을
하며) 에이그! 불쌍한 내 영감! 아무리 죄 많은 애비
래도 속마음은 그게 아닌데, 자식들이 쬐금이래두
알아나 주면 좋으련만…….

김 영감   (꽃분댁을 일으키며) 어이 내려가! 기운 죄 빼지 말구
어이! (계속 우는 꽃분댁을 강제로 일으켜 부축한다.)

김 영감과 꽃분댁이 울며 퇴장하고 강아지들의 울음소리와 함께
조명이 좀 더 어두워지면, 전면무대에 수의를 입은 김영수 2가 시
체처럼 등장한다.
강아지들의 울음소리만 계속된 채 무덤가의 조명은 완전히 암전
되고, 조명은 김영수 2만을 비춘다.

김영수 2   (우는 강아지들이 안타까워 울먹이며) 불쌍한 내 새
끼들! 니들한테 애비가 해 준 게 뭐 있다고 먹지도
않고 애비 곁을 지키고들 있어! 이 녀석들아 애비를
생각하면 꽃분네 할멈하고 김 영감 따라 내려가서
잘 먹고 잘 자고 잘 놀아야지 이 애비 가슴 찢어지
게 왜들 그러고들 있어!
(한이 맺힌 듯 울먹이며) 이 녀석들아 이 애비가 얼
마나 못된 인간이었는데 그리 울어! 우리 미자, 장군
이, 대장이, 미남이. 내 금쪽같은 자식들 어렸을 때
죄 버려 놓구, 한번도 애비 노릇을 안 한 인간이 바

로 나여…… 그런데 뭐가 슬프다고들 울어!

강아지들의 울음소리가 점점 멀어져 가고 김영수 2는 객석을 향해 고개를 못 든 채 침묵하다 말문을 연다.

김영수 2   여러분들 볼 면목이 없습니다. 그저 세상에 태어나 죄만 짓고 간 늙은이올시다. 여러분들 아버지나 여러분 주위에, 나처럼 못된 애비들이 꽤 있을 겁니다. 요샌 세상이 좋아져서 갈라섰어도 애비 노릇을 잘하는 신식 애비들도 있지만, 우리가 살던 시절엔 일단 갈라서면 마누라구 자식이구 다 안 보고 살았으니까요. 그게 씻을 수 없는 죄를 짓는 건지도 모르고 말입니다.
그저 제 못난 인생을 보시고, 그래도 못난 애비들이 볼 낯이 없어 한 번도 찾아가진 않았어도, 마음 깊이 자식들을 사랑하고는 있었구나 하는 생각을 가지시게 된다면, 여러분 가슴 속 응어리가 좀 풀리지 않을까 해서 이렇게 무덤 속에서 나왔습니다. (민망한 듯 기침을 하며) 못난 얘기투성이지만 얘기 보따리를 풀어 보겠습니다.
(회상하듯 침묵하다가) 저도…… 저도…… 처음부터 아주 나쁜 인간은 아니었습니다. 조명이 꺼지고 김영수 2는 퇴장한다.

<1막>

조명이 밝아지면 무대 전면 우측에, 김씨네 만두집이라는 간판이 있는, 김영수의 만두집이 있다. 서울에 있는 1960년대의 허름한 만두집이다. 그리고 무대 전면 좌측에는 꽃다발 미장원이 있다.

조명이 만두집만을 비추면, 라디오에서는 한명숙의 '노란 샤쓰 입은 사나이'가 흘러나오고, 건장하고 젊은 영수가 노래를 따라 부르며 열심히 만두를 빚고 있다. 문이 열리고 손님 1, 2가 검정색 철망으로 된 장바구니를 들고 추위에 떨며 들어온다.

손님 1   아이구 추워!

손님 2   내복을 쳐 껴입어도 덜덜 떨리네.

김영수 1   어이구 누님들 어서 오세요! 추우시죠? (엽차를 따라
             주며) 따끈한 엽차부터 얼른 드세요.

손님 1   (엽차를 마시며) 아유, 이제야 살 것 같네. 시장 보기
             전에 이 집 만두부터 먹고 가야지, 안 먹고 가면 꼭
             뭐 잊어버린 것 같다니까.

손님 2   그러게 말이야.

김영수 1   오늘도 만두만 드릴까요?

손님 1   응. 찐빵은 이따 시장 보고 오는 길에 사 갈게.

손님 2   나두. 애들이 안 사 가면 난리들을 쳐서……

김영수 1   (만두를 가지러 나가며) 얼른 갖다 드릴게요!

김영수는 노래를 부르며 만두를 꺼내며 지나가는 사람들과 인사를 나눈다.

김영수 1   안녕하세요!

행인 1   이따 장 보고 오는 길에 가져갈 테니까 만두 100개
          만 싸 놓으셔! 우리 시누님이 오시는데 우리 집에
          오면 꼭 이 집 만두를 찾으셔서…….

행인 2   나도 만두 100개만 싸 놔요!

김영수 1   아 예. 다녀들 오세요. (노래를 흥얼거리며 들어와
          만두를 놓으며) 무슨 얘기가 그렇게 재미있으세요?

손님 2   아! 아저씨도 알겠다. 여기 단골이니까. 왜 그 철수
          네라고.

김영수 1   (부지런히 만두를 만들며) 아 예쁘장하게 생기셔 갖
          고 앞니에 몽땅 금이빨 한 아줌마요?

손님 2   (만두를 먹으며 웃으며) 그래 맞어. 남잔 꼭 쫀조리
          같이 쬐끄맣고 볼품없이 생겼잖어. 그런데 그이가
          그렇게 바람둥이래. 그래 그 철수 엄마가 식모마다
          죄 못생긴 것들만 데려다 놓잖어.

손님 1   (만두를 먹으며 깔깔대며) 요번에도 완전 박색을 갖
          다 놨다며?

손님 2   난 애 열쯤 낳은 아줌만 줄 알았다니까.

손님 1   근데 철수 엄만 어쩌다 그렇게 못생기고 못된 남자
          랑 결혼을 했데?

손님 2   성질이 워낙 못됐으니까 죄받아서 그렇지! 그리고
          원래 여자가 인물이 좋으면 남잔 꼭 지랑 반대로 만
          나잖어.
          아참. 근데 아저씬 왜 장가 안 가?

김영수 1   (웃으며) 누님들이 중매를 서야 가죠!

손님 1   인물이 너무 좋아서 여자들이 나래빌 섰을 텐데 너
           무 고르는 거 아니유?
김영수 1   고르긴요? 그저 밥 잘 먹고 애 잘 낳으면 되지 뭘
           더 바라겠어요.

이때 애기를 업은 뚱뚱하고 못생긴 박순자가 들어오자 세 사람
모두 순자를 쳐다본다.

손님 2   어머 저기 색싯감 오네. (손님 1에게 작은 소리로)
           쟤가 철수네 집 식모야.
손님 1   (웃으며 영수와 순자를 번갈아 쳐다보며) 잘생긴 만
           두집하고 천생연분이다. (빚던 만두를 떨어뜨리는 영
           수를 보며) 어머머 저 박색한테 첫눈에 반했나 봐?
           (손님 2를 툭툭 치며) 저것 좀 봐!
손님 2   (영수를 보며) 그러게! (웃으며 순자를 보며) 어머 저
           수줍어하는 꼴 좀 봐!
순자   (수줍어 고개를 못 들며) 저어…… 만두 100개만 싸
           주세요.
손님 1   (큰 소리로) 만두 백 개 싸 달래잖우!
김영수 1   (정신이 난 듯) 아 예. 예. (순자에게) 여기 좀 앉아
           계세요!

손님 1, 2의 웃음소리와 함께 조명이 서서히 꺼진다. 조명은 천
천히 전면무대의 김영수 2를 비춘다.

김영수 2   철수네 집에서 식모살이를 하는 순자에게 그렇게 첫
           눈에 반해, 매일 철수네 집 앞을 서성이다 약속을
           받아 냈습니다, 밤 10시에 꽃밭 예배당 앞에서 만나
           기로요.

조명이 꺼지고 김영수 2는 퇴장한다.

조명이 다시 밝아지면서 전면무대를 비추면 김영수 1은 추위에
서성이며 순자를 기다리고 있다. 조금 후 수줍어하며 나타나는 순
자를 보자 단숨에 달려가지만, 김영수도 어색해 다가서지는 못한다.

순자   (부끄러워하며) 저 빨리 들어가 봐야 돼요. (추위에
           덜덜 떤다.)
김영수 1   (다가가서 자신의 목도리를 순자에게 둘러 주며) 춥죠?
순자   이러지 마세요!
김영수 1   (갑자기 용기를 내 순자의 손을 덥석 잡는다.)
순자   (놀라 잡은 손을 빼려 하며) 에그머니! 왜 이러세요!
김영수 1   (튼 손을 보며) 손이 다 터 버렸네!
순자   (손을 빼려 애쓰며) 찬물에 걸레도 빨고 하다 보면
           다 트죠. 안 튼 사람이 어디 있나요?
김영수 1   (야단치듯) 뜨신 물로 해야죠!
순자   그게 저한테까지 돌아오나요.
김영수 1   (손을 더 꼬옥 잡으며) 우리 결혼합시다!
순자   (손을 빼며 놀라며) 몇 번 봤다고 결혼을 해요?
김영수 1   아 지금 얼굴 한번 제대로 보고 결혼하는 사람이 몇
           이나 돼요? 이렇게 몰래 만나는 것만 해도 대단한

거죠. (순자의 얼굴을 보며) 난 순자 씨처럼 이렇게 통통하고 순진한 여자가 좋아요.

순자   (수줍어하며) 전 그쪽이 너무 잘생겨서 싫은데요.

김영수 1   잘생겼으면 좋지 뭐가 싫어요?

순자   얼굴값 한다잖아요.

김영수 1   (남자답게 웃으며) 난 우리 아버지한테 질려서 바람 같은 건 안 필 거예요.

순자   아버님이 왜요?

김영수 1   나 여섯 살 때 다른 여자랑 살림을 차려서 지금껏 얼굴 한번 못 봤거든요.
           낳아만 주면 다 아버진가요? 끝까지 아버지 노릇을 해야 아버지지.

순자   어머님은요?

김영수 1   돌아가셨어요. 스물둘에 절 낳으시고 스물여덟부터 혼자서 절 키우시다가 마흔도 안 돼 돌아가셨으니 아버지가 더 밉죠.

순자   어쩌시다가

김영수 1   6 · 25 전쟁 통에 돌아가셨어요.
           순자 씬?

순자   저도 고아나 마찬가지로 자랐어요. 형제가 많아서 이 집 저 집 떠돌아다니다가…….

김영수 1   (멈춰 서서) 그러니까 우리 냉수라도 떠 놓고 식 올리고 삽시다!

순자   그래도…….

김영수 1   (달빛 아래 순자의 얼굴을 쳐다보며) 순자 씬 달빛 아래 곱게 핀 노오란 호박꽃 같아요.

순자   호박꽃은 못났잖아요.

김영수 1   못나긴요? 노오란 게 개나리보다 큼직하니 더 이쁘죠.

순자   (수줍어 고개를 숙인다.)

김영수 1   우리 좀 걸을까요!

두 사람은 걷는다.

순자   (걸으며) 저 빨리 들어가 봐야 돼요. 밤늦게 나온 거
             알면 쫓겨나요.

김영수 1   그럼 더 좋죠. 이왕 결혼할 거 하루라도 빨리 하면
             좋지 뭘 그래요.

순자   (목도리를 건네주며) 자꾸 결혼 결혼 하지 마세요.
             저 갈래요.

김영수 1   (순자를 쫓으며) 순자 씨! 순자 씨! 바래다줄게요. 좀
             천천히 가요.

두 사람이 퇴장하고 김영수 2가 등장한다.

김영수 2   그날 밤 몰래 들어가려다 결국 주인아줌마한테 들켜
             서, 다음 날 통행금지가 풀리자 보따리 하나 들고
             절 찾아왔더군요. 그래 우린 그날로 식을 올리게 되
             었습니다. (후회하듯) 나중에라도 면사포를 씌워 주
             는 건데…… 냉수 한 사발 놓고 식이랍시고 올려놓
             곤 그것으로 끝냈으니 나도 참 염치없는 인간이죠.

조명이 꺼지고. 김영수 2가 퇴장하고, 다시 조명이 밝아지면 전면무대에 작은 소반위에 냉수 한 사발을 놓고 영수와 순자가 마주 앉아 있다.

김영수 1   (순자의 손을 잡으며) 우리 행복하게 잘 살자! 내가
            다른 건 몰라도 마음고생은 안 시킬게!
순자   (운다.)
김영수 1   (눈물을 닦아 주며) 이 좋은 날 왜 울어! 사진 박아
            야 하는데 이 달덩이처럼 이쁜 얼굴에 눈이 퉁퉁 부
            으면 안 돼지! 자 얼른 사진 박으러 가자! (순자의
            손을 잡고 무대 중앙으로 간다.)

사진사는 목에 사진기를 건 채 의자 두 개를 가지고 나와 두 사람을 앉게 하고, 영수의 고개를 순자 쪽으로 기울여 준다.

사진사   (무표정한 두 사람을 보고) 자! 웃으세요! 신부님! 더
            활짝 웃으세요! (웃는 영수와 순자를 찍는다.)

조명이 꺼지고, 다시 조명이 전면무대의 김영수 2를 비추면, 김영수 2는 아기 인형을 들고 울먹인다.

김영수 2   (인형을 품에 안으며) 불쌍한 우리 미자! 지 어미를
            닮아서 투실투실 귀엽고 성격도 좋았는데……. (울
            먹이며 무대 중앙으로 가, 순자의 무릎에 인형을 앉
            혀 준다)

사진사   (딸랑이를 들고 아기에게 다가와 흔들며) 깍궁! 깍궁!
              떡두꺼비 같은 공주님! 엄마 닮아 튼튼하게 잘도 생
              겼네!
순자   지 아빠를 닮아야 하는데 날 닮아서 못생겼죠?
김영수 1   못생기긴. 세상에서 제일 이쁜 딸인데! (뽀뽀를 퍼붓
              는다.)
사진사   (웃으며) 투실투실 복스럽게 생겨서 이다음에 아들
              몫까지 하겠어요!

사진사와 영수 그리고 순자 세 사람 모두 웃는다.

사진사   좋아요! 자! 계속 웃으세요! (사진을 찍는다.)

조명은 영수와 순자 그리고 딸 미자(인형)만을 비추다 암전한다.
분위기에 맞는 음악이 흐른다.
조명이 다시 김영수 2만을 비춘다.

김영수 2   부지런하고 알뜰한 순자 덕에 집도 사고, 우리 복덩
              이 미자 재롱부리는 것 보는 맛에 세상에 부러울 게
              없었습니다. 한 3~4년은 정말 행복했어요.
              그런데 사람 욕심이 한이 없다고 매일 똑같은 생활
              이 지겨워지더군요.
              마누라도 꼴 보기 싫고, 만두 만드는 것도 지겹
              고…….

조명은 만두집을 비춘다. 만두집 앞에는 오토바이가 세워져 있다. 만두집 안에는, 영수의 낡은 윗옷과 몸배바지를 입은, 순자가 만두를 열심히 만들고 있고, 3살 된 미자는 엄마 곁에 꼭 붙어 서 있다. 양복을 입은 영수는 콧노래를 부르며 머리에 포마드를 듬뿍 묻혀 빗으며 거울을 보며 멋 내기에 바쁘다.

순자   여보! 아침부터 또 나가시려구요?

김영수 1   (계속 머리를 빗으며) 집도 샀겠다, 나도 좀 인간답
            게 바람 좀 쐬고 살자!
            이 잘생긴 내가 이 좁은 가게에서 만두나 빚으며 평
            생 썩어야 하냐?
            이제 만두라면 신물이 난다 신물이 나!

순자   여보! 사람이 돈 좀 벌었다고 변하면 안 좋아요! 그
            래도 이 만두 덕에 우리 미자도 잘 키우고 집도 샀
            는데, 신물이 나다뇨?

김영수 1   그러니까 고마운 사람이 만들라구!

순자   당신도 잘 알잖아요. 미자 보랴, 만두 빚으랴, 나 혼
            자서 못 해내는 거.

김영수 1   난 혼자서 몇 년을 해냈는데 왜 넌 못 해? 니가 공
            주냐? 공주야? 살은 돼지같이 쪄 가지고, 내가 입다
            버린 넝마쪼가리는 죄 주워 입고, 또 그 머리 꼴은
            또 뭐냐? 저 꽃다발 미장원에 미스 킴인가 미스 리
            인가 새로 온 아가씨가 머릴 잘한다고 소문이 자자
            하던데 거기 가서 싹뚝 좀 자르고 고데 좀 해라, 응!
            우짜마끼든, 소도마끼든…… 에이구! 얼굴이 박색이

146

니 뭘 한들 나아지겠나…… 내 미쳤지 저런 호박을
호박꽃으로 봤으니. (가게 문을 나가다 쫓아 나오는
순자를 보고) 어이 가서 만두나 만들어! 챙피하게 쫓
아 나오지 말구! (같이 쫓아 나와 우는 미자를 안아
뽀뽀를 퍼 부으며) 에그! 요 복덩이! 아빠가 우리 미
자 좋아하는 까까 많이 사 올게!

미자   인형도!

김영수 1   그래 그래. 까까도 사 오구, 인형도 사 오구, 공주
옷도 사 오구. (뽀뽀를 퍼부으며 내려놓는다.)

미자   아빠 빨리 사 와!

김영수 1   (오토바이에 앉으며) 아빠 얼른 갔다 올게! (순자를
야단치듯) 우리 이쁜 공주님도 옷이란 옷은 죄 얻어
다 꼭 지 꼴로 만들어 놓고 말이야…….

순자   (영수의 손을 꽉 잡고 웃으며) 여보! 이러다간 단골
들 다 놓칠까 겁이 나서 그러니까, 한 바퀴 휙 돌고
얼른 오세요!

김영수 1   (손을 빼며) 이 여자가 왜 이래? 어울리지도 않는 애
교 그만 부리고 어이 만두나 빚으셔! (오토바이를 타
고 떠난다.)

순자   (큰 소리로) 여보! 오토바이 살살 몰아요! (걱정스럽
게) 저이가 바람이 들어도 단단히 들었으니 이를 어
째…….

암전이 되고 오토바이 달리는 소리가 들리다 멈추면, 조명은 무
대 전면 좌측의 꽃다발 미장원을 비춘다. 영수는 오토바이에 앉은

채 미장원으로 출근하는, 빨간 구두를 신은 멋쟁이, 이옥순을 보고 첫눈에 반한다. 옥순은 미장원으로 들어가려다 넋을 잃고 쳐다보는 영수와 눈이 마주친다. 그러나 영수를 무시한 채 미장원으로 들어간다.

김영수 1 (넋을 잃고) 와! 진짜 이쁘다! 김지미 저리 가라네! 우거지 같은 마누라 보다 이쁜 여자를 보니까 정신이 번쩍 나네.

조명이 꺼지고, 오토바이 달리는 소리와 함께 남일해의 '빨간 구두 아가씨'를 흥얼거리는 영수의 노래와 함께 조명이 밝아지면, 영수는 다시 꽃다발 미장원 앞에서 옥순을 기다리고 있다. 여러 날을 반복해 영수는 우연인 것처럼 옥순과 마주치고, 옥순에게 윙크를 보내면 옥순도 영수에게 미소를 지으며 미장원으로 들어간다. 영수는 이제 됐다는 듯 기분이 좋아 소리친다.

암전되었다 조명이 다시 밝아지면 영수와 옥순은 검은 선글라스를 쓰고 오토비이를 같이 타고 전면무대를 달린다.

이들이 퇴장하고 조명이 만두집 안을 비추면, 텅 빈 가게 안에서, 우는 미자를 달래 가며, 만두를 만드는 순자의 모습이 보인다.

조명이 꺼지고, 다시 조명이 전면무대를 비추면 영수와 옥순이 오토바이를 타고 와 내린다.

옥순   숨이 탁 트인다! 택시 타는 것보다 훨씬 재밌다.
김영수 1 택시에 비하냐? 내가 매일 태워 줄 테니까 나랑 결혼하자!

옥순   (깔깔 웃으며) 아줌마 기운 세게 생겼던데, 머리 쥐
         어뜯기라구?
김영수 1   보기만 그렇지 순해 터져서 그렇게 하래도 못 해.

영수와 옥순은 길가에 앉는다.

옥순   진짜 자기 이혼할 수 있어?
김영수 1   (옥순의 어깨를 감싸며) 응.
옥순   애는 어떡하구?
김영수 1   (머뭇거리다) 니가 키워 주면 안 되겠냐?
옥순   미쳤어?
김영수 1   (진지하게) 우리 미자 없인 나도 못살 것 같은데……
         고걸 호주머니에 넣고 너랑 살았으면 딱 좋겠다.
옥순   (일어나며) 내가 미쳤어? 나 좋다는 남자 다 뿌리치
         고 애까지 키우면서 자기랑 살게?
김영수 1   (일어나 달래며) 그랬으면 소원이 없겠다는 얘기지
         어떻게 너더러 내 애까지 키워 달래겠냐! 또 니가
         키워 준다고 해도 우리 미자 내줄 마누라도 아냐.
옥순   몰라 몰라! 남의 남자 뺏었다고 우리 엄마한테 몽둥
         이로 맞을 텐데, 자긴 왜 그딴 여자랑 결혼을 해서
         나만 힘들게 만들어.
김영수 1   (좋아하며) 지금 너 힘든 거 다 잊을 만큼 행복하게
         해 줄게! 시골집엔 알리지 말고, 일단 살림부터 채리
         자구. 그러다 애 낳으면 장모님인들 어떡하시겠냐.
         너 나 없이 살 수 있어?

옥순   (영수의 가슴을 때리며) 미워 죽겠어!
김영수 1   아이구 요 이쁜 것!

조명은 행복해하는 두 사람을 비추다 꺼진다.
조명이 다시 들어오면 김영수 2만을 비춘다.

김영수 2   그렇게 해서 내 인생이 어긋나기 시작했습니다. 지
           겨워도 조강지처랑 사는 건데……
           그런데 지금 생각해도 옥순이가 너무 이뻤어요. 톡
           톡 쏘는 맛이, 너무 착해서 미련한 마누라하곤 비교
           가 안 될 만큼, 내 마음을 사로잡았으니까요. (침묵
           하다 후회하듯) 그래도 몰래 살림까지 차리진 말았
           어야 했는데…… 착한 마누라 눈에서 피눈물 나게
           했으니 내가 죽일 놈이죠.

   암전된 후, 조명이 무대 전면을 비추면, 김영수 1은 만두집에 들
어가지 못한 채 귀 기울이며 만두집에서 순자와 아줌마들이 하는
소리를 엿듣고 있다.

   순자   우리 미자 아빠 그런 사람 아니에요. 우리 미자를
           얼마나 위하는데 딴살림을 차렸다 그래요?
   아줌마 1   아이구 속 터져! 동네에 소문이 파다한데 미자 엄마
           만 모르고 있는 것 같아서, 이러다 그 여우 같은 것
           한테 미자 아빠 뺏길까 봐 알려 주는 건데 왜 미련
           곰퉁이처럼 우리말을 못 믿어!

아줌마 2   내 눈으로 둘이 그 계집애 집에서 나오는 걸 봤다니
           까 그래.
아줌마 3   (사진을 꺼내며) 자! 자! 내가 피눈물 나 봐서 남의 일
           같지 않아서 한 장 박아 왔으니까 정신 차려! 이그!
순자   (사진을 보고 벌벌 떨며) 이럴 수가! 이럴 수가!

순자는 팔을 걷어 올리며 미장원으로 향하고, 그 뒤로 아줌마들
도 뒤따른다. 순자는 미장원으로 들어가 옥순의 머리채를 잡고 무
대 중앙으로 끌고 나온다. 아줌마들과 미장원 손님들이 두 사람을
순식간에 에워싸고, 영수는 숨어서 보고 있다.

옥순   이 아줌마가 왜 이래?
순자   왜 이래? (사진을 들이밀며) 우리 착하디 착한 미자
           아빠를 꼬셔 놓고 몰라서 묻냐?
옥순   이 아줌마가 무슨 말을 하는 거야?
아줌마 3   저런 건 콩밥을 먹여야 돼!
순자   (고무신을 벗어 옥순을 마구 때리며 통곡하며) 너 내
           눈에서 피눈물 나게 하고 잘 살 것 같냐? 생긴 건
           꼭 여우같이 생겨 가지고 얼마나 니가 알랑거렸으면
           그 순진한 우리 미자 아빠가 너 같은 거한테 넘어갔냐?
옥순   (빨간 뾰족구두를 벗어 같이 때리며) 내가 뭐가 아쉬
           워서 애 딸린 남잘 좋아하냐? 이 미련 곰퉁아! 생긴
           꼬락서니가 그 모양이니까 남자한테 채이지!
순자   뭐야? (머리를 꺼들며) 우리 애 아빠가 너랑 살 것
           같으냐? 그저 한눈 한번 팔아 본 거지!

옥순   (같이 머리를 꺼들며) 이 바보 멍충아! 어느 남자가
          너 같은 박색하고 사냐? 정신 차려, 정신!
순자   (땅바닥에 주저앉아 울며) 아줌마들! 애 말하는 것
          좀 봐요! 세상에 이렇게 경우 없는 것을 봤나!

아줌마들도 흥분해 자기 일처럼 소리를 지르며 고무신을 벗어
옥순을 때린다.

옥순   경찰 부를 거야!
아줌마들   거 좋지!
아줌마 3   콩밥 먹으러 니 발로 가라, 니 발로 가!

이때 도망치는 영수를 순자가 보고 달려가고, 아줌마들도 제 일
처럼 뒤따라가며 소리 지른다.

순자   (달려가며 울며) 아이구 여보! 이리 와 속 시원히 얘
          기 좀 해 줘요! 미자 아빠!
아줌마 3   저런 인간은 다리몽둥이를 부러뜨려 놔야 돼!
아줌마 1, 2 암! 천벌을 받을 놈!

무대는 순식간에 텅 빈 채 엉엉 우는 옥순만을 비추다 조명이
꺼지고, 조명은 다시 김영수 2를 비춘다.

김영수 2   이렇게 한바탕 소동을 벌이고 나서 착하디 착한 미
          자 엄마하고 갈라서고, 옥순이와 정식으로 살게 되

었지요. 옥순이하고도 몇 년 동안은 좋았죠. 연년생으로 우리 장군이, 대장이, 미남이를 낳고, 악착같이 돈을 모으고 살았으니까요.

조명이 서서히 암전되고, 김추자의 '거짓말이야'라는 노래가 흘러나온다. 조명이 서서히 무대 전면을 비추면, 만두가게엔 장군이네 만두집이라는 간판이 걸려 있고, 무대 중앙에서는 만 일곱 살 된 장군이, 여섯 살 된 대장이, 그리고 만 다섯 살 된 미남이가 놀고 있다. 만두가게 안에서는 처녀 때의 모습은 간 곳이 없는 옥순이 영수와 부지런히 만두를 만들고 있다.

옥순   내 말대로 여고 앞에다 내길 잘 했지?
김영수 1   응.
옥순   돈 좀 더 벌고, 우리 애들 웬만큼 크면 요 옆에다 미
            장원도 같이 내면 잘될 거야. 한 반에 예순 명이니
            까 한 학년이면 백팔십 명. 중고생 다 합치면 엄청
            나잖아. 거기다 동네 아줌마들도 소문만 나면 몰려
            올 거구.
김영수 1   이 아줌마야! 그럴 생각이면 지금부터라도 머리 좀
            예쁘게 하고 멋쟁이 소릴 들어야지! (놀리듯) 몸배바
            지에 머리는 꼭 야채장수 아줌마처럼 해 가지고, 당
            신 보고 누가 오냐?
옥순   이이 말하는 것 좀 봐! 누가 이렇게 만들었는데? 나
            안 해! (만들던 만두를 던진다.)
김영수 1   (웃으며) 이 사람이! 농담 좀 한 거 같고 또 삐지냐?

(얼굴을 찬찬히 보며) 음. 아직은 김지미랑 라이벌은

되겠어.

옥순   언젠 김지미보다 내가 더 이쁘다며?

김영수 1   싸모님! 어이 만두나 만드셔! 학생들 몰려오면 정신

없으니까!

옥순   (다시 만두를 만들다 밖에서 애 울음소리가 나자) 내

가 못 살아 못 살아. (얼른 밖으로 나간다.)

대장이   엄마! 형아가 지만 타.

옥순   (장군이를 야단치듯) 또또또! 엄마가 번갈아 타라 그

랬어, 안 그랬어?

(엉덩이를 때린다)

장군이가 엉엉 울자 미남이도 따라 울고, 대장이도 울먹인다. 옥
순은 자전거를 들고 가게 앞으로 오고, 애들도 울며 따라온다. 영
수도 가게 밖으로 나와 행주치마로 애들 눈물, 콧물을 닦아 준다.

김영수 1   어이구 우리 아들놈들! 생긴 건 잘생겨 갖고, 눈물,

콧물 가관이다!

여보! 오늘 당장 자전거 한 대씩 사 주자! 매일 울리

지 말고.

옥순   이이 좀 봐! 애 셋 키우려면 허리가 휘어질 텐데, 앞

으로 어떻게 하려고 그런 소리를 해! 그리고 니들!

엄마 아빠 눈에 보이게 우리 가게 앞에서만 놀라고

몇 번을 말해야 돼! 내가 우아하게 살고 싶어도 애

들 때문에 안 된다니까. (화가 나 가게 안으로 들어

가 버린다.)

김영수 1   (쭈그리고 앉아 애들을 보듬으며) 우리 장군이, 대장
            이, 미남이! 니들이 협조를 해야, 엄마 아빠 돈 많이
            벌어서 김밥 싸 가지고, 창경원에도 놀러 가고, 니들
            갖고 싶은 거 다 사 주지.
장군이   난 두발자전거 사 줘!
대장이   난 비행기!
미남이   난 탱크!
김영수 1   아빠가 다 사 줄게! 다!
아이들   와 우리 아빠 최고다!
김영수 1   (일어나 아이들 머리를 쓰다듬으며) 에이구! 귀여운
            내 새끼들! 어이들 놀아!

아이들은 다시 놀기 시작하고, 교복을 입은 여학생들이 만두집으
로 몰려온다.

김영수 1   어이구! 우리 공주님들 어서들 들어가 어서! (뒤따라
            들어와 만두를 빚기 시작한다.)
학생 1   아줌마! 여기 만두 2인분요!
학생 5   우리도 2인분요!
옥순   알았어! (만두를 가지러 나간다.)
학생1   야! 저 아저씨 미술하고 너무 닮았지?
학생 2, 3   응. 맞어 맞어. (테이블을 치며 웃는다.)
김영수 1   (만두를 만들며 여학생들 얘기를 엿들으며 재미있어
            한다.)

학생 4   미술보다 더 잘생겼다, 얘.

학생들   맞아 맞아! (테이블을 치며 더 크게 웃는다.)

학생 5   (뒤 테이블에 앉아 웃음소리에 궁금해 학생 4를 치며) 무슨 얘기야?

학생 4   (학생 5의 귀에 대고 속삭인다.)

학생 5   (테이블을 치며 웃으며) 맞아! 니들 내가 재미있는 얘기해 줄게 이리 와 봐!

여학생 1, 2, 3, 4는 여학생 5, 6, 7, 8이 있는 테이블로 가 서서 빙 둘러쳐서 여학생 5의 얘기를 듣는다. 영수도 더 귀 기울여 여학생들의 얘기를 엿들으며 만두를 만든다.

학생 5   있잖아. 니네 3반 최순미 알지?

학생 6   아 그 깡패 같은 애!

학생 7   어떻게 그런 애가 우리 명문여고에 들어왔는지 몰라.

학생 1   정말 그런 애랑 같은 학교 다닌다는 게 챙피하다, 그지?

모두   맞아 맞아!

학생 5   근데 개가 미술선생을 좋아한다잖아.

학생 8   지 주제에 우리 미술을! 안 되지 안 돼!

학생 7   공부는 지지리 못하는 게 그림은 열심히 그린다더구만 그래서 그랬구나.

학생 5   미술시간만 되면 꼭 질문을 한대잖니. 눈에 띄라고. 근데 미술이 프랑스로 유학을 간데.

학생 2   아, 안 돼! 미술선생님 떠나면 누구 보러 학교 가라고.

학생 4   어차피 졸업할 건데 뭐. 졸업하고 나선 여기 와서
           저 아저씨 보면 되지 뭔 걱정이냐?

모두   (테이블을 치며 웃으며) 맞아 맞아!

영수   (기분이 좋아 소리 없이 웃는다.)

학생 5   근데 그 순미 계집애가 매일 미술 책상에 꽃을 꽂아
           놓고 편지를 남겨 놓는데 미술이 보지도 않고 다 버
           린대!

학생 3   니가 그걸 어떻게 알아?

학생 5   이건 1급 비밀인데 영선이가 우리 담임한테 영어 과
           외 하잖아.

학생 3   응.

학생 5   담임이 비밀이라면서 얘기해 줬데. 지금 선생님들은
           모두 알고 계신데.
           하도 그 계집애가 교무실에 들락거리니까.

옥순   (만두를 가득 가져오며) 여보! 이것 좀 받아!

김영수 1   응. (얼른 와 만두를 받아 놓는다.)

옥순   불이 영 시원치가 않네!

여학생들은 여전히 자기들끼리 속닥거리며 테이블을 치며 재미
있어 한다.

옥순   (만두를 접시에 담아 테이블에 놓으며) 어이 와 먹으
           면서 크게들 얘기해! 아줌마도 좀 듣게!

옥순은 여학생들이 모여 있는 테이블에도 만두를 놓지만 여학생

들은 여전히 수군거린다. 이때 한눈에도 불량 여학생으로 보이는 미모가 특출한 최순미가 들어오자, 여학생들은 일제히 수군거리던 것을 멈추고 제자리로 와 만두를 먹기 시작한다.

옥순   (순미를 보며 못마땅해 잔소리하듯) 어머 애 좀 봐! 오늘은 아예 머리를 풀어헤쳤네! 애! 학생이 그게 뭐냐? 단정하게 따고 다녀야지!

순미   남이야! (영수를 보며 미소 짓는다.)

옥순   애 말하는 것 좀 봐. 내가 동생 같아서 걱정돼 그러는 거야. 널 보면 꼭 한강 다리 위에서 곡예 하는 애처럼 위태위태해 보여서!

순미   (신경질 내며) 아 그놈의 잔소리! 아줌마 남 걱정 하지 말고, 아줌마 머리나 어떻게 좀 해 봐! 만두마다 머리카락 나와 손님 끊겨 굶어 죽지 말고!

옥순   뭐야!

김영수 1 (와서 말리며) 왜들 이래! (순미가 매일 맡기는 보자기에 싼 옷 보따리를 주며 작은 소리로) 오늘은 그냥 가라! 아줌마가 오늘 컨디션이 좀 안 좋아.

순미는 옷 보따리를 들고 쫓기듯 나가서 영수에게 윙크를 한다. 영수는 놀라 순미의 걸어가는 모습을 넋을 잃고 쳐다본다.

학생 2   아줌마! 쟤 옷 보따리 매일 맡겨요?

옥순   그렇단다.

학생 3   왜요?

옥순   계집애가 교복을 한시라도 빨리 벗고 싶으니까 학교
         파하자마자 어른 옷으로 갈아입고, 남자 녀석들 하
         고 몰켜 다니면서 깡패짓하려고 그러는 거지 뭐. 싹
         수가 노랗다 노래!
학생 5   진짜 여러 가지 한다.

순미는 걸어가다 뒤돌아서서 영수에게 다시 미소를 던진다. 영수
는 넋을 잃고 쳐다본다.

옥순   (영수를 보고 소리 지르며) 여보! 당신 만두 안 만들
         고, 거기서 뭐 해요! (못 듣는 영수에게 더 큰 소리
         로) 여보! (영수한테 다가와) 당신 뭘 그렇게 쳐다보
         는 거야?
김영수 2   (놀라서) 응 (얼른 만두를 만들러 오며) 아 애들 잘
         노나 봤어.
옥순   당신!

조명이 영수와 옥순을 비추다 꺼지고, 다시 김영수 2를 비춘다.

김영수 1   (침묵한 후 얼굴을 못 들고) 제가 또 천벌을 받을 짓
         을 했습니다. 순미만 안 나타났어도 우리 아들놈들
         하고 잘 살 수 있었는데……
         내가 내가 나쁜 놈이죠. 순미가 나타났어도 인간으
         로서 또 그렇게 자식하고 마누라를 버리면 안 되는
         거죠. 내 정말 여러분 앞에서 고개를 들 수가 없습

니다. (머뭇거리다) 그래도 이왕 시작한 얘기니 끝까
지 들어주십쇼.

순미가 졸업하자 우린 또 살림을 차렸습니다. 지금
생각해 보면 미술선생이 떠나자 그 대용품으로 나를
만난 건데, 그런데 왜 나하고 살림까지 차렸는지 지
금도 그 이유를 알 수가 없어요. 우리 장군 엄마가
눈치 하나는 빨라서 제가 바람이 나자 처음엔 순미
를 데려다 한 상 차려 먹인 후, 살살 달랬다더군요.
잠든 어린 자식들을 보이면서, 니가 저 애들 키울
자신이 있느냐, 그럴 자신도 없으면서 앞날이 창창
한 니가 왜 그러느냐 하면서 말입니다. 그래도 헤어
질 낌새가 안 보이니까, 나중엔 악착같이 모은 돈까
지 내주면서 나랑 헤어지겠다는 각서까지 받았다더
군요. 그런데 돈은 돈대로 챙기고, 살림까지 차렸으
니, 장군 엄마가 가만히 물러설 여자가 아니죠.

조명이 무대 전면 좌측을 비추면 순미 양품점이라는 간판이 걸
린 양품점 안에서 영수와 순미가 콧노래를 부르며 옷 정리를 하며
분주하게 움직이고 있다. 이때 옥순이 우는 아이들을 데리고, 애들
짐 보따리를 머리에 이고 무대로 나와, 이리저리 둘러보다 순미 양
품점이라는 간판을 보자 흥분하며 양품점 안으로 들어간다.

순미   (놀래서) 어머머머
옥순   (짐 보따리를 내던지며) 내가 그랬지! 우리 애들 봐
             서 그만 만나라구 돈까지 쥐어 줬더니만 살림을 차

려! (달려들어 순미의 머리를 낚아챈다.)

김영수 1   여보! 이거 놓고 말해!

옥순   (머리를 더 움켜쥐고 영수를 향해) 여보! 야! 너 여보
           많아 좋겠다!
           (순미의 머리를 쥐어뜯고 뺨을 때린다.) 이 인정머리
           없는 것!

순미   (옥순의 뺨을 더 세차게 때리며) 내가 남자래도 너
           같은 거 하고 안 살아!
           (비꼬며) 생긴 건 꼭 말라비틀어진 여우같이 생겨 갖
           고, 야! 너 뭘 믿고 그렇게 안 가꾸냐? 옷 입은 꼬락
           서니하고!

옥순   나이도 어린 것이 말하는 것 좀 봐!

옥순과 순미는 뒤엉켜 싸우고, 애들은 엄마를 부르며 울고, 영수
는 간신히 싸움을 뜯어 말린다.

옥순   (숨이 차고 분해하며) 너 남의 눈에 눈물 나게 하면,
           니 눈에서 피눈물 나는 거 몰라!

순미   사돈 남 말하고 있네! 너도 남의 눈에서 눈물 나게
           했잖아! 그래 니 눈에서 피눈물 나니까 기분 좋겠다!

옥순   (분이 머리끝까지 솟아 떨며) 너! 언제까지 큰소리치
           나 내 두고 볼 거야! (영수를 때리며) 이 나쁜 놈! 나
           쁜 놈! (엉엉 울며) 니가 나한테 어떻게 이럴 수가
           있니! 어떻게! 아들을 셋씩이나 낳아 줬는데 어떻게
           이런 식으로 날 버려! 이 천벌을 받을 인간아!

(애들을 끌고 오며) 니 자식들 다 데려왔으니까 잘 키워! 내가 니들 편하게 가만 내버려 둘 것 같았냐? 이 멍충아!

조명이 꺼지고, 조명이 다시 김영수 2만을 비춘다.

김영수 1   장군 엄마가 애들을 다 두고 떠난 다음 정말 지옥이 따로 없었습니다.

순미는 우는 애들을 매일 때리고, 나도 애들 달래다 지쳐 매일 술 먹고 순미랑 싸우고…….

(침묵하다가) 다 못난 이 애비 탓에 우리 애들만 고생을 했죠.

그래도 우리 장군 엄마가 애들을 끔찍이 위했거든요. 애들을 데려다 놓으면 내가 돌아올 줄 알고 그런 거지, 애들을 남의 손에 자라게 할 여자가 아니었죠.

일주일 만에 애들을 찾으러 왔는데 얼마나 마음고생을 했는지 얼굴이 말이 아니더군요. (후회하며) 그때 장군 엄마를 따라갔어야 했는데…….

(침묵 후) 순미하고는 어땠냐구요?

돈 번 것으로 말하자면 내 인생의 황금기였죠. 순미가 공부머리는 없어도 베짱이 두둑하고 수완이 좋았거든요. 가게 권리금 받고 몇 번 되팔고, 아파트, 땅 투기해서 갑부는 아니래도 벤츠 몰고 다니면서 원 없이 실컷 돈도 써 봤습니다.

(침묵하다 울먹이며) 내가 제일 후회되는 게, 여자에

게 눈이 멀어 우리 자식들 버린 것하고, 애들 볼 면
목이 없어 차일피일하다 돈 많을 때 못 나눠 준 거,
그게 제일 후회가 되네요.
(침묵한 후) 그런데 어쩌다 이 시골구석에 와 죽게
되었냐구요?
(씁쓸하게) 그것도 죄 내 탓이죠. 내 허영심 때문에
다 날렸죠 뭐. 돈도 있겠다 이젠 사장님 소리 들어
가며 폼도 좀 잡고 살고 싶어지더라구요.

조명이 꺼지고, 다시 조명이 들어오면 전면무대에 명품으로 치장
한 60대 중반이 된 김영수 1과 고급모피를 입은 40대 중반이 된
순미가 다투고 있다.

순미   또 그놈의 사업 얘기! 내 앞에서 사업의 사 자도 꺼
           내지 말랬죠!
김영수 1   더 늙기 전에 크게 만두 공장 좀 차려 봤으면 내 더
           이상 소원이 없겠다.
순미   이봐요! 아니 만두 사업이 구멍가게 만두 하듯 하면
           되는 줄 알아요? 재료공급처 뚫어야지, 수많은 직원
           들 관리해야지, 영업해야지! 당신이 한번이라도 해봤
           어? 해봤냐구? 그리구 당신이 번 게 뭐 있다구 사업
           을 한데?
김영수 1   내가 번 게 없다니?
순미   내가 이리저리 뛰어다니며 정보 얻고 전국을 돌며
           투자해서 재산 불려 놨지, 당신이 나서서 투자한 게

뭐 있어? 있으면 말해 봐! 한 거라곤 나 쫓아다니며
말리기나 했지! 그렇게 사업할 생각하지 말고 나처
럼 골프나 치러 다니면서 정보 좀 듣고 안전하게 재
산 더 불릴 생각이나 해! 다 늙어 쪽박 차지 말구!

김영수 1   어! 이 여자 말하는 것 좀 봐! 하늘 같은 남편한테!

순미   (작은 소리로 비웃듯) 하늘 같은 남편 좋아하시네!

김영수 1   (자존심 다 버리고 곁에 가 애원하듯) 남자로 태어나
서 해 보고 싶은 거 딱 한 번만 해 보고 죽자, 응!

순미   정 그렇게 하고 싶으면 만두가게나 하셔! 당신 수준에
맞게!

김영수 1   뭐야?

순미   좋아! 정 그렇게 하겠다면 전 재산 다 내 앞으로 해
놓고 이혼하고 시작해!

김영수 1   이혼이라니?

순미   당신 망하면 아무리 내 명의로 모두 해 났어도, 이
혼 안 했으면 와서 난리들 칠 거 아냐? 난 그 꼴 못
봐! 앞날이 창창한 내가 왜 그런 꼴을 보고 살아!

조명이 꺼진 후 다시 조명은 김영수 2만을 비춘다.

김영수 2   사업에 눈이 멀어 결국 이혼까지 했죠. 그래도 난
위장이혼이라고 생각했는데, 마누란 진짜 이혼을 한
거였더라구요. 동창회다 뭐다 외출이 잦아졌고, 자꾸
그림을 사 들여서 좀 이상하다 생각했지만, 여고 때
좋아하던 그 미술선생하고 만난다고는 생각지도 못

했는데……. 사업한다구 지방에 내려가 거의 살다시
피 하다 1년 만에 쫄딱 망해 가지고 올라오니까 기
가 막히더군요. 집이라고 찾아와 아파트 문을 열려
니까, 아 글쎄, 열쇠가 안 들어가더라구요. 마누라가
나 몰래 아파트를 팔고 이사를 가 버린 거였죠. 새
집 주인은 먼저 집 주인이 유명한 화가라고 알고 있
더군요. 그 소릴 듣는 순간 내가 그동안 지은 죄를
몽땅 되돌려 받는 느낌이었습니다. 그래 죽어라고
술을 퍼마셨죠.

조명이 꺼지고, 김영수 2가 퇴장하고, 조명이 김영수 1을 비추면,
김영수 1은 소주를 마시며 휘청거리다, 아무 곳에나 쓰러져 잔다.
조명이 꺼진 후 다시 조명이 비치면, 다시 일어나 술을 마시다 빚
쟁이들에게 두들겨 맞고, 거지꼴이 된 채 휘청거리며 소주병을 들
고 술주정을 하고, 사람들은 김영수 1을 피해 도망간다.

김영수 1   (술을 마시며 소리 소리 지르며) 다 나와 보라 그래!
             대한민국에서 나보다 더 못난 늙은이 있으면 다 나
             와! 다 나와 보라구! 다! 다! (갑자기 혈압이 올라 굉
             음과 함께 발작을 일으키며 쓰러진다.)

조명은 한참을 쓰러진 김영수 1을 비추고 서서히 막이 내린다.

<2막>

막이 오르면 조명은 적막 속에서 무대 후면 김영수의 시골집을 비춘다. 허름한 집 마당 좌측에는 이것저것 얻어다 서툴지만 공들여 만든 커다란 개집이 있고, 마당 한복판에는 넓은 평상이 있는데 그 위에는 개밥 그릇치곤 예쁘고 큼직한 도자기 그릇들이 놓여 있다. 적막이 흐른 후 김영수 2가 텅 빈 집을 바라보며 울먹이다, 말을 시작한다.

김영수 2   제가 반신불수가 돼, 병원에서도 뛰쳐나와, 이리저리 떠돌아다닌 것까진 기억이 있는데, 어떻게 이곳 경기도 시골까지 흘러들어와 정신을 잃고 쓰러져 있었는지는 잘 기억이 나질 않습니다. 어쨌거나 김 영감이 절 발견했고, 온 마을사람들 지극 정성 덕분에 제가 다시 살아나게 되었습니다. (집을 바라보며) 이 집은 죄만 쌓고 병들고 늙은 나를 하나님처럼 안아 주었던 집입니다. 하두 지은 죄가 많아서 교회당 근처에는 가지도 못하다가, 꽃분네 할멈 성화에 못 이겨 한번 가게 되었습니다. 그날 목사님이 이렇게 설교를 하시더군요. 살인자가 된 자식 옆에 묻히는 것이 어머니이고, 그 어머니 같은 분이 하나님이라고. 전 예수쟁이는 아니지만 죄를 하도 많이 지어서인지, 하나님은 우리가 지은 죄를 다 덮어 주시는 분이고, 지금부터 잘하면 천국에 갈 수 있다는 그 설교 말씀이 꼭 저를 위해 하시는 말씀 같아서 너무나 고마워

펑펑 울었습니다.

그런데 그날 밤 억수로 비가 왔었는데, 나처럼 떠돌던 강아지가 내 방문을 긁더군요. 그게 바로 우리 미자입니다. 상처투성이인 미자를 지극 정성으로 보살피다 보니, 우리 애들도 자라면서 이 못난 애비가 돌보지 않아 이놈처럼 여기저기 상처투성이로 자랐겠구나 생각하니 가슴이 미어지더군요. 그래 미자뿐 아니라, 장군이, 대장이 그리고 우리 막내, 미남이, 이렇게 강아지 넷을 키우게 되었습니다.

조명이 서서히 암전되고, 김영수 2가 퇴장한 후, 조명은 다시 김영수의 집을 비춘다.

중풍을 앓아 반신마비에 말투도 어눌한 김영수 1이 허름한 부엌에서 고깃국이 든 들통을 들고 흐뭇해하며 나와 평상에 놓으며 걸터앉는다.

김영수 1   이 녀석들이 고기 냄새를 맡았으면 얼른 와야지. (큰
            소리로) 미자야! 장군아! 대장아! 미남아! 얼른 와 !
            아빠가 니들 좋아하는 고깃국 끓였어. (고깃국을 국
            자로 떠 맛보고 만족해하며 일어서서) 이 녀석들이
            놀기 바빠 아빠 말을 안 듣네…… (지척이며 뒷마당
            쪽을 향해 가며) 미자야! 장군아! 대장아! 미남아! 이
            녀석들 그새 또 꽃분이네 갔나 보네!

지척거리며 나가려는데 김 영감이 들어온다.

김 영감 지척거리며 어딜 가? (냄새를 맡으며) 내가 얻어다
          준 괴기로 뭐 했어?

김영수 1 괴기 국 끓였지.

김 영감 어이 잘됐네! 한 그릇 얻어먹고 저녁을 때워야겠네.

김영수 1 먹고 있어! 우리 애들 찾아올 테니.

김 영감 (평상에 앉으며 큰 소리로) 그 녀석들 꽃분이네 또
          갔나! 할망구하구 지 애비 엮어 주려 용을 쓰는데
          아예 한 살림 차리지 그래!

김영수 1 (가다 뒤돌아서서) 또 쓸데없는 소리! 다 늙어 송장
          치를 일 있어!

김 영감 겨우 다섯 살 많은데 뭘 그래. 내 보기엔 아직 쌩쌩
          하드만.

김영수 1 어이 먹고 있어! (다시 걸으며 혼잣말로) 내 여자라
          면 신물이 난다.

김 영감 (도자기 그릇에 국을 퍼 담으며) 이게 개밥 그릇이
          야? 진품명품이지.
          하여튼 이 집 개들은 사람보다 낫다니까. (손으로 갈
          비를 건져 먹으며) 아이구 맛있네!

조명이 꺼지고, 김 영감이 퇴장하고, 다시 조명이 전면무대 좌측
을 비추면 꽃분댁이 평상에 앉아 빨래를 정리하고 있다.

김영수 1 우리 아가들 여기 와 있나!

꽃분댁   (무대 뒤를 가리키며) 아 저 뒤뜰에서 우리 꽃분이하
          고 놀고들 있잖수.

김영수 1   (무대 뒤로 가며) 아빠 왔다!

강아지들   (대번에 달려와 김영수에게 서로들 안기려 한다.)

김영수 1   (쓰다듬으며) 어이구 우리 미자! 장군이! 대장이! 미
              남이! 아빠가 그렇게 좋아! 이 녀석들아! 저녁때가
              되면 집에서들 놀아야지! 아빠가 매일 이렇게 찾아
              나서야 하냐! (작은 소리로) 이 녀석들아 꽃분이가
              뭐 이쁘다고, 하루에도 열두 번씩 들락거려! 여자 보
              는 눈이 그렇게도 없냐?

꽃분댁   아 우리 꽃분이처럼 이쁜 강아지 있으면 나와 보라
              해! 날 닮아 얼매나 고운데, 보는 눈이 어쩌고 어쩌!

김영수 1   얘들아 어이 가자! 저 할망구 노망 부리기 전에. (강
              아지들이 앞서 뛰어가는 것을 보고 흐뭇해하며) 아
              이구! 내 자식들! 뉠 닮아 저리도 기운들이 좋나! 이
              놈들아! 늙은 애비 숨차 쓰러지겠다. 천천히들 가!
              (웃으며 지척이며 퇴장한다.)

꽃분댁   (큰 소리로) 그놈의 개 새끼들 칭칭 묶어 놔 봐! 우
              리 꽃분이 하루라도 못 보면 상사병 나서 죽을 테니!
              (혼잣말로) 어디다 지 새끼들은 죄 버리고 늙어빠져
              서 개 새끼들 데리고 미자야! 장군아! 대장아! 또 뭐
              시여? 뭐이드라…… 아, 미남이. 몇이여 도대체? (손
              가락으로 세다가 다시 빨래를 정리하며) 내가 웬만
              하면 중풍도 들었겄다 남은 인생 불쌍해서 눈 꾹 감
              고 저 영감하고 살래도 자식이 너무 많아 골치 아파
              못 살아. (고개를 설레설레 흔들며) 낭중에 뭔 망신
              을 당할려구. (고개를 흔들며 웃으며) 에이구 안 되

지! 안 되야!

(빨래를 무릎에 놓고 쫙쫙 펴며) 그래도 착한 구석은 있는 영감탱이여. 지는 안 먹어도 죄 얻어다 정성껏 괴기 반찬에 일일이 자식 건사하듯 개밥 해대는 걸 보면. 얼매나 한이 맺혔으면 그럴까 잉!

(갑자기 분노하며 빨래를 내동댕이치며) 한은 뭔 한이여! 죽은 내 영감이나 저 영감이나 죄 지들이 다 맹그러 가지고 벌 받는 게지. 불쌍치도 않어! 천벌을 받은 것들!

조명이 꺼진다.

새소리가 나면서 다시 조명이 서서히 밝아지면서 아침을 알리면, 김영수의 집 마당에서는 강아지들이 뛰어놀고 있다. 잠시 후 꽃분댁이 한 쟁반 음식을 머리에 이고 들어온다.

꽃분댁   니들 애비는 일어나셨냐? (마루에 쟁반을 놓으며) 영
            감! 영감! 어이 나와 아침 드셔!
김영수 1   (화를 내며 나오며) 그 영감 소리 좀 집어쳐!
꽃분댁   (마루에 앉으며) 그럼 뭐라 불루? 미자 아버지? 장군
            이 아범? (깔깔 웃으며) 영수 씨?
김영수 1   내 여자라면 신물이 나는 인간이여.
꽃분댁   (좋아 웃으며) 아이구 내가 여자로 보이긴 보이나
            뵈! 영감이 보는 눈은 있어 가지구…… 어이 식기
            전에 식사하셔!
김영수 1   (마루에 걸터앉으며) 우리 애들하고 아침 벌써 먹었

으니까, 가져가서 할멈이나 드셔! 아침마다 귀찮게
　　　　　좀 하지 말구.

꽃분댁　　　보나마나 저 개 새끼들 죄 퍼 주고, 영감은 먹는 둥
　　　　　마는 둥 했을 거 아녀. 죄 슴슴하게 했으니까 싱겁
　　　　　더라도 몸 생각해서 드셔! (숟가락으로 밥을 뜨고 반
　　　　　찬을 얹어 먹여 주려 한다.)

김영수 1　(숟가락을 치며) 이 할망구가 누굴 어린애로 보나!

꽃분댁　　　(숟가락을 쥐어 주며) 그럼 어이 푹푹 드셔!

김영수 1　(숟가락을 내려놓으며) 아 할멈이나 많이 먹구 오래
　　　　　오래 살어!

꽃분댁　　　(화를 내며) 보건소에라도 가서 의사 선상님 말씀 듣
　　　　　고 약이래도 타다 먹자 해도 안 가. 정성껏 밥을 해
　　　　　바쳐도 안 먹어. 그러다 한 번 더 쓰러지면 그땐 그
　　　　　냥 가는 거여!

김영수 1　(화를 버럭 내며) 이 할망구가 아침부터 재수 없게
　　　　　죽는 얘기야!

꽃분댁　　　(달래듯) 아니 그러니까 재발하기 전에 미리미리 몸
　　　　　을 챙겨야 한단 말이지…… 아 밥이 보약이잖쑤.
　　　　　(억지로 입에 넣어 주려 한다.)

김영수 1　(뿌리치며) 이러지 좀 마! 밥알 질질 흘리면서까지
　　　　　악착같이 오래 살 생각 없으니까.

꽃분댁　　　어메! 저 개 새끼들은 죄 어쩌구? 그리구 언제까지
　　　　　저 개 새끼들만 붙들고 애비 노릇 하다 죽을 거여?
　　　　　잘 먹고 기운 채려 진짜 자식들을 찾아봐야 할 것
　　　　　아뉴? (큰 소리로) 내 할아범 보면 내 영감 생각이

나서 더 참견을 하는 거여. (갑자기 분해 눈물을 흘리며) 세상에서 제일 몹쓸 인간이 어떤 인간인지 아슈? 잘못하고도 죽을 때까지 지 새끼 지 마누라 찾아와서 미안하다는 말 한매디 안 하고 그냥 죽어 버리는 것들이여! 아 요새 시상이 얼매나 좋아졌어. 공부 못 한 노인네도 글을 배운다, 나이 일흔에 대핵교를 간다, 게다가 나이 오십에 고등 핵교 교복 입고 핵교도 다니드만…… 그저 못 한 것들을 죽기 전에 할려고들 난리들인데, 진심으로 우러나서 내 미안했다 그 말 한매디만 하면 그래도 웬수는 안 될텐데, 고걸 안 하고 죽는 독종들이 영감 같은 인간들이여. 아 지 마누라 자식새끼들 버렸던 용기로 죽을힘을 다 하면, 북한에 있는 가족도 찾을 수 있는 시상인데, 남한 땅을 다 헤집어서라도 찾아내 내 정말 미안했다 이 말 한매디를 왜 못 하냔 말야! (영수에게 달려들듯 하며) 왜! 왜!

김영수 1 (작은 소리로) 아이구. 이 놈의 할망구가.

조명이 꺼지고 중간막이 내려온다. 조명은 서서히 전면무대의 김영수 2만을 비춘다.

김영수 2 듣고 보니 꽃분댁 말도 천번 만번 일리가 있는 말이라 고민 고민했죠. 죽을 날이 코앞에 닥치니 미안했다는 말 한마디 안 하고 죽을 순 없다 싶어 용기를 내 첫 마누라부터 찾기로 했습니다. (울먹이며) 우리 미자! 그 어린 걸 버리다니…… 내가 정신이 나간 놈이죠, 어디 사는지도 모르니 무작정 옛날 동네부터 가 보기로 했습니다. 미자 에미가 워낙 진득해서 한군데 그냥 눌러 살고 있을지도 모른다 싶었거든요.

조명이 꺼진 후 빗소리가 들리면서 조명이 무대 우측 만두집을 비추면, 만두집엔 '아버지 만두집'이라는 간판이 걸려 있다. 김영수 1은 우산도 없이 남루한 옷차림으로 모자를 눌러쓰고 변해 버린 옛 동네를 두리번거리며 걷고 있다. 한참을 두리번거리다 옛날 자신의 가게 자리에 있는 '아버지 만두집'이라는 간판의 만두가게를 보고 놀란다. 한참을 망설이다 용기를 내 만두가게로 가서 안을 들여다본다. 가게 안은 손님들로 꽉 차 있고, 만두를 싸 가는 손님들이 들락거리자 한 모퉁이로 물러난다. 다시 용기를 내 만두가게 안을 자세히 들여다보다 늙어버린 순자가 카운터에서 돈을 받고 있는 모습을 보고 놀란다. 사위인 듯한 남자가 만두를 만들고 있고, 만두를 나르는 중년이 된 딸 미자와 눈이 마주치자 얼른 물러나 숨어 버린다. 손님들이 웬만큼 나가자 미자는 우산을 들고 나와 영수를 찾는다.

미자   (김영수를 찾아내 우산을 받쳐 주면서) 어르신! 만두
             좀 드시고 가세요!
김영수 1   (모자를 더 눌러쓰며 피한다.)
미자   (웃으며) 저희 집 만두 맛이 옛 맛 그대로거든요. 그
             냥 한 번 좀 드셔 보세요, 어떤가.
김영수 1   (고개를 돌리고 추워서 떨며 작은 소리로) 아 됐습니

다. 신경 쓰지 마시구 어이 들어가 일 보세요…….
미자   (가려는 김영수를 잡으며) 그냥 가시면 저 엄마한테
         혼나요. (잡아끌며 가게로 가며) 오늘 드시고요, 맛이
         괜찮다 싶으면 언제든 오셔서 드세요.
         (안 가려는 김영수를 더 꼭 붙잡고 걸으며) 딴 데 다
         니시면서 고생하시지 마시구요! 따끈한 보리차에 드
         시고 가시면 좋잖아요.

미자는 억지로 김영수를 가게 안으로 들어오게 하고, 김영수는
모자를 더 내려 눌러쓴다.

순자   (따뜻한 보리차를 놓으며) 어서 앉으세요! 영감님!
사위   (만두를 놓으며) 얼른 모셨어야 하는데 워낙 손님이
         북적거려서요. 어르신 어이 앉으셔서 천천히 드세요!
김영수 1   (눈물을 글썽이며 지척거리며 나오려 한다.)
미자   아이! 어르신 고집도 쎄시네. 여보! 얼른 이것 좀 싸
         주세요.
사위   그럴까(만두를 가져간다.)
순자   그래 어이 싸 드리구 (미자에게) 얘! (돈을 꺼내 주면
         서 작은 소리로) 차 타는 데까지 모셔다 드려라. 웬
         비가 이리 오는지 넘어지실라.
미자   (돈을 주머니에 넣으며) 예! (재촉하듯) 여보! 얼른!
사위   알았어!
김영수 1   (눈물을 흘리며 지척거리며 가게를 나간다.)

조명이 꺼지고, 빗소리, 길거리소리, 차소리가 나면서 조명이 전
면무대를 비추면, 김영수가 눈물을 닦으며 걷고 있고, 미자가 뛰어
와 우산을 씌워 주며 만두 자랑을 늘어놓는다.

미자   (검은 비닐에 싼 만두를 들어 올리며) 어르신! 이 만
           두요. 우리 아버지가 옛날에 만든 식 고대로 만든
           만두거든요. 돼지고기, 숙주, 갖은 양념 넣는 것은
           다른 집하고 다를 게 없는데요, (자랑하듯) 우린 무
           를 좀 두껍게 채 치듯 썰어서 바싹 말린 다음, 만두
           할 때마다 물에 삶아서, 꼭 짜서 다져 넣거든요. 그
           게 우리 아버지 만두 비법이에요. (웃으며) 근데 우
           리 엄만 당신보다 내가 더 아버지 만두 맛을 잘 낸
           다고 만두 속 만드는 건 꼭 저만 시키세요. 테레비
           에도 한번 나왔는데. 아이구 테레비에 한번 나오니
           까 체인점 내라고 난리들을 치데요. 근데 우리 엄마
           가 절대 안 낸다고 거절하셨어요. 아무래도 공장도
           세우고 하다 보면 손맛이 유지될 수가 없거든요. 그
           덕에 오히려 만두 파동 때 돈을 엄청 벌었어요. 다
           우리 아버지 만두 맛 덕분이죠. 그러니까 어르신! 언
           제든 오셔서 부담 없이 드세요!
           (김영수의 얼굴을 쳐다보며) 저희 아버지도 사셨으면
           어르신하고 연세가 비슷하셨을 거예요.
           (슬픈 목소리로) 전 아버지 얼굴도 잘 기억이 안 나
           요. 너무 어렸을 때 돌아가셨거든요.
김영수 1   (참았던 눈물을 흘린다.)

차소리와 빗소리가 더욱 커지면서 버스들 정거하는 소리가 나면 두 사람은 정거장에 멈춰 선다.

미자   어르신! 어느 쪽으로 가세요?

김영수 1 (작은 소리로) 바쁜데 어이 들어가 봐요.

미자   비 오는데 어디 따뜻한 데 가서 쉬셔야 할 텐데……
     (돈을 꺼내 얼른 주머니에 넣어 주려 한다.)

김영수 1 (막무가내로 돈을 안 받으려 하며, 돈을 꺼내 보여
     주며) 나 거지 아니에요.

미자   (미안해하며) 그래서가 아니구요, 저희 아버지 생각
     이 나서요. (얼굴을 살피며) 어르신! 화 나셨어요?

김영수 1 (고개를 돌리며) 화 나긴요. 고마워요! (눈물을 감추
     며 당부하듯) 잘 살아요! (버스 멈추는 소리와 함께
     아무 버스나 얼른 올라타려 한다.)

미자   어르신! (어느 것을 줘야 할지 모르며) 우산! 만두!

김영수 1 (만두를 받으며) 잘 먹을게요. 고마워요! (큰 소리로
     울먹이며) 미안해요!
     (계속 미안하다는 말을 외치며 버스에 올라타는 소
     리가 난다.)

미자   아이 제가 미안하죠! (큰 소리로) 어르신! 꼭 한번 들
     르세요! 꼭이요!

버스 문 닫히는 소리와 함께 조명은 김영수 1만을 비춘다. 버스가 급하게 출발하는 소리와 함께 김영수가 넘어지면서 만두를 쏟는다. 김영수는 엉엉 울며 만두를 주워 담는다. 조명은 김영수의

울음소리와 함께 꺼지고, 분위기에 맞는 음악이 흐른다. 중간막이 올라가고 조명이 다시 무대 후면 시골길을 비추면, 김영수는 억수같이 오는 비를 맞으며, 비를 안 맞게, 만두를 품에 넣으며 엉엉 울며 초라하게 지척이며 걸어 집 마당으로 들어온다. 강아지들이 반가와 김영수에게 달려들자 김영수는 땅바닥에 주저앉아 강아지들을 쓰다듬으며 이름들을 부르며 계속 운다.

김영수 1   우리 미자! 우리 장군이! 우리 대장이! 우리 미남이! 불쌍한 내 새끼들! 아이구 내 새끼들!

조명은 김영수 1과 강아지들을 비추다 꺼지고, 다시 음악이 흐른다. 잠시 후 조명은 서서히 전면무대의 김영수 2를 비춘다.

김영수 2   그날 밤부터 이젠 정말 갈 때가 됐나 보다 싶을 정도로 며칠을 꼼작도 못 하고 앓아누웠었습니다. 꽃분 할멈 아니었으면 아마 그때 죽었을 겁니다. 내가 앓고 있으니 우리 애들도 할멈이 아무리 먹이려 해도 제대로 먹지도 않고 시름시름거리더군요. 그래 그놈들 죽이라도 끓여 주려 억지로 일어났죠.

조명이 꺼지고 다시 김영수의 시골 집 마당을 비추자 김영수 1은 기침을 하며 마당에서 가마솥에 죽을 끓이고 있고, 강아지들은 기운 없이 개집 앞에 쪼르륵 엎드려 있다.

김 영감   (들어오며 얼른 죽 주걱을 뺏으며) 어이구! 저리 가

앉아 있어. 내가 저을게! 감기 걸렸다 하더구만, 며
칠 새 얼굴이 영 못쓰게 됐네…….

김영수 1　(평상에 앉으며) 난 괜찮은데 (강아지들을 쳐다보며)
저 녀석들이 덩달아 기운이 없어 저러고들 있으니
내 가슴이 찢어져. 속이 좋지 않은지 통 먹질 않으
니…… 이 죽이라도 먹고 입맛들이나 돌았으면 좋
겠어.

김 영감　(주걱으로 떠서 죽 맛을 보며) 아 맛있다. 하여튼 음
식 솜씨 하난 그만이라니까! 나도 한 그릇 얻어먹어
야겠다. (죽 주걱으로 죽을 떠 후르륵 흘리며) 다 됐
는데.

김영수 1　(마루로 걸어가며) 자네 우리 애들 좀 퍼 주고, 마루
로 좀 가져와!

김 영감　그래!

김 영감이 도자기 그릇에 죽을 퍼서 가져가자 강아지들은 맛있
게 죽을 먹는다. 김 영감은 같은 모양의 도자기 그릇들에 죽을 퍼
마루로 가져간다. 김영수 1은 한술 뜨더니 이내 수저를 놓는다.

김 영감　(죽 그릇을 들고 맛있게 먹으며) 그렇게 안 먹으면
어쩌려 그래? 입맛이 없어도 좀 더 먹어야지! 꽃분네
할멈이 여간 걱정이 아니던데. 거 병원에 가 봐야
하는 거 아냐?

김영수 1　병원은 무슨! 그냥 이러다 죽으면 그만이지.

김 영감　죽다니? 누가 장례 치르라구? 그리구 우리가 자네한

　　　　　　테 해 준 게 얼만데 벌써 죽어? 다 쓰러져 가는 집 살게끄름 다 고쳐 줘, 먹을 꺼 다 대 줘, 텃밭에 먹을 거 죄 싱거 줘, 농사지어서 죄 바쳐…… 그래 이만큼 살려 놨는데 죽어? 그럼 안 되지! 자넨 우리 마을 인심이 아직도 살아 있다는 증거여!

김영수 1　고마워! 나도 사람인데 왜 그 고마운 걸 모르겠나! (갑자기 눈물을 흘리며) 그러니까 남 신세 그만 지고, 더 이상 추한 꼴 보이지 말구 빨리 갔으면 좋겠어.

김 영감　어어 말한 사람 무안하게…… 에이! 울지 마! 자네 울리려구 그런 게 아니구, 꿋꿋하게 살라고 한 소리야……

　　　　　(눈치를 살피다) 꽃분네 할멈이 자네 애들 보러 갔다 온 거 같다던데 그래서 아팠던 게야?

김영수 1　(눈물만 흘린다.)

김 영감　그러지 말구 훌훌 털어나 봐! 우리가 남이야? 자식 놈들이 있건 없건 알고 보면 다 쓸쓸한 늙은이들인데…… 그래 다 찾아봤어?

김영수 1　(눈물을 흘리며) 아니. 첫애네 집에만 갔었는데, 내 딸도 날 못 알아보구, 나도 그 앨 길에서 만났으면 못 알아봤을 테니…… (자학하듯) 난 애비도 아냐.

김 영감　세월이 많이 흘렀으니까 그럴 만하지…….

김영수 1　옛날 그 자리에서 고대로 만두가게를 하고 있던데, 우리 미자가 아줌마가 되도록 그 근처에도 한 번 안 가 봤으니, 내가 인간인가!

김 영감　어유! 그런 걸 알았으면 진작 가 보는 건데 그랬네…….

김영수 1 나 같은 것도 애비라고 간판도 '아버지 만두집'이라
         고 써 붙여 났더라구.

김 영감 어이구!

김영수 1 지 에미를 닮아서 성격도 후덕하니 인심도 좋구, 사
         위도 듬직한 것이 어찌나 착하던지! 오순도순 잘 사
         는 것 같아서 어찌나 고맙던지 몰라.

김 영감 그래 자네 마누라도 봤어?

김영수 1 음. 투실투실 훤하던 얼굴은 온데간데없구, 할머니가
         돼 있더구만.

김 영감 아 세월이 얼만데…… 원래 지 늙는 건 못 느껴도,
         옛날 사람들 만나면 그때서야 세월이 참 빨리도 흘
         렀구나 하고 느끼게 되잖어.
         (위로하듯) 에이구! 그래 자네 마음이 얼마나 쓸쓸하
         고 후회가 됐겠나……. 억수같이 비 오던 날 갔다
         왔나?

김영수 1 응. 실컷 두들겨 맞고 싶었는데 억수같이 비가 오니
         차라리 좋더구만.

김 영감 가뜩이나 몸도 성치 않은데 그 비를 다 맞았으니,
         성헌 사람도 병이 날 판에, 살아 있는 게 다행이네,
         다행이야.
         (용기를 주듯) 어이 잘 먹고, 기운 차리면 거 둘째네
         도 찾아봐야지! 그땐 내가 같이 가 줄게.

김영수 1 됐어. 만나 봤자 제대로 미안하다는 말도 못 할 텐
         데……(침묵하다) 가뜩이나 원수 같은 애비인데, 이

렇게 병들고 다 늙어 내가 니들 애비다 하면 누군들
좋아하겠나.

김 영감　허긴! 자식들에게 평생을 잘 해 줘도 부모가 병들면
　　　나 몰라라 하는 세상이니까.
　　　(기분 전환시키듯) 아참! 진철이네 결혼 잔치 벌인다
　　　고 자네 꼭 데려오랬는데. 가서 남들 노는 거 보면
　　　서 기분 풀어!

김영수 1　난 안 가. 우리 새끼들 결혼식에도 못 간 애빈데, 남
　　　의 집 잔치에 무슨 낯짝으로 가겠나.

꽃분댁　(들어오며) 장군 아버지! 뭐 좀 드셨어?

김 영감　죽 한술 뜨드니 마네.

꽃분댁　아이구 억지로라도 먹어야 하는데……. 아 진철이네
　　　서 빨리들 오라는데.
　　　(김영수를 보고 춤을 추며)) 영감! 이판사판 가서 죄
　　　잊고 놀아 봅시다!

김영수 1　놀 기운이 어디 있어. 난 들어가 누울 테니까, 우리
　　　애들 먹을 거나 많이 좀 싸 가지고 와서 먹여! 내 지
　　　금 잠들면 못 일어날 것 같아서 그래.

꽃분댁　(안색을 살피며) 어이구 내 암만 해도 곁에 있어야
　　　하겠구만.

김영수 1　(화를 내며) 여러 말 시키지 말고 어이 가 놀아!

김 영감　(일어나 꽃분댁을 끌며) 귀찮다잖어. (김영수에게) 어
　　　이 들어가 한숨 자고 있어! 강아지들 걱정은 말고!
　　　(꽃분댁을 재촉하며) 어이 가!

꽃분댁　(웃으며) 우리 영감이 성깔 부리는 거 보니까 아직

기운이 있구만!

(나가며) 그랴 어이 가서 신나게 놀아 봅시다!

조명이 꺼지고, 잔칫집의 노랫소리, 떠들고 웃는 소리 등이 들린다. 조명이 서서히 들어오고 적막한 시골 밤의 개들의 울부짖는 소리가 들린다. 조명은 더욱 어두워져 김영수 1의 방만을 비춘다. 김영수는 악몽에 시달리는 듯 신음소리를 낸다. 김영수를 비웃는 듯한 가족들의 웃음소리가 들리고 김영수는 더욱 신음소리를 내며 악몽에 시달리고 있다. 마당에서는 어둠 속에서 강아지들이 흉하게 울고 있다. 조명은 서서히 완전히 암전된다. 조명이 밝아오면 꽃분댁이 쟁반에 죽과 반찬들을 들고 들어오며 쟁반을 마루에다 살살 놓고 강아지들에게 간다.

꽃분댁   (작은 소리로) 어이 니들 아버지 일어나셨냐? (흉하게 짖는 강아지들에게) 쉿! 이 녀석들아! 애비 깰랴! (다시 흉하게 짖는 강아지들에게) 아니 이 녀석들이 어젯밤에 괴기랑 생선이랑 잘들 먹더니만 왜 아침부터 흉하게 울어 싸! (땅을 보며 자신도 모르게 큰 소리로) 에그머니! 왜 땅 구멍을 이렇게들 파 놨어? (몽둥이를 찾으러 돌아다니며) 안 되겠구만! 이놈들 맴매 좀 해야지! 너무 으 하며 키우니까 별 흉한 짓을 다 해놓네! (빨래 방망이를 찾아 강아지들에게 가려 한다.)

김영수 1   (기운 없이 지척이며 마루로 나와 기운 없는 소리로) 아침부터 웬 난리야? (강아지들을 때리려는 꽃분댁

을 보고 놀라, 신도 신지 않고 지척이며 달려오며)
저 할망구가 노망이 들었나! 그 방망이 어이 못 내
려놔!

꽃분댁   (방망이로 땅 구멍을 가리키며) 아이 요놈들이 마당
에 죄 구멍들을 파났잖수. 다신 이런 짓 못 하게 혼
구멍을 내야 혀!

김영수 1   (방망이를 뺏으며) 이 할망구가 미쳤나! 남의 귀한
자식들을 패려 들게!

꽃분댁   계모래서 그런다우 왜! (개들을 구석으로 몰며) 이런
놈들은 죄 꽁꽁 묶어 놔야 돼! (개들이 짖으며 달려
들듯 으르렁거리자, 김영수의 뒤에 숨으며) 에그머
니! 조 쬐끄만 것들이 성깔 있네! 지 에미들을 닮았
나 뵈, 지 애비 닮았으면 한량일 텐데…….

김영수 1   (꽃분댁을 뿌리치며) 이 할망구가 왜 이렇게 찰싹 달
라붙어 엄살이야! 어이 저리 못 비켜!

꽃분댁   (떨어져 나오며 개들이 안 듣게 소곤거리며) 저 녀석
들이 집을 나가려나 보우. 작년 가을 영희네 개 새
끼도 구멍을 파 놓더니만, 어느 날 온데간데없이 사
라졌데잖수. 어이 꽁꽁 묶어 놓으셔! 낭중에 후회하
지 말구. 개 줄 없으면 내 갖다 줄까? 우리 집에 많
은데.

김영수 1   이 할망구가! 애들이 장난 한번 친 것 같구 웬 생난리여!

꽃분댁   (마루를 가리키며) 내 죽 쒀다 났으니까 드시구 계
슈! (집에 얼른 갔다 올듯 나서며) 내 어이 가서 개
줄 찾아올 테니까.

김영수 1   그놈의 개 줄 소리 하지 말라니까! 어이 가서 꽃분
          이나 도망 안 가게 묶어 놓고, 다신 오지 마! (혼잣
          소리로) 못된 할망구 같으니!
꽃분댁   (나가며) 어이 식기 전에 죽이나 드시구 계셔! 영감
          이 성질은 아직 살아 가지구…….
김영수 1   (강아지들이 파 놓은 구멍들을 보고, 꿈을 회상하는
          듯 심란해하며 하늘을 보며) 내가 갈 때가 된 거야.
          (울먹이며) 또 죄를 짓게 생겼구만. 이 녀석들을 두
          고 또 떠나면 이 불쌍한 것들을 누가 거두나…….

강아지들은 구슬프게 울고. 김영수는 지척거리며 마루로 와 걸터
앉으며 한숨을 짓다가, 따끈한 죽 그릇과 반찬들을 보며 갑자기 눈
물을 글썽인다. 죽 그릇을 들고 온기를 느낀 다음 한 입 넣고는 엉
엉 울며 죽을 먹는다.

김영수 1   이놈의 할망구…… 왜 날 울리는 거여!

조명은 김영수 1만을 비추다 꺼진다. 암전된 상태에서 다시 불길
하게 우는 강아지들의 울음소리가 난다.
조명이 다시 밝아지면 꽃분댁이 어제처럼 쟁반에 죽과 음식을
들고 들어오며 개집으로 간다.

꽃분댁   얘들아! 니들 애비 좀 어떠시냐? (개집으로 다가가
          개집 안을 살피다가) 어메! 진짜 집을 나갔나 보네!
          (얼른 쟁반을 마루에다 놓고, 집 안을 돌며) 미자야!

장군아! 대장아! 또 뭣이여? 어이구 헷갈려…… 애들
아! 멍멍아! 어디들 숨었냐?

김영수 1 (방문을 가까스로 열며) 왜 아침마다 소란이야?

꽃분댁 (얼른 와 마루에 걸터앉으며) 아 이 녀석들이 숨바꼭
질을 하나 보우! 다들 숨어서 안 나오네!

김영수 1 (마루로 기운 없이 나오며) 뭐야! 우리 애들! 우리 애
들 잃어버리면 안 돼! 그 불쌍한 것들! 어디 멀리는
안 갔을 거야.

꽃분댁 (일어나 영수의 안색을 보며) 아이구! 지금 강아지가
문제가 아니여! 영감부터 병원에 가야 쓰겠구만!

김영수 1 (신을 신고 일어나려다 주저앉으며) 할멈! 나 좀 부
축혀 줘! 우리 애들 같이 좀 찾자구!

꽃분댁 (부축해 일으키며) 병원부터 갔다가, 저녁때까지 안
오면 그때 찾아 나섭시다! 어디 놀러 나간 거 같으
니까.

김 영감 (들어오며) 어이 몸은 좀 어때? (얼른 와 부축하며)
어이 이러다 큰일 나겠어. 어서 병원에 가 봐야겠구만.

김영수 1 새끼들이 집을 나갔는데 병원이 대수여?

김 영감 이게 뭔 소리여?

조명이 꺼지고, 다시 어슴푸레 조명이 들어오자 정신이 반쯤 나
간 김영수와 꽃분네 할멈과 김 영감이 강아지 이름들을 부르며 찾
아다닌다.

김영수 1 (울먹이며) 이놈들아! 이 애비가 자식들 버린 애비라

고, 니들이 꼭 이렇게까지 해서 이 애비 속을 미어
지게 만들어야만 하겠냐! 이놈들아!

김 영감의 부축을 받으며 들어와 김영수는 마루에 걸터앉는다.
꽃분댁은 개집으로 가 강아지들이 있나 확인한다.

꽃분댁   (혼잣말로) 이놈들이 진짜 나갔네! 어이구! 저 영감
          아무래도 죽겠네! 아이구! 이를 어째…….
김영수 1   우리 애들! 우리 애들!
김 영감   (꽃분네 할멈에게) 있어?
꽃분댁   (머리를 흔들며 와, 마루에 올라앉아 영수를 끌어 올
          리려 하며) 영감! 오늘은 아무 생각 말고 푹 주무슈!
          내 장담하는데 내일 그 녀석들이 죄 와 있을 테니까
          아무 걱정 말구 어이 들어가 푹 주무셔 응! 어이!
김 영감   (신을 벗고 마루로 올라가 영수를 부축하며) 그래 어
          이 들어가자구! 우리 둘이 곁에 있다가, 그 녀석들
          들어오면 깨워 줄 테니까 자넨 아무 걱정 말구 푹 자!

꽃분네 할멈과 김 영감은 울먹이는 김영수를 부축하며 방으로
들어가고, 조명은 서서히 암전된다.
조명이 서서히 밝아지면 꽃분댁이 한숨도 못 잔 듯 피곤해하며
나와 개집으로 가 안을 살핀다.

꽃분댁   (땅바닥에 주저앉으며) 이놈들이 아직도 안 왔네! 왜
          지 애비 속을 태워! 지들에게 얼마나 잘해 줬는데…….

김영수 1   (김 영감의 부축을 받으며 마루로 나오며) 우리 애들
              은? 할멈! 우리 애들 들어왔어?
꽃분댁   (영수에게로 와 달래듯) 영감! 아무 걱정 말우! 오늘
              이장한테 방송하라 해서 죄 나와 샅샅이 뒤지면 금
              세 찾을 거니까.
김 영감   그럼 그럼! 그러니까 자넨 들어가 누워 있어!
김영수 1   안 돼! 그놈들 냄새며 숨소리며 내가 잘 알지! 자식
              이 나갔는데 애비가 안 찾으면 누가 찾아!

김영수가 내려와 신도 신지 않고 휘청거리며 걸으려 하자, 김 영
감이 얼른 부축하며 길을 나서고, 꽃분댁은 김영수의 신을 들고 뒤
를 따른다.

꽃분댁   하튼 저 영감 고집은 알아 줘야 된다니까.

조명이 다시 어두워지면, 마을사람들이 강아지들의 이름을 부르
며 이곳저곳에서 강아지들을 찾는다. 조명이 더 어두워지면 마을사
람들이 전등을 들고 산속을 헤매며 강아지들 이름을 부르며 찾아
다닌다. 그러다 갑자기 비가 쏟아지며 천둥, 번개가 친다.

이장   (확성기를 들고) 자! 내일 다시 모여 찾기로 하고 오
              늘은 이만 내려갑시다! (김영수에게) 영감님! 날도 어
              두워졌고, 비도 억수로 오니까 그만 내려가고, 내일
              다시 찾죠!
김영수 1   아냐! 난 좀 더 찾아보구 갈 테니까 어이들 내려가!

수고들 많았어! 고마워!

꽃분댁   이 영감이! 고집 부릴 걸 부려야지! 개 새끼들 찾다
          진짜 자식들 얼굴도 못 보고 죽으면 누가 상 주우?
          (건장한 청년들을 보며) 어이 광호하구 광철이! 니들
          이 이 영감 바짝 들고서 내려가거라!

두 청년   예!

김영수 1   (목이 메어 울먹거리며) 난 우리 애들 찾을 때까지
          안 내려가! 우리 새끼들 이 비 오고 천둥, 번개 치는
          데 얼마나 춥고 배고플 거여! 얼마나 무서울 거여!
          난 안 내려가! 우리 새끼들 절대 안 버려!(한 맺힌
          것을 토하듯) 우리 우리 자식들! 절대 절대 안 버릴
          거여! (천둥, 번개소리와 함께 갑자기 비명소리를 내
          며 쓰러져 발작을 한다.)

마을사람들이 몰려온다.

김 영감   (영수의 뺨을 치며) 이봐! 정신 차려!

꽃분댁   (땅바닥에 주저앉아 엉엉 울며) 아이구! 영감! 가면
          안 돼! 안 돼!

이장   (침착하게 영수를 반듯하게 눕히고, 옷을 풀어 주면
          서) 빨리 119에 신고해! 빨리!

조명이 꺼지고, 죽음을 예견하는 듯한 음산하고 구슬픈 음악이
흐른다.

조명이 서서히 전면무대 좌측만을 비추면 의사가 김 영감과 꽃

분댁과 심각하게 얘기를 나누고 있다.

김 영감   (절망적으로) 선상님! 진짜 가망이 없나요?
의사   너무 늦게 오셨어요. 가족들 친지들 모두 부르세요!
           저러시다 잠깐 정신이 들었다 사망하시는 분도 계시
           니까, 유언이라도 남기실 수 있을지 모르거든요. (의
           사는 황급히 간다.)
꽃분댁   (곡을 하듯 울며) 아이구! 우리 영감 불쌍해서 어쩌
           나! 자식들 얼굴도 못 보구 저리 그냥 가면 어떡해!

꽃분댁의 울음소리와 함께 조명이 서서히 암전된다.
조명이 다시 전면무대 우측만을 비추면, 김영수 1은 침대에 누워
있고, 간호사는 김영수를 살핀 다음, 무대 좌측으로 급하게 간다.
조명은 전면무대를 비춘다.

간호사   김영수 씨 보호자분!
두 노인   예!
간호사   할아버지께서 잠깐 의식이 돌아오신 것 같으니까 얼
           른 들어와 보세요.
꽃분댁   아이구! 하나님! 고맙습니다! 고맙습니다!

간호사를 따라 꽃분댁과 김 영감은 전면무대 우측으로 황급히
가 김영수를 살핀다.
꽃분댁과 김 영감이 곁에 가자, 서서히 김영수가 눈을 뜨더니 뭐
라고 중얼거린다. 꽃분댁이 귀 기울여 들으려 하나 알아들을 수가

없다.

<table>
<tr><td>꽃분댁</td><td>난 잘 못 알아듣겠어. 뭐라나 어이 들어보슈!</td></tr>
</table>

꽃분댁   난 잘 못 알아듣겠어. 뭐라나 어이 들어보슈!

김 영감   (귀 기울여 영수의 유언을 들으며) 응! ……그래. 알
                         았어! 걱정 마! 내 꼭 그리 할게!

김 영감은 눈물을 흘리며 꽃분댁의 손을 가져와 김영수의 손을
잡게 하고 자신도 김영수의 손을 잡는다. 김영수가 숨을 거두자 흑
흑거리며 눈물을 흘린다.

꽃분댁   (눈물을 펑펑 쏟으며 곡을 하듯) 아이구! 우리 영감!
                         이리 가면 난 어찌 살라구! 안 돼! 자식들 다 보구
                         가야지! 이 착하디 착한 영감아!

간호사   (얼른 뛰어와서) 할머니! 중환자실에서 이러시면 안
                         돼요!

꽃분댁   아이구! 영감이 죽었는데 소리 내서 울지도 못한단 말
                         이여! (더 크게) 어이구! 우리 영감 불쌍한 우리 영감!

꽃분댁의 통곡소리와 김 영감의 울음소리 속에서 조명이 꺼지고.
어둠 속에서 장송곡이 들린다. 잠시 후 조명이 전면무대의 김영수
2만을 비추면 김영수 2는 침묵하다 말을 잇는다.

김영수 2   한 번도 따뜻하게 대해 주지 못했지만 꽃분 할멈의
                         정을 듬뿍 안고, 김 영감의 우정을 듬뿍 받고, 우리
                         강아지들한테 애비 대우도 듬뿍 받고, 이 죄 많은

인생이 마감되었습니다. 너무나 과분해서 고개를 못 들겠습니다.

(침묵 후) 아쉬움이 있다면 우리 장군이, 대장이, 그리고 우리 막내 미남이가 어떻게 장성했는지 소식도 못 들은 채 죽은 것이지만, 그런데 죽으니 좋은 것도 있더군요. 중풍으로 어눌했던 말투도 지척거리던 걸음걸이도 한순간에 사라지고, 거기다 우리 애들을 내 넋으로나마 볼 수 있다 하니, 염치가 없지만 보러 가렵니다.

조명이 꺼지고 김영수 2가 퇴장하면, 조명은 서서히 무대 전면 우측의 만두집을 비춘다. 만두집에는 '장군이네 만두집'이라는 간판이 걸려 있다. 만두집 밖에는 '오늘은 쉽니다'라는 알림판이 있다. 만두집 안에서는 이젠 할머니가 된 옥순과, 삼사십대가 된 세 아들들과, 장군의 초등학교 4학년 된 딸이 모여 옥순의 생일파티를 하고 있다.

모두들　　　　생일 축하합니다. 생일 축하합니다! 사랑하는 우리 할머니, 생일 축하합니다! (옥순이 촛불을 *끄자*) 와! (박수를 치며) 축하해요!

옥순　　　　(초를 뽑으며) 축하는 무슨…… 아이구 칠십이 내일 모레니 생일 돌아오는 것도 무서워.

모두들 술잔과 음료수 잔을 든다.

장군   (술잔을 하나하나 부딪치며) 자! 우리 어머니 건강하
        게 오래오래 사시고, 우리 둘째 대장이 부장 승진
        축하하고, 우리 막내 미남이 사업 잘되고, 예쁜 (잔
        을 들어 장군의 잔과 부딪치며) 우리 딸 예쁜이 공
        부 잘하고, 우리 아빠 만두집 잘되고!

식구들은 모두 웃으며 잔을 부딪치며 마신다. 미남이는 케이크를
잘라 돌린다.

옥순   미남이 너! 장가는 언제 갈 거야? 내일모레면 마흔인
        데 언제 가서 애 낳아 키울래?
미남   예쁜 할머니 또 시작하십니다!

모두들 웃는다. 케이크 등을 먹으며 식구들은 다시 얘기를 시작
한다.

미남   사업도 골치 아픈데, 어이구 내 인생도 책임지기 힘
        든 세상에 누구 인생을 함부로 책임을 져요? 전 결
        혼 같은 건 안 합니다. 안 해.
옥순   저 저 말하는 것 좀 봐.
미남   엄마나 형처럼 되느니 차라리 속 편하게 혼자 사는 게
        낫죠.
장군   (야단치듯) 야! 애 듣는데! (예쁜이 접시 위에 이것저
        것을 담아 주며) 우리 예쁜이 어서 가서 숙제해야지!
        내일 아침에 또 울고불고 아빠보고 해 달라고 그러

지 말고.

예쁜 응 알았어, 아빠. (접시를 들고 일어나며) 근데 나, 게임 좀 하고, 숙제하면 안 돼?

장군 아빤 숙제부터 하고, 마음 놓고 게임 실컷 하겠다.

예쁜 알았어 아빠. (가게를 나간다.)

옥순 내가 니들 생각하면 밤에 잠이 안 와. 자식 셋 중 제대로 사는 건 둘째뿐이니…… 큰자식은 마누라가 바람이 나 이혼해.

장군 (말을 가로막으며) 어머니 목소리 좀 낮추세요! 애가 다 듣겠어요! 그리고 다들 말들 조심해! 나한테 뭐라 그러는 건 상관없지만, 우리 예쁜이 상처 주는 말하면 나 가만 안 있는다.

대장 (분위기를 바꾸려고) 자자자! 오늘은 좋은 날이니까 좋은 말들만 합시다. 가만 있자 올해 아버지 연세가 어떻게 되시나?

미남 좋은 말만 하자며?

옥순 갑자기 그 인간 나인 왜 묻냐?

대장 요새 자꾸 아버지가 꿈에 나타나서요. 돌아가셨는지 검은 옷을 입고 아무 말도 안 하시고 그냥 서 계시더라구요.

옥순 그 인간이 살아 있으면 우리 나이로 일흔셋이지. 아이구 죄가 하두 많아서 그 인간 죽어도 벌써 벼락 맞아 죽었을 거다.

미남 죽긴요! 한 10년 됐나? 우연히 봤는데 신수가 훤해 가지고 벤츠 몰고 가던데요. (입을 막으며) 이그! 이 말은 죽을 때까지 안 하려고 했는데.

옥순   (흥분하며) 그 웬수가 천벌도 안 받고 그렇게 잘 살
           아? 그래 니 애비가 널 알아는보데?

미남   차 타고 가는 걸 나만 봤으니까 아버지야 절 못 봤
           죠. 저도 처음엔 긴가민가했는데, 장군이 형하고 진
           짜 똑같이 닮았더라구요.

대장   맞아. 형이 아버질 제일 많이 닮았지.

옥순   그 인간이 그렇게 생각이 없어요. 그렇게 잘 살면
           나야 그렇다 치고 니들 찾아서 내 그동안 니들 키워
           주지 못해 미안했다. 애비가 그래도 니들 몫으로 이
           래이래 가져왔으니 애비를 조금이나마 용서해 다오!
           아 그래야 지가 인간이지 그게, 그게 인간이냐! (맥
           주를 벌컥벌컥 들이켜다 놓으며) 아니 근데 그 인간
           이 뭘 해서 그렇게 돈을 벌었데?

장군이의 핸드폰이 울린다.

장군   여보세요! 여보세요? (……) 누구? (……) 너 전화하
           지 말랬지! 끊어!

대장   누군데 그렇게 받어?

장군   웬수.

대장   형수님이셨구나?

옥순   형수는 무슨 형수!

대장   엄마 노릇은 하고 싶어 거는 건데 형 기분만 생각하
           면 안 되지. 예쁜이를 먼저 생각해야지!

옥순   쓸데없는 소리 그만 해! 어디 바람난 어미한테 우리
        귀한 손녀딸을 보게 해.

미남   (머리를 긁적이며) 아이구 골치 아퍼. 뭔 인생이 이
        리 복잡들 해…….

장군   내 진짜 아버지처럼 안 살려고 했더니만 마누라 때
        문에 이렇게 될 줄 누가 알았냐.

옥순   어머 내 정신 좀 봐. 오늘 가족 찾는 프로 하는 날이
        잖아.

대장   그건 왜 보세요?

장군   아버지가 우릴 찾나 매주 보신단다. (리모컨을 찾는다.)

옥순   에미들은 자식을 버렸어도 사과하러 나오는데, 애비
        들은 어디 나오디? 니들 애비가 혹시 나오나 암만
        봐도 그 못된 인간이 안 나와. 혹시 아냐? 죽을 때가
        되서 니들한테 유산이래도 나눠 주려 나올지.

미남   아 지 배부르면 남 배고픈 심정 모른다고, 잘사는데
        자식들 생각이 나겠어요?

옥순   그래 말이다. 그러니까 더 괘씸하지.

장군   아이고 여기다 두고 찾았네.

장군이가 TV를 켜자 조명은 전면무대의 사회자를 비춘다.

사회자   오늘은 특별한 사연 하나를 전해 드리면서 이 프로
        를 마칠까 합니다.

조명이 김 영감을 비추면, 김 영감은 말을 시작한다.

김 영감   (김영수의 영정사진을 들고 또박또박 천천히) 저는
            이 김영수 씨하고 한마을에 사는 사람입니다.

옥순   (한눈에 사진을 알아보고, 갑자기 울며) 아이구 니
            애비다!

김 영감   김영수 씨는 돌아가시면서 제게 유언을 남기시길 딸
            김미자, 아들 김장군, 김대장, 김미남을 찾아 꼭 애
            비의 마음을 전해 달라구 유언하셨습니다.
            (상복을 입은 강아지들이 김 영감의 주위를 맴돌며 운다.)

옥순   (계속 울며) 니 애비가 죽었어.

장군   조용히 좀 해 보세요.

김 영감   자식들을 돌보지 못해 정말 미안했다면서 애비가 잘
            못했다고 꼭 전해 달라 하셨습니다. 김영수 씨의 딸
            김미자. 아들, 김장군, 김대장, 김미남 씨는 그간 (우
            는 강아지들을 가리키며) 이 강아지들을 자식처럼 사
            랑하며 자식들에게 용서를 빌려 애쓰며 산 아버지의
            사연을 들으러 꼭 한번 오시길 간절히 바랍니다!

    조명이 꺼지고 김 영감과 강아지들이 퇴장한 후, 다시 조명은 사
회자만을 비춘다.

사회자   사연을 들으신 분들 중에 김영수 씨의 자제 분이나
            그분들을 아시는 분들은 방송국으로 연락을 주시면
            저희가 주소를 알려드리겠습니다.
            앞으로 아버님들이 자제분들을 찾는 사연들이 많아
            지길 바라면서. 다음 시간에 뵙겠습니다.

장군   (TV를 끄며) 돌아가셨네!

옥순   (엉엉 울며) 잘 산다더니 고생고생하다 간 거 아냐! 죽
        기 전에 찾지 죽고 나서 찾으면 어쩌라구! 어쩌라구!

장군   (옥순의 어깨를 감싸며 위로한다.)

대장   그래도 아버지가 우리를 잊지 않고 가슴속에 담아
        두고 사시다 가셨네요.

미남   난 아버지 절대 용서 못 해!

조명이 옥순네 가족을 비추다 꺼지고, 분위기에 알맞은 음악이
흐른다. 핸드폰 울리는 소리가 들리면서 조명이 밝아지면 전면무대
에서 장군이가 전화를 받는다.

장군   여보세요! 여보세요! (말이 없자, 화내듯) 전화하셨으
        면 말씀을 하셔야죠!

전처   (등장하지 않은 채 전화 목소리만으로) 예쁜이 아빠!
        나야!

장군   (말이 없다.)

전처   (울먹이며) 우리 예쁜이 좀 만나게 해 줘! 보고 싶어
        죽을 것 같아!

장군   (머뭇거리다) 지금은 안 돼. 니가 미용 공부하러 외
        국에 가 있다고 해 놨는데, 갑자기 나타나면, 그다음
        엔 어떻게 감당을 하라구?

전처   그럼 선물만이라도 외국서 부친 것처럼 해서 주면 안
        될까?

장군   선물?

전처   응. 선물만이래도 보낼 수 있게 해줘 제발!

장군   (생각하다가) 야! 내가 며칠 바쁠 거 같으니까, 다음
       주 월요일에 가게로 가져와!

전처   (너무 좋아하며) 예쁜이 아빠! 고마워! (다시 울먹이
       며) 미안해! 정말 좋은 엄마가 되고 싶었는데…….
       나도 모르게 이렇게 돼 버렸어.

장군   야! 너 내가 지금부터 하는 말 잘 새겨들어!

전처   응. 뭔데?

장군   너 우리 예쁜이한테 진짜 좋은 엄마가 돼야 한다.
       애 다 자랄 때까진 애한테 맞춰서 엄마 노릇 잘 하
       란 말이야. 니 기분 내키는 대로 하지 말고!

전처   응. 노력할게! 내 정말 잘 하고 싶은데 어떻게 해야
       우리 예쁜이가 상처를 덜 받나 그걸 모르겠어.

장군   내 니 얼굴 보면 치가 떨리지만 우리 예쁜이가 우선
       이니까, 언제 한번 만나서 의논을 해 보자구.

전처   그래 예쁜이 아빠. 그런데, 우리 엄마 예쁜이 보고
       싶어서 병나셨어.

장군   (한숨 쉬며) 휴! 그분이 무슨 죄냐. 너 때문에 손녀딸
       도 맘대로 못 보구. 이제부터 우리 예쁜이 위하는 길
       을 잘 생각해 보자구! 외가 식구들도 다 만나면서
       자라게 해야지!

전처   정말? (울먹이며) 고마워 예쁜 아빠! 근데 나 딱 하
       나만 더 물어봐도 돼?

장군   뭔데?

전처   왜 갑자기 생각이 바뀐 거야?

장군   (머뭇거리다) 야 세월은 어김없이 흐르더라……세월
         다 간 후에 후회하지 말구, 우리 예쁜이한테 잘 하
         면서 살자구! (갑자기 쌀쌀하게) 야 이제 그만 끊어!
         (전화를 끊으며) 에이 헷갈려. 갑자기 내가 왜 이러
         는 거야?

〈종막〉

　조명이 꺼지고, 장군이 자동차 모는 소리가 들린다. 조명이 다시
밝아지면 김영수네 집 마당에서 김 영감과 꽃분댁이 장군이를 기
다리고 있다.

꽃분댁   큰아들 혼자 온데우?
김 영감   응. 자식이 이 집 저 집에 있으니 금세 한꺼번에야
         오겠어? 큰집 작은집 왕래도 없었을 텐데.

자동차 멈추는 소리가 들리고, 장군이가 들어온다.

장군   안녕하세요!
김 영감   아이구 잘 찾아왔네! (장군이를 보며) 아이구 정말
         아버지랑 꼭 닮았네! 제주도에 갔다 놔도 찾겠어.
꽃분댁   (장군의 손을 잡으며) 아이구! 죽은 영감이 다시 살
         아온 것 같네…… 어쩜 인물이 이리도 좋을까!
장군   (웃는다.)

김 영감   자네 아버지가 이 쓰러져 가는 집에서 혼자 정말 외
          롭게 살다 가셨네. 그저 지 몸은 돌보지 않고, 강아
          지들을 자식마냥 끔찍이도 챙기면서 자네들 생각만
          하다 갔지. 어째 산소에 한번 가 보겠나?
장군   예. 가 봬야죠!

조명이 꺼지고 세 사람은 퇴장을 한다.

조명이 산소만을 비추면 상복을 입은 초췌해지고 더러워진 강아
지 넷이 산소 주위에서 울고 있다. 잠시 후 장군과 김 영감과 꽃분
댁이 등장한다. 강아지들은 장군을 보자, 김영수를 본 듯, 단숨에
달려와 서로 안기려 하며 좋아한다.

꽃분댁   조놈들 봐라! 난 본 체도 안 하네!
김 영감   이 녀석들이 지 애비 살았을 땐 통통하니 부잣집 개
          들 부러울 게 없었는데, 자네 아버지가 죽고 나니까,
          꼭 애비 없는 자식 꼴이 돼 가지고, 할멈이 아무리
          챙겨 줘도 안 먹어. 아 데려다 키우려 해도 막무가
          내로 무덤만 지키고 있으니 저것들 저러다 죽으면
          지 애비 눈에서 피눈물이 날 텐데 걱정이 태산이여.
장군   (가져온 술을 올리고 절을 한 후) 양지바르고 좋네요.
꽃분댁   아 글쎄 저 녀석들이 지 애비 죽기 전에 집을 나갔
          는데, 여기서들 놀고 있었데잖어. 그래 여기다 산소
          를 마련한 거라우.
장군   아, 예. 장군이가 어떤 놈이에요?
꽃분댁   요 잘생긴 놈이 장군이고, 요놈이 대장이, 요놈이 미

	남이, 그리구 요것이 고명딸 미자.
장군	(웃으며) 정말 우리하고 닮았네요. 다 데려가 정성껏 키워야겠어요.
김 영감	이놈들을 다?
장군	다 자기 것 하나씩 맡으면 돼요. 이번 기회에 미자 누님도 찾아뵙고…… 다 한 가족인데 오순도순 지내야죠.
꽃분댁	아이구! 마음 씀씀이도 아버지를 닮아 시원시원허구먼. (장군의 등을 두드리며) 아버지 너무 미워 말어! 생각이 모자라서 실수를 많이 했지만, 악인은 아녀! 얼마나 쟤들에게 지극정성이었는지 모른다우. 그게 다 자네들 위하는 맴 아니었겠수!
장군	(웃으며 꽃분댁과 김 영감의 손을 잡으며) 그동안 저희 아버지 챙겨 주셔서 고맙습니다. 식구들 데리고 한번 놀러 올게요. 건강들 하세요.
두 노인	그래! 그래!
김 영감	아이구 이놈들 상복은 벗고 가야지!
꽃분댁	(갑자기 통곡하며) 아이구 영감! 이놈들마저 떠나는구려! 이놈들마저 떠나보내야 하니 가슴이 휑해 죽을 것 같수!
김 영감	아이구 꽃분 할멈 그만 해! (울먹이며) 만나고 헤어지고 인생이 다 그런 거지 별거 있어…….

조명이 암전된 채 꽃분댁의 통곡소리에 이어, 장군의 달리는 자동차 소리가 난다.

조명이 서서히 전면무대의 김영수 2만을 비추면 김영수 2는 울먹이다 마지막 대사를 한다.

김영수 2   이 애비를 용서해 줘서 고맙다. 우리 강아지들까지 돌봐 주겠다니 이 애빈 여한이 없구나. 내 너무 많은 것을 받고 떠나는 것 같아 몸 둘 바를 모르겠어. (침묵하다 관객을 보며) 여러분! 핏줄은, 바람결에 끊어질 듯 휘날리는 한 가닥 거미줄 같을지라도, 끊어질 수가 없는 것 같습니다. 이렇게 연극에서처럼 매정하게 떠나가 소식이 없던 애비의 마음도 다 드러내 보일 수 있다면, 못된 애비들 때문에 한이 맺힌 분들의 응어리가 좀 풀릴 텐데, 진짜 인생에선 서로의 마음을 모르는 채 막이 내리기 쉬우니 안타까운 일이죠.
여러분 이 못난 애비의 얘기를 끝까지 들어주셔서 정말 정말 고맙습니다. 내 다시 태어날 수만 있다면 다신 이렇게 살지 않을 겁니다. 다신!

조명이 꺼지고 막이 내린다.

송봉철 교수의 미소

등장인물

송봉철 교수　　인자한 50대 다매체영상학과 교수
부인　　　　　송봉철 교수의 부인. 40대의 성실한 국문과 교수
학생들　　　　다매체영상학과 학생들. 이 시나리오에서는, 특
　　　　　　　정한 이름을 사용해야 하는 경우를 제외하고는,
　　　　　　　남학생 ㄱ, ㄴ, ㄷ, ㄹ, 여학생 ㄱ, ㄴ, ㄷ, ㄹ
　　　　　　　등으로 사용한다.
김호남　　　　다매체 영상학과 졸업생
그 외 단편 시나리오에 나오는 인물들

이 시나리오 속에 나오는 단편 시나리오 중 <언제 어디서 누군
가는>(1학년 손주현), <사랑스러워>(3학년 황현경), <마지막 여
름방학>(1학년 김금현)은 실제 호남대학교 다매체영상학과 학생들
의 작품임을 밝힌다. 또한 이 시나리오는, 제작을 고려하지 않은,
읽기 위한 시나리오임을 밝힌다.

신 1. 대학캠퍼스 전경(3월 첫 주의 오후)

카메라는 아직은 추우나 새 학기를 맞아 학생들로 활기 넘치는 캠퍼스 곳곳을 비춘다.

신 2. 강의실 안

송봉철 교수가 미소를 지으며 문을 열고 들어오면 학생들은 일제히 일어나 고개 숙여 인사를 한다.

학생들　　　교수님! 안녕하십니까!

송봉철 교수　(웃으며) 허허허! 앉아요! 반가워요!

학생들　　　(일제히 앉는다.)

송봉철 교수　(웃으며) 우리 신입생들! 처음 수업이라 긴장들 한 모양인데, 창작법 수업은 자유로운 분위기에서 진행되니까, 편안한 마음으로 마음껏 자신이 가진 창작능력을 발휘해 보는 한 학기가 되기 바라요. 출석부터 부르죠. (출석부를 펼치고) 김명국!

김명국　　　예.

송봉철 교수　송나리!

송나리　　　예.

송봉철 교수　(웃으며) 박기쁨!

박기쁨   예.

송봉철 교수 누가 지으신 이름인가?

박기쁨   아빠가요.

송봉철 교수 아빠가 우리 기쁨 양보고 너무 기뻐서 지어 주셨나
            보군. (웃으며) 오돌샘!

학생들   (모두 웃는다.)

오돌샘   예.

송봉철 교수 (웃으며) 남자답게 생겼군.

송봉철 교수는 계속해서 출석을 부르고 학생들의 대답이 이어지
면서 재미있고 독특한 이름이 나올 때면 송봉철 교수와 학생들의
웃음이 이어진다. 김성균! 이준석! 복새별!(웃음) 이보배! 이건모! 김
진걸! 제미나!(웃음) 남궁열! 윤진걸! 정인애! 나믿음!(웃음) 박준기!
정길규! 김정석! 최빛나!(웃음)

송봉철 교수 (웃으며 출석부를 덮으며) 이번 학기에도 우리 복학
            생 형아들이 1학년 학생들에게 모범을 보이고 잘
            이끌어 줄 것이라 믿어요.
            창작법이란 과목은 여러분이 지닌 창작능력을 발휘
            하도록 발표와 토론을 거쳐 수정과 보완을 해, 완
            성도 높은 작품으로 완성하게 하는 과목입니다. 글
            쓰는 재능이 없어도 노력만 하면 누구나 쓸 수 있
            는 것이 단편 시나리오이기 때문에 이번 학기에는
            단편 시나리오창작을 하게 될 겁니다. (교재를 들
            며) 다들 교재는 준비했죠?

학생들   예!

송봉철 교수 이 교재에는 단편 시나리오를 쓰기 위한 기본 이론
            들이 정리되어 있는데, 수업에 앞서 미리미리 읽어
            오기 바라요.

학생들   예.

송봉철 교수 창작은 이론만 갖고 되는 것이 아니고, 무엇보다도
            자신이 쓰고 싶은 것에 관심을 갖고 고민하고, 완
            성하려는 끈기와 열정이 더욱 중요하다고 봐요.
            창작을 하려면 우선 쓰고 싶은 것이 있어야 하는
            데, 착상은 지나가다 우연히 본 어떤 사물을 보고
            도 떠오를 수 있고, 자신이나 친구의 특별한 경험
            으로부터도 작품을 쓸 아이디어가 떠오를 수 있으
            니까, 작품 아이디어가 떠오를 때마다 메모하는 습
            관을 지니기 바라요.
            오늘은 첫 수업이고 우리 신입생들의 순수한 창작
            잠재능력을 보기 위해서 단어 연상으로 이야기를
            만들어 보는 연습을 해 보기로 하죠. (칠판에 태양
            이라는 단어를 쓴다.) 태양이라는 단어를 보면서 여
            러분 각자 모두 다른 생각을 할 겁니다. 우선 종이
            를 준비하세요.

    학생들은 각자 가방에서 종이를 꺼내기도 하고, 옆 학생의 노트
를 찢기도 하면서 종이를 준비한다.

    송봉철 교수 각자 종이에 태양으로 시작해서 연상되는 단어들을

쓰되, 모든 단어를 태양이라는 단어와 연결시키지
말고, 태양을 쓴 후 그다음 단어를 쓰고, 그다음 단
어에서 연상되는 다음 단어를 쓰세요. 그리고 더
이상 연상되는 것이 없을 때 멈추기 바라요.

학생들은 웅성거리며 단어들을 쓴다. 쓰다가 옆의 학생 것을 보
며 웃기도 하고, 여학생들은 소곤거리기도 한다. 송봉철 교수는 학
생들이 사랑스러운 듯 미소를 지으며 본다.

(시간 경과)

학생들은 거의 다 쓴 듯 자신의 것을 옆 학생에게 소곤거리며
설명하기도 하고, 바꿔 보며 웃기도 한다.

송봉철 교수　거의 다들 쓴 것 같은데 (창가 쪽을 보며) 저쪽 여
　　　　　　학생부터 연상된 단어들을 얘기해 보기로 하죠.
여학생 ㄱ　　(부끄러운 듯) 태양, 휴가, 바다, 사랑, 공원요.
학생들　　　(웃는다.)
송봉철 교수　이야기가 쉽게 그려지는데 어떤 이야기가 떠오르나?
여학생 ㄱ　　여름 바닷가에서 멋진 남학생을 만나 사랑을 했는
　　　　　　데요…… 공원에서 헤어졌어요.
학생들　　　(더욱 크게 웃는다.)
송봉철 교수　그래요. 평범하다면 평범한 이야기지만 젊은 세대
　　　　　　들 누구나 공감할 수 있는 사랑과 이별 이야기로
　　　　　　잘 완성하면 좋을 것 같아요.

여학생 ㄱ   예.

송봉철 교수   저기 남학생은?

남학생 ㄱ   태양, 빛, 달, 어둠요.

송봉철 교수   이 배경 속에 어떤 이야기가 담겨 있나?

남학생 ㄱ   태양은 밝고 달은 어두운데요. 어두운 일을 하면서
            도 돈을 많이 벌어 밝게 사는 부자 이야기로, 그의
            위선을 <빛과 같은 어둠, 어둠 같은 빛>이라는 제
            목으로 완성해 보려 합니다.

학생들   와아!

송봉철 교수   돈은 어떻게 해서 벌게 되나?

남학생 ㄱ   아직 거기까진 생각해 보지 못했습니다.

송봉철 교수   그래요. 아이디어도 좋고, 집필의도도 확실하니까,
            앞으로 인물의 구체적인 직업이나, 집필의도를 보
            일 수 있는 구체적인 이야기 등을 잘 생각해 보기
            바라요.

남학생 ㄱ   예.

송봉철 교수   저기 남학생은 어떤 단어들이 떠올랐나?

남학생 ㄴ   태양, 권력, 반역, 전쟁, 파괴, 창조요.

송봉철 교수   역시 복학생이어서 무게가 있는 단어들을 연상했
            군. 뭔가 신화적인 느낌도 나고, 파괴에서 끝나지
            않고 창조로 끝난 것이 매우 좋군. 여기서 가장 말
            하고 싶은 것은 무엇인가?

남학생 ㄴ   아직 잘은 모르겠지만, 혼돈의 신이 권력에 대항해
            서 쿠데타를 일으키나, 이 쿠데타는 결국 더 나은
            세상을 위해 신이 미리 계획한 일이었다는 것이 밝

혀진다는 이야기를 한번 써 보고 싶습니다.

학생들   와아…….

송봉철 교수   신이 미리 계획한 일이라는 것은 무슨 의미인지 설
              명해 줄 수 있나?

남학생 ㄴ   신이 이 세상을 창조했을 때와는 너무 다른 이 세
              상의 모습을 보고, 다시 좋은 세상을 만들기 위해
              혼돈의 세상을 파괴시키려는 신의 계획인 줄 모르
              고, 혼돈의 신은 자신의 욕심 때문에 쿠데타를 일
              으키다 죽게 된다는 의미입니다.

송봉철 교수   시간이 좀 많이 걸릴 시나리오지만, 항상 무게 있
              는 작품들을 잘 쓰니까, 구체적인 것들이 떠오를
              때마다 메모해 놓는 것 잊지 말기 바라네!

남학생 ㄴ   예, 알겠습니다.

송봉철 교수   저기 안경 낀 남학생은?

남학생 ㄷ   태양, 빛, 눈부심, 미소, 아이, 엄마, 남편, 일, 돈,
              강도, 죽음, 탄생, 기쁨요.

송봉철 교수   왜 죽음에서 탄생이 연상되었나?

남학생 ㄷ   아버지가 죽고 아기가 탄생되는 것이 연상되었습니다.

송봉철 교수   그래서 맨 아버지가 죽고 아기가 탄생되는 것이 연
              상되었습니다.마지막이 기쁨이군.

남학생 ㄷ   예.

송봉철 교수   죽음과 탄생의 의미를 함께 생각하게 하는 일들이
              일어날 때가 있는데…… 우리 아버님도 우리 형님
              생일날 돌아가셨고, 지금 저 학생은 쉽게 죽음이란
              단어에서 탄생이라는 단어를 연상했는지 모르지만,

인간은 누구나 태어나면 죽게 되어 있으니, 죽음과 탄생은 긴밀히 연결된 단어이기도 하지. 아주 좋은 시나리오가 완성될 것 같으니까, 결석하지 말고 진도 잘 따라가며 완성해 봅시다.

남학생 ㄷ   예.

송봉철 교수   누구나 단어 연상으로 보통의 시나리오는 완성할 수는 있습니다. 그러나 모든 학생들이 이 방법으로 좋은 시나리오를 완성시킬 수 있다고는 말할 수 없습니다. 그렇지만 이 방법으로 몇몇 학생들은 매우 좋은 시나리오를 완성하곤 하는데, 처음 단어에 몰입하지 않고 다음 단어를 연상하다 보면 자신도 모르게 서로 연결되지 않는 독특한 단어가 떠올라 평범한 시나리오를 창작하는 것에서 벗어날 수도 있게 되고, 또한 자신도 모르게 잠재되어 있던 단어들이 자신이 표현하고 싶은 것들을 마치 조약돌을 놓듯이 놓아 주어서 시나리오라는 강물을 건너게 만들어 주곤 하죠.

자, 오늘은 첫 시간이니까 여기까지 하고, 자신이 이번 학기에 쓰고 싶은 시나리오에 대해서 생각해 오기 바라요.

학생들   예.

신 3. 송봉철 교수의 연구실(내부, 저녁)

송봉철 교수는 책상에 앉아 모니터를 보고 있다.

노크소리가 들린다.

송봉철 교수 예.

남학생 ㄷ (문을 열며) 교수님!

송봉철 교수 어서 오게! 늦었는데 집에 안 갔나?

두 사람은 연구실 중앙에 놓인 탁자 앞에 앉는다.

남학생 ㄷ   교재에 나온 시나리오 쓰는 법을 보고 아까 단어 연
            상한 것 갖고 시나리오를 짧게 완성해 보았는데요.

송봉철 교수 벌써? 와! 천재가 나왔군. 그래 어디 보세!

남학생 ㄷ   (부끄러워하며) 가방에서 시나리오를 꺼내 머뭇거
            린다.

송봉철 교수 이리 줘 봐! (미소를 지으며 제목을 읽는다.) <언제
            어디서 누군가는>이라!
            (등장인물)
            남자 1   첫 아이의 출산을 앞둔 30대 초반의 직
                      장인
            남자 2   처음 강도짓을 하는 20대 초반의 청년
            남자 1의 아내   20대 중반의 가정주부
            남자 1의 아가   갓 태어난 딸
            인물설정도 좋고…….

시나리오는 영상이 되어 펼쳐진다.

신 4. 시내거리(낮)
사람들이 북적거리는 거리

한 남자가 그 사이를 걸어가고 있다.
벨소리가 울린다. 남자가 전화를 받는다.

남자 1   여보세요! 아예! 알겠습니다. 지금 확인하겠습니다.
                감사합니다.

남자 1은 전화를 끊고 전화 속의 사진을 보고 웃는다.
전화기 배경에는 태아의 초음파 사진이 있다.
남자 1은 사진을 보고 난 후 전화기를 주머니에 넣고 주위를 두
리번거린다.
남자 1은 은행으로 들어간다.

신 5. 은행 안
사람이 많은 은행 안. 문이 열리고 남자 1이 들어온다.

남자 1   (콧노래를 흥얼거리며 웃고 있다.)

남자 1이 현금 인출기 앞으로 걸어간다. 돈을 찾아 은행 밖으로
나간다.

신 6. 시내거리
은행에서 남자 1이 나온다.
남자 1이 문을 열고 나온 후 하늘을 본다.
햇볕이 환하게 내리쬔다.
남자 1이 다시 걸음을 옮긴다. 남자 2가 따라간다.

남자 1은 여전히 콧노래를 흥얼거린다.

남자 1   (콧노래를 부르며) 음……음……음……

남자 1이 골목으로 들어간다. 따라오던 남자 2도 따라 들어간다.
순간 구름이 해를 가린다.

신 7. 시내 한 골목
남자 1이 골목으로 들어선다. 남자 2가 뒤따라온다.
남자 1이 골목 중간쯤 왔을 때 남자 2가 남자 1 앞으로 갑자기
나타난다.
남자 2가 칼을 꺼내 들고 남자 1을 찌른다.

남자 1   (칼에 찔리는 동시) 윽…….

남자 1이 피를 흘리며 쓰러진다.
남자 2가 자신의 피 묻은 손을 본다.

남자 2   (손을 보며 눈물을 글썽이며 떨리는 목소리로) 미안
               해요……미안해요……정말……미안해요

남자 2는 쓰러진 남자 1의 손에 있는 돈을 든다.
남자 2는 돈을 들고 뛴다.
그때 전화벨이 울린다.
남자 1이 힘겹게 전화기를 꺼내 들어 액정을 본다.

'내 인생의 전부'라는 글이 보인다.

액정은 본 후 남자 1이 숨을 몰아쉬고 전화를 받는다.

남자 1   (힘없는 소리로) (ON) 여보세요!

남자 1의 아내(밝은 목소리로) (F) 여보! 딸이야 딸!

남자 1   (다시 숨을 고른 후) (ON) 정말? 공주님 목소리 좀
              들려줘!

남자 1의 아내 (F) 아! 어. 그래 기다려…….

조금 후

아가   (F) 응애 응애 응애……

전화기를 든 남자 1의 손이 땅에 떨어진다.

남자 1이 웃는다.

구름에 가려졌던 해가 다시 나온다. 햇볕이 강하게 내리쬔다.

신 8. 송봉철 교수의 연구실(내부)

송봉철 교수 와! 너무 좋다! 정말 좋은데.

남학생 ㄷ   (의아한 듯) 정말이요?

송봉철 교수 고등학교 때 글로 상 탄 적 없나?

남학생 ㄷ   아뇨.

송봉철 교수 글재주가 있다고 생각해 본 적도 없어?

남학생 ㄷ   한 번도 없는데요.

송봉철 교수 너무 좋아. 죽음과 탄생의 연결도 좋고, 돈 때문에

쉽게 살인을 저지르는 험악한 세상도 잘 반영되어 있고, 짧지만 간결한 압축미가 돋보여. 영상으로 의미를 전달하는 것이 시나리오라는 장르의 특징인데, 햇볕이 환하게 내리쬐는 하늘을 보는 아빠에게서 아이의 탄생을 기다리는 아빠의 기쁜 마음을 영상으로 잘 표현하고 있고, 구름이 해를 가리는 영상으로 긴장감을 주면서 사건을 암시해 주고 있고, 탄생한 애기의 울음소리와 죽어 가는 아빠의 웃는 모습에서 기쁘면서도 슬프고도 애잔한 말로 표현하기 힘든 미소가 영상으로 잘 마무리되어 있고, 마지막에 구름에 가려졌던 해가 다시 나오고 햇볕이 강하게 내리쬐는 영상으로 마무리한 것은 아빠가 자신의 죽음보다는 아가의 탄생을 더 기뻐하고 있는 부성애가 잘 담겨 있어.

신입생이 이런 작품을 그것도 하루 만에 쓴다는 것은 대단한 거야.

그런데 제목은 아주 안 맞는 것은 아니지만 가장 잘된 제목은 아니야. <언제 어디선가 누군가는>이란 제목은 누구나 언제 어디서든 이런 범죄의 대상이 될 수 있다는 것을 나타내는 것인데, 이 시나리오의 중심은 그것보다는 많은 것이 함축된 아버지에게 더 초점을 맞추는 제목이 나을 것 같아.

남학생 ㄷ　아, 예.

송봉철 교수　시간을 갖고 제목이 떠오를 때마다 여러 개를 써놓고 나중에 제일 좋은 것으로 골라 보게.

남학생 ㄷ   예. 알겠습니다. (일어나며) 교수님 감사합니다.
송봉철 교수 자유주제 시나리오도 잘 구상해 와 봐.
남학생 ㄷ   예. 교수님 감사합니다.(인사를 한다.)
송봉철 교수 (나가는 학생을 보며) 조심해 가!
남학생 ㄷ   예.

연구실 문이 닫힌다. 송봉철 교수는 학생이 놓고 간 시나리오를
어루만지며 기특한 듯 미소를 짓는다.

신 9. 송봉철 교수의 아파트 주방(밤)
저녁식사를 하는 송 교수 부부

송봉철 교수 (반찬을 부인의 밥 위에 얹어 주며) 해가 갈수록 신
            입생들 이름이 재미있어.
부인   그렇죠. 우리 때랑은 다른 것 같아요.
송봉철 교수 새별, 기쁨, 빛나…… 여학생들 이름이 더 독특한
            것 같아.
부인   (반찬을 남편의 밥 위에 얹어 주며) 아빠들이 얼마
            나 예뻤으면 그렇게 지었겠어요. 우리도 딸이 있었
            으면 당신이 예쁘게 지어 주셨을 텐데…….
송봉철 교수 당신 닮았으면 되게 예뻤을 거야! (반찬을 부인의
            밥 위에 얹어 주며) 우리 자식 없으면 어때. 학기마
            다 아들딸들이 몰려오는데.
부인   (웃으며) 당신도 그렇게 생각하세요? 나도 신학기
            때마다 애들 얼굴 보면 너무너무 기쁘고 재미있어

요. 부모 마음하고야 좀 다르겠지만, 그 애들이 한 학기 동안 발전해 가는 모습을 보면 고맙고 대견하고 어떤 땐 눈물도 나요.

송봉철 교수　당신도 그래? 나도 예전보다 더 학생들에게 애착이 가는 것 같아. 어떤 땐 그 애들 부모님들이 와서 애들이 얼마나 잘하고 있는지 좀 보셨으면 하는 생각도 들어.

부인　(웃으며) 대학교에도 학부형 참관수업이 있으면 재미있을 거예요.
애기해 보면 엄마, 아빠랑 대화할 시간이 없다는 학생들이 너무 많더라고요.

송봉철 교수　서로 바쁘니 그렇지. 당신하고 나도 서로 바쁠 땐 얼굴 보기 힘들잖아.

부인　글쎄 말이에요.

신 10. 거실

송 교수 부부는 장미차를 마시고 있다.

송봉철 교수　당신 오늘도 밤새야 되나?

부인　예. 한국대에서 신화 연구한 자료를 넘겨 왔는데 거의 쓸모가 없어요. 이번 프로젝트 연구는 학술연구가 아닌데 그걸 아직도 받아들이려 하지 않고 진행하려 하니, 우리가 다 다시 해야 돼요.

송봉철 교수　프로젝트는 일단 날짜대로 진행되니까 해놓고, 당신하고 나하고 다시 연구하자고. 이제는 우리 문화

중에서도 중요한 것들을 어떤 식으로 창작할 것인
가를 기존 학술연구 방식이 아니라 정말 창작하는
사람들에게 필요하고 그 사람들이 미처 생각지 못
한 부분들도 제시해 주는 그런 연구들을 해 봅시다.

부인　　　　그래요. 시간은 꽤 걸릴 거예요.

송봉철 교수　그럼. 그렇지만 시간에 쫓기면서 하지는 맙시다. 당
신도 이젠 프로젝트 가져와서 하는 거 그런 것에서
좀 자유로워지면 좋겠어.

부인　　　　예. 다신 안 할 거예요. 날짜에 맞춰서는 좋은 연구
가 나올 수 없는데, 마음만 바쁘고, 몸도 너무 피곤
하고…… 거기다 기관 사람들과, 기존 연구 방식에
서 벗어나지 않으려는 교수들과, 실용적인 연구를
하려는 교수들과 서로 다 맞지가 않으니 이런 식으
로는 기본 틀을 만들어 놓는 것도 제대로 될 수가
없어요.

송봉철 교수　초창기라서 그래. 혼돈을 거쳐 제대로 된 것이 나
오려면 시간이 필요하지. 이럴 땐 혼돈 속으로 들
어가 시간을 낭비하는 것보단 혼자 조용히 제대로 된
연구를 해서 널리 알리는 것이 더 나을 수도 있어.

부인　　　　맞아요. 정말 제대로 된 연구를 한 다음 우리끼리
발표하고 마는 것이 아니라, 연구자와 작가들이 함
께 토론하는 문화도 이루어져야, 학문과 창작품이
바탕이 된 품격 높은 우리 문화가 형성될 거예요.

송봉철 교수　맞아. 지금은 두 분야가 너무 분리돼 있고, 문화도
너무 대중적인 것만 추구하고, 너무 산업적인 측면

만 부각시키면서 경제적인 효과만 강조되는 측면이
있어…….

신 11. 강의실 안(일주일 후, 오후)

송봉철 교수 오늘은 여러분 각자가 창작하고 싶은 시나리오가
무엇인지 자유롭게 발표하기로 하죠. (벽 쪽을 보
며) 저쪽부터 말해 봅시다.

남학생 ㄹ mp3에 중독된 대학생이 아버지와 목욕탕을 갔는
데, 목욕을 하면서도 귀에 이어폰을 꽂고 있어, 심
장병으로 고통스러워하는 아버지의 신음소리를 못
들어, 결국 아버지가 돌아가시게 된다는 이야기를
쓰려고 합니다.

송봉철 교수 좋아요. 현대 젊은이들이 인간보다는 기계에 더 애
착을 갖는 현상을 가장 가까운 가족과의 소통을 스
스로 차단해 비극을 맞는 이야기로 잘 이끈 것 같
아요.
제목은 생각해 보았나?

남학생 ㄹ <등잔 밑이 어둡다>입니다.

송봉철 교수 아주 좋아요. 대사만 잘 살리면 짧지만 좋은 시나
리오가 될 것 같아요.
저기 여학생은 어떤 시나리오를 구상해 왔죠?

여학생 ㄴ 저도 소재는 비슷한데요. 이야기는 달라요. 기계의
노예가 된 현대인을 꿈이라는 요소를 넣어서 표현
할 것인데요, 지나다니는 사람들이 다들 기계와 하
나가 되어 로봇 같아 보이고, 손이 전화기로 변해

통화하는 모습, 주인공 엄마의 눈은 TV 화면으로
덮여 있고, 사람들 귀에선 줄이 나오고, 땅과 나무
들에서도 이어폰들이 쏟아져 나오는 꿈을 넣어 기
계의 노예가 된 현대인의 심각한 현상을 확대시킬
겁니다.

학생들　　　와아아!

송봉철 교수　너무 좋아요. 주인공에 대해선 구체적으로 생각해
봤나요?

여학생 ㄴ　주인공은 항상 이어폰을 끼고 다니는 여대생입니다.

송봉철 교수　그럼 결말은 어떤 식으로 할 거죠?

여학생 ㄴ　벌을 등장시켜 현대인이 되찾아야 할 것을 보여 주
려 합니다. 주인공은 꿈에서 깨어나 눈을 뜨고, 버
스에서 내려 모든 것이 정상인을 보고 안심하게 됩
니다. 그리고 벌을 보게 되고, 벌이 날아가는 곳을
따라 공원으로 가게 돼요, 거기서 주인공은 이어폰
을 빼게 되고, 새소리, 바람소리를 듣고 꽃냄새도
맡으면서 얼굴에 미소를 짓게 되는 주인공의 모습
을 담으며 끝낼 것입니다.

학생들　　　와아아아!

송봉철 교수　너무 좋아요. 다른 학생들은 뭐 더 좋은 아이디어
라든가 해 주고 싶은 말이 있으면 하죠.

학생들　　　너무 좋아요.

송봉철 교수　(웃으며) 그래요. 지금 발표한 것 그대로 쓰면 좋을
것인데, 힘들다고 이것저것 다 빼면 안 돼요.

여학생 ㄴ　(웃으며) 예!

송봉철 교수 그 옆에 앉은 여학생은?

여학생 ㄷ 저는요 모기 때문에 살인을 저지르는 것을 쓰려 해요.

학생들 (웃는다)

송봉철 교수 모기 때문에?

여학생 ㄷ 예. 모기 때문에 뺨을 때리다 진짜 싸움이 나서 살
인까지 이르는 얘기예요.

송봉철 교수 음…… 잘 쓰면 좋을 것 같긴 해요. 요새 주차문제
로 싸우다 살인까지 하는 세상인데, 이성적으로 생
각하면 말이 안 되지만, 현실은 현실이죠. 오히려
이런 사회 문제를 극대화시키지 않고, 더 작고 사
소한 문제로 싸우고 살인까지 하는 시나리오를 쓰
겠다는 아이디어는 좋아요. 그런데 너무 비극적이
지 않나?

여학생 ㄷ 저도 비극적인 것은 싫은데요. 현실을 반영한 시나
리오를 꼭 한번 써 보고 싶어요.

송봉철 교수 (웃으며) 그래요.
자, 그 옆에 앉은 남학생은?

남학생 ㅁ 주인공은 소심하고 몽유병에 걸린 복학생인데요,
주인공 집 근처에 오래된 고아원이 있습니다. 몽유
병에 걸린 주인공은 매일 밤마다 나가는데, 나가서
고아원을 조금씩 고친다는 이야기입니다.

학생들 (감탄하며) 와아아아!

송봉철 교수 대단한 아이디어예요. 어떻게 그런 생각을 했죠?

남학생 ㅁ 저도 모르겠어요. 좀 특이한 것을 써 보려고 생각
하다 보니 떠올랐어요. 그리고 누구나 선행을 할

수 있다는 것을 말하고 싶어서 이런 식으로 이야기
를 정리해 보았습니다.
송봉철 교수 집필의도가 너무 좋아요. 몽유병에 걸린 천사 이야
기라!
그 옆에 앉은 남학생은?
남학생 ㅂ 못생긴 남학생이 있는데요. 인기 많은 여학생과 자
꾸 조가 같이 짜여서 결국 둘이 사랑하게 된다는
이야기를 쓰고 싶습니다.
학생들 (크게 웃는다.)
송봉철 교수 신입생다운 이야기군. 자네 얘긴가?
남학생 ㅂ 아닙니다. (웃으며) 저는 잘생겼습니다.

학생들과 송봉철 교수의 웃음소리가 강의실 안을 가득 채운다.

송봉철 교수 (웃으며) 그렇군. 자넨 잘생겼어. 그 옆에 앉은 여
학생은!
여학생 ㄹ 저는요. <나는 명품 걸>이라는 제목으로 시나리오
를 쓸 건데요, 남들이 볼 땐 예쁜 여학생인데요, 자
신은 자신에게 불만이어서 명품으로 치장을 하는데
요, 명품을 다 살 수 없어 한탄을 하며 지내요. 그
런데 그 여학생을 짝사랑하는 남학생이 있는데요,
그 남학생이 ≪나는 명품 걸≫이라는 책을 선물했
는데요, 주인공이 그 책을 보고 자신의 있는 그대
로 자체가 명품인 것을 깨닫고 명품에 연연하지 않
게 되고, 그 남학생과 결국 사랑하게 된다는 이야

기를 쓰고 싶어요.

송봉철 교수   여학생 나이는?

여학생 ㄹ   21살이요.

송봉철 교수   책에서 구체적으로 영향을 받게 되는 문장이나 계
기를 잘 쓰고, 남학생과 사랑하게 되는 계기를 어
떻게 할 건가?

여학생 ㄹ   처음에는요, 자신의 결점만 보고 명품에 매달렸듯
이 남학생의 결점만 보고 싫어했었는데요, 자신이
바뀌면서 그 남학생의 장점을 보게 되고, 그래서
차츰 사랑하게 되는 이야기로 쓰려 해요.

송봉철 교수   자신의 있는 그대로 그 자체가 명품이라는 인식이
좋은 것 같아요. 제목만 봐서는 명품으로 치장하는
얘기 같으나 명품의 의미를 깨닫게 해 주는 좋은
이야기예요.

그 뒤의 여학생은?

여학생 ㅁ   저도 사랑에 대한 이야기인데요.

학생들   (웃는다.)

여학생 ㅁ   버스 안에서 마주치는 젊은 남녀의 사랑 이야기예
요. 남자는 여자에게 사랑한다고 고백하지만 여자
는 말이 없고, 그런데 여자는 항상 이어폰을 꽂고
다녀요. 남자는 여자 집 앞까지 찾아가 노래를 불
러 주는데, 여자가 청각장애인인 것을 그때 알게
되어서, 글씨를 쓴 가사를 들고 노래를 불러 두 사
람의 사랑이 시작된다는 얘기입니다.

송봉철 교수   역시 시나리오를 많이 써 봐서인지 아주 좋아요.

여러분 나이엔 사랑에 대해서 관심이 많을 때죠. 다양한 사랑 이야기가 나왔는데, 여러분 세대뿐 아니라 다른 세대도 공감할 수 있는 좋은 시나리오를 쓰기 바라요.

이번 학기에도 너무나 좋은 작품들이 많이 나올 것 같아요. 자 (교재를 펼치며) 교재 53페이지를 보면 시나리오 계획서 쓰는 법이 나와 있죠. 지금 여러분들이 발표한 이야기들은 아직 초고를 쓰기 전 단계까진 가 있지 않아요. 그렇지만 계획서를 쓰다 보면 자신이 쓰려는 시나리오에서 자신이 아직 미처 생각해 놓지 않은 것들이 무엇인지가 드러날 거예요.

우선 자신이 왜 이 시나리오를 쓰려고 하는지 집필 의도를 생각해 보고, 자신의 시나리오의 중심 이야기는 무엇이고, 중심인물과 인물들 배치는 어떻게 할 것이며 이야기를 효과적으로 전달하기 위해 이야기를 어떤 식으로 배치시킬 것이며, 전체적 분위기는 어떤 식으로 가져갈 것인가 등을, 예를 들어 써 놓은 계획서를 보면서 생각해 보기 바라요. 그리고 자신의 시나리오의 장점과 단점도 써 보기 바라요.

학생들은 백지에다 계획서들을 쓰며 한숨짓기도 하고 힘들어하기도 한다.

(시간 경과)

　송봉철 교수는 교실을 왔다 갔다 하며 힘들어하는 학생들을 개
인지도 한다.

(시간 경과)

　송봉철 교수는 미소를 지으며 앞자리에 앉은 한 여학생의 계획
서를 들춰 본 후 돌려준다.
　학생들 중 일부는 거의 다 쓴 듯 서로 바꿔 읽어 보기도 하고,
아직 덜 쓴 학생들은 고민을 하며 얘기를 서로 나누기도 한다.

송봉철 교수　아까 버스에서 만나서 사랑하게 되는 이야기 쓴다
　　　　　　　는 여학생! 작년에도 좋은 시나리오를 제출했고, 시
　　　　　　　나리오 쓰는 단계를 잘 아니까 자신이 쓸 시나리오
　　　　　　　계획서를 나와서 발표해 보기 바라요.
여학생 ㅁ　　아직 좀 안 돼 있는 부분이 있는데요.
송봉철 교수　당연하지. 계획서는 어느 부분이 아직 덜 되었나를
　　　　　　　확인하기 위해서도 쓰는 것이니까, 나와서 발표해
　　　　　　　보기 바라요.
여학생 ㅁ　　(수줍어하며 나온다.)
송봉철 교수　좀 큰 소리로 발표해 주기 바라요.
여학생 ㅁ　　예. 우선 집필 의도는 순수한 사랑을 꼭 한번 시나
　　　　　　　리오로 완성하고 싶다는 것이고, 주인공은 두 남녀
　　　　　　　로서 우리가 흔히 볼 수 있는 보편적인 젊은이들이

나 여대생은 개성적 요소로 청각장애를 갖고 있습니다. 생리적 차원에서 젊음이라는 나이가 강조되고, 신체적 특징으로 청각장애라는 신체적 결함이 강조되지만, 사회적 차원에서의 장애인에 대한 편견은 전혀 개입되지 않게 할 것입니다. 제 시나리오에서는 인물의 심리적 차원이 강조될 것이고, 특히 남자주인공의 갈망 대상인 사랑이 낙관적으로 이루어지게 할 것입니다.

그런데 두 사람만의 이야기로 갈지, 그 외의 인물들이 개입될지는 아직 결정하지 못했고, 그 외의 인물들이 등장한다면 어떤 식으로 배치시킬지도 아직 구체적으로 생각하지 못했습니다.

플롯은 시간순으로 갈 것이고, 3단계로 처음, 중간, 끝으로 구성할 것이며, 느슨한 플롯으로서 인물과 정서에 중점을 둘 것이며, 전체적 분위기는 밝게 가져갈 것입니다.

제목은 아직 생각해 보지 못했습니다.

그리고 제 시나리오의 장점은 현대 젊은이라면 누구나 한번쯤 꿈꿨을 순수하고 감정에 충실한 사랑을 보여 준다는 것이고, 단점은 관객으로 하여금 이러한 사랑이 아름답다는 것을 느끼고 미소 지을 수 있게 구체적인 인물과 대사로 잘 쓰고 싶지만, 잘못 쓰면 설교식이 되고, 이벤트적 분위기로 갈 수도 있고, 진부한 시나리오가 되기도 쉽다는 것입니다. (다 발표한 듯 종이로 입을 가린다.)

학생들   (웃으며 박수를 친다.)

송봉철 교수   여러분이 들었듯이 지금 여학생은 몇몇 부분만 빼
             고는 거의 초고를 쓰기 직전까지 가 있죠?

학생들   예!

송봉철 교수   (여학생 ㅁ을 보며) 그러나 대사와 지문, 그리고 구
             체적인 상황들을 시나리오로 쓰는 것은 쉽지가 않
             으니까, 시간 날 때마다 자신이 만든 인물들과 자
             주 대화를 나누고, 아직 구체화되지 않은 부분들을
             더 생각해 보고, 구체적인 신들을 순서대로 나열도
             해 보기 바라요.

여학생 ㅁ   예. (웃으며 들어가 자리에 앉는다.)

송봉철 교수   지금 발표한 여학생은 축제분위기와 잘 맞는 작품
             이니까 축제 이전에 완성해서 축제 때 볼 수 있으
             면 좋겠어요.

여학생 ㅁ   (미소 지으며) 아, 예.

송봉철 교수   자, 다들 지금 쓴 시나리오 계획서들을 내고 가기
             바라요. 메일로 좋은 점들, 더 구체적으로 생각할
             점들, 그리고 보완해야 할 점 등을 써 보낼 테니까
             이메일 주소도 써서 내기 바라요.

학생들   예.

학생들은 계획서 위에 이메일 주소들을 쓴다. 송봉철 교수는 학
생들을 보며 대견한 듯 미소 짓는다.

신 12. 송봉철 교수의 연구실(밤)

송봉철 교수는 학생들의 시나리오 계획서들을 보고, 좋은 점들과 더 구체적으로 생각할 점들, 그리고 보완해야 할 점 등을 학생들 각각에게 메일로 보낸다.

신 13. 꽃이 만발한 교정(5월의 어느 축제의 밤)

카메라는 캠퍼스 곳곳에서 이루어지고 있는 축제 행사들과 축제 분위기에 즐거워하는 남녀 대학생들을 담는다.

영상제가 열리고 있는 캠퍼스 한 곳에서는 송봉철 교수와 창작법 강의를 듣는 학생들과 그 외 많은 학생들이 영화를 감상하려고 앉아 있다. 여학생 ㅁ이 쓴 시나리오를 제작한 것으로, 남자 주인공 인혁은 25살의 대학생으로, 보통의 외모에 약간은 소심한 듯하지만 자신이 원하는 일은 꼭 하고야 마는 성격의 소유자이고, 여자 주인공 연희는 23살의 여대생으로, 예쁘장한 외모를 가지고 있지만, 어릴 적 사고로 청력을 잃어 세상에 자신감을 잃고 살아가기 때문에, 청력장애의 콤플렉스로 항상 음악을 크게 틀어 놓고 이어폰을 끼고 다닌다. 초등학교 5학년인 연희의 동생이 인혁과 연희의 사랑을 돕는 역으로 등장하고, 인혁의 친구와 연희의 이웃들도 등장한다.

시나리오의 제목 <사랑스러워>가 뜨자 학생들은 우우하면서 기대의 박수를 보내고, 시나리오는 영상이 되어 흐른다.

신 14. 버스 안(밤)

버스 창밖으로 거리의 야경이 지나가고, 드문드문 사람들이 앉아 있다.

의자에 앉아 반대편 앞쪽의 여자에게 시선을 고정한 채 앉아 있는 인혁의 모습이 보인다. 귀에 이어폰을 꽂고 창밖을 바라보고 있는 연희는 하차 벨을 누르고 일어서 버스에서 내릴 준비를 한다. 버스가 멈춘 후, 연희가 내리고 인혁의 눈은 내리는 연희의 모습을 쫓는다.

신 15. 버스정류장(다음 날 밤)

정류장에 버스가 한 대 선다. 버스에 올라타는 연희가 보이고 뒤이어 버스에 타는 인혁의 모습이 보인다.

신 16. 버스 안

버스 안에는 드문드문 사람들이 앉아 있고 버스 앞 창가 쪽에 자리를 잡는 연희. 연희의 뒤쪽 반대편에 앉는 인혁의 모습이 보이고 인혁의 시선은 여전히 연희를 따른다. 잠시 후, 연희가 버스에서 내리려고 하자 인혁은 무언가를 결심했다는 듯 표정을 지으며 버스에서 내리는 연희의 뒤를 따라 내린다.

신 17. 정류소 옆 건널목

신호등에 빨간 불이 켜져 있고 사람들이 신호를 기다리고 있다. 그 가운데 연희의 모습이 보인다. 연희에게 다가와 말을 건네는 인혁.

인혁   (약간 수줍어하며) 저…… 안녕하세요. 저. 그쪽이
           너무 맘에 들어서 그러는데…… 연락처 좀 알 수
           있을까요?

인혁의 말에 연희는 놀라는 눈으로 인혁을 한 번 쳐다본다. 때마침 신호등이 바뀌고 인혁을 무시한 채 횡단보도를 건너는 연희. 뒤도 돌아보지 않고 가 버리는 연희의 뒷모습을 바라보며 고개를 떨어뜨리고 반대 길로 가는 인혁.

신 18. 버스 안(다음 날 밤)
여전히 연희에게 시선이 고정되어 있는 인혁의 모습. 연희가 내리자 어김없이 따라 내린다.

신 19. 건널목
신호등의 빨간 불이 파란 불로 바뀌고 횡단보도를 건너는 연희의 옆으로 다가가는 인혁. 자신을 쳐다보지도 않고 걷고 있는 연희의 얼굴을 바라보며 웃으며 말을 건넨다.

　　인혁　　　　안녕하세요. 연락처 아니면 이름이라도 알려 주시면 안 될까요?

인혁의 말을 무시한 채 계속해서 길을 가는 연희. 그런 연희를 따라가며 계속해서 말을 하는 인혁.

　　인혁　　　　저 정말 이러는 거 처음인데. 그쪽이 너무 맘에 들어서 그래요. 연락처 가르쳐 주기 뭐 하면 이름은 알려줄 수 있는 거잖아요. 이름만이라도……

계속해서 말을 하는 인혁의 눈으로 연희의 귀에 꽂혀 있는 이어폰이 들어오고, 이어폰에서는 시끄러운 음악이 흘러나온다.

인혁은 연희의 귀에 꽂혀 있는 이어폰을 빼 버리고 웃으면서 이야기한다.

인혁   음악소리 때문에 제 말 못 들으셨죠? 연락처 좀 알
             려 주세요. 아니면 이름이라도…….

인혁이 이어폰을 빼 버리자 당황해하는 연희는 놀란 눈으로, 자신의 앞에서 웃으며 이야기하는 인혁을 쳐다보고 인혁의 손에 들려 있는 이어폰을 빼앗아 다시 자신의 귀에 꽂고 가버린다. 그러는 연희의 모습을 보고 잠시 당황해하던 인혁은 연희의 뒤를 쫓는다.

신 20. 연희의 집 앞

건널목에서 얼마 멀지 않은 연희의 집 앞에 도착한 연희와 인혁. 인혁은 연희를 잡아 세워 보지만 연희는 아무 말도 하지 않은 채 집으로 들어가 버린다. 연희가 들어간 뒤 집에 불이 환하게 켜지고 그 앞에서 멍하니 서 있는 인혁의 모습이 보인다.

신 21. 인혁의 학교(다음 날 낮)

강의실로 들어서는 인혁과 친구가 보인다.

친구   어떻게 됐냐? 어제는 성공하셨어?
남자   야 말도 마! 완전 얼음이다 얼음. 완전 도도다.
친구   그래서 포기냐?
남자   그렇다고 포기할 내가 아니지. 내가 누구냐. 그래도

	집은 알아냈다 이거야. 이제 집 앞에서 기다릴 거다!
친구	이제 집이라고? 너 무슨 스토커냐? 그러다 신고하면 어쩌려고 그러냐? 이거 미친 거 아니야?
남자	그래 나 완전 미쳤다. 완벽한 내 이상형이야! 야! 그러지 말고 너 오늘 나랑 같이 좀 가자.
친구	미친놈 됐다! 난 스토킹 같은 거 취미 없으니까. 너 혼자 잘 해 보셔!

신 22. 연희의 집 앞(밤)

불 켜진 연희의 집 앞에서 엉성하게 서 있는 인혁과 친구의 모습이 보인다.

친구	야 너 꼭 이렇게까지 해야 하는 거냐? 아~ 쪽 팔려! 니가 로미오냐? 느끼하게…….
인혁	야 이렇게라도 해야 한 번쯤은 봐 줄 거 아니야? 넌 조용히 내 옆에 서 있기만 하면 돼. 친구! 나 이제 시작한다!

인혁의 모습을 어이없다는 듯 쳐다보는 친구의 얼굴이 보인다. 인혁은 집 앞으로 다가가고 그런 인혁에게서 조금 떨어져 서는 친구.

인혁	(큰 소리로) 흠흠 저기. 이 집에 사시는 여자분 여기 한 번만 봐 주십시오. 귀찮게 해서 죄송한데, 이렇게라도 제 마음 전하지 않으면 평생 후회할 것 같아서 찾아왔습니다. 제 이름은 정인혁입니다. 그

쪽 보고 첫눈에 반해 버렸습니다. 그쪽에게 제 마
음이 담긴 노래 하나 선물하려 합니다. 저 한 번만
만나 주세요.
(큰 소리로 노래를 시작하는 인혁)
머리부터 발끝까지 다 사랑스러워~ 오오~ 니가
나의 여자라는 게 자랑스러워~ 기다림이 즐겁고
이젠 공기마저 달콤해 이렇게 너를 사랑해 ~~~
(인혁은 노래를 계속한다.)

신 23. 연희의 집 안

초등학생으로 보이는 꼬마 여자애가 웃으며 방에서 연희의 손을
잡고 나온다. 연희에게 창밖을 보라고 손짓하는 꼬마. 그런 꼬마의
손짓에 커튼 사이로 창밖을 내다보는 연희의 눈에 인혁의 모습이
보인다. 놀란 연희는 꼬마를 쳐다보고 꼬마는 인혁이 하는 노래를
연희에게 수화로 옮겨 준다.

신 24. 연희의 집 앞

인혁이 큰 소리로 노래를 부르자. 주변 사람들이 하나 둘 모이기
시작하고, 무슨 일인지 궁금해하는 사람들의 웅성웅성거리는 소리
가 들린다. 계속해서 노래를 부르는 인혁을 바라보며 한 아저씨가
말을 한다.

아저씨   학생! 여기 사는 연희 학생한테 고백하는 것 같은
                데, 연희 학생 청각장애여서 듣지도 못하는데 노래
                로 고백을 하면 어쩌자는 거여.

아저씨의 말이 끝나자 갑자기 노래를 멈춰 버리는 인혁. 얼굴에 당황해하는 모습이 역력하다. 옆에 서 있던 친구 또한 당황해하며 인혁을 잡아끈다. 당황해하는 모습으로 도망치듯 연희의 집 앞에서 달아나는 인혁과 친구.

신 25. 연희의 집 안

계속해서 커튼 사이로 인혁을 지켜보고 있던 연희와 그 옆에서 계속 수화로 인혁의 노래를 전하고 있던 연희의 동생은 아저씨의 말에 당황해하며 돌아가는 인혁과 친구를 보며, 연희는 실망하는 표정으로 고개를 떨어뜨린 채 방으로 들어가 버리고, 꼬마 동생은 커튼 사이로 계속 지켜보고 서 있다.

잠시 후, 인혁의 노랫소리에 꼬마가 연희의 손을 끌고 밖으로 나와, 다시 창밖을 보라고 한다. 커튼 사이로 놀란 표정으로 창밖을 보는 연희. 커튼 사이로 목에 핏줄을 세우고 웃으며 노래를 부르고 있는 인혁의 모습이 보이고 인혁의 옆에서 뻘쭘해하며 커다랗게 노래의 가사가 적혀 있는 종이를 들고 있는 인혁의 친구 모습이 보인다. 그런 모습을 지켜보는 연희의 눈에서 눈물이 흐르고 환한 미소가 보인다. 그런 연희의 모습을 지켜보고 있던 꼬마가 연희의 손을 잡고 밖으로 나간다.

신 26. 연희의 집 앞

열심히 노래를 부르고 있는 인혁은 꼬마의 손에 끌려 나오는 연희를 본다.

인혁은 노래를 멈추고 놀라는 눈으로 연희를 바라보고 울고 있는 연희를 인혁의 앞으로 미는 꼬마. 당황해하는 인혁을 발견한 친구는 인혁에게 연희를 안아 주라고 종용하고 인혁은 활짝 웃으며 연희를 안아 준다. 옆에서 지켜보던 사람들은 박수를 치며 환호하고 두 사람의 모습을 바라보고 웃고 있는 꼬마.

신 27. 교정
사랑스러워 노래와 함께 크레딧이 올라가고 학생들도 다 같이 <사랑스러워>를 노래한다. 송봉철 교수는 학생들을 사랑스러운 듯 보며 미소 짓는다.

신 28. 캠퍼스 전경(여름 한낮)
카메라는 맑은 하늘과 여름옷을 입은 학생들이 캠퍼스 곳곳에서 웃으며 대화를 나누는 모습을 비춘다.

신 29. 강의실 안(오후)
여름옷을 입은 학생들은 시나리오를 들춰 보며 웃기도 하고 서로 바꿔 보기도 한다.

송봉철 교수   자 여러분이 제출한 시나리오에 수정할 부분들을
            적어 놨으니까 수정할 부분이 적은 학생들은 지금
            바로 수정해서 제출하고, 수정할 부분이 많은 학생
            들은 다음 주까지 내기 바라요.

신 30. 강의실 안(일주일 후 오후)
다른 복장의 송봉철 교수와 학생들.

송봉철 교수 자 여러분이 여러 과정을 거쳐 시나리오를 완성했
        는데, <마지막 여름방학>을 쓴 학생 나와서 발표
        해 보기 바라요. 아주 짧지만 1학년다운 재미있는
        시나리오예요.
남학생 ㅅ (의아한 듯 머리를 긁적이며) 제목은 <마지막 여름
        방학>이고요, 등장인물은
        정영진   놀고 다니는 대학 4학년 학생
        김덕용   영진의 고등학교와 대학교 친구
        신 철   영진의 고등학교와 대학교 친구. 4명 중
                제일 철이 든 친구
        안성민   영진의 고등학교와 대학교 친구. 조용한
                성격.

시나리오는 영상이 되어 펼쳐진다.

신 31. 교정(낮)

4학년 1학기가 끝나고 여름 방학이 시작되는 날. 영진과 친구들
은 교정을 빠져나가며 대화를 나눈다.

정영진   (두 손을 번쩍 들며) 아싸!!! 방학이다 못 놀았던 거
          실컷 놀아야것다.
김덕용   니가 언제 못 놀았다는 거냐? 내가 할 소리 아니냐?
정영진   (썩소를 지으며) 너?? 장난하냐? 학교도 잘 안 나왔
          음시롱!
김덕용   (웃으며) 내가? 그러긴 했지. 어쨌든 즐기자!

안성민	피방이나 가자 언능!
신철	내가 니들을 데꼬 스타를 해야겠냐?
정영진	싫음 너 말고 우리끼리 가자.
신철	장난이지 언능 가자.

신 32. 피씨방

영진과 친구들은 스타크래프트란 게임을 하고 있다.

정영진	(화를 내며) 야!! 헬프해 줘야지!!
김덕용	아 멍청아!! 그것도 못 막냐?
안성민	영진이 똑바로 하라고!
신철	근게 아 진짜 못해!!
정영진	띠바 자식들 일대일로 하든가 글믄!
친구 3명	(다 함께) 발로 하라는 거냐!!
정영진	에이 술이나 마시러 가자!

신 33. 술집

영진과 친구들은 술을 마시며 이야기를 나누고 있다.

정영진	아!!! 좋다 좋아!
김덕용	근게 방학이 계속이었음 좋겠다.
안성민	그니까 좋다 좋아!
신철	(미안한 표정을 지으며) 야 미안하다 나 학원 가야 겠다.
모두	(표정을 찡그리며) 무슨 소리여!!

신철   알잖아! 취업 준비하는 거…….

정영진   즐기는 방학에 무슨 소리냐!

김덕용   근게 즐겨야제!!

신철   야 우리 인자 4학년이다. 취업준비도 하고 해야 하
          는 거 알잖아!

정영진   에이…… 알았어. 조심히 들어가라…….

신철   (웃으며) 잼게 놀아.

신철은 가고 셋이서 밤새 술을 먹고 밖으로 나간다.

신 34. 거리

밖으로 나와 택시를 타려고 기다리는데 청소부 아저씨를 본다.

김덕용   야 우리 뭐하고 있는 거냐?

안성민   뭐가??

김덕용   저 아저씨 일 하시는 거 봐바! 새벽 일찍 일어나
          일하시고 우리 이렇게 지내도 되는 거냐?

정영진   아……. 우리 뭐 한 거냐 우리도 인자 애도 아닌데;;

안성민   그니까……. 철이가 하는 짓은 그래도 우리보다 훨
          씬 낫었네…….

정영진   근게 안 되겠다 우리도 낼부터는 열심히 취업 준비
          해야 쓰것다.

김덕용   글자!

신 35. 강의실 안

학생들과 송봉철 교수는 웃고, 남학생 ㅅ은 시나리오를 들고 쑥
스러운 듯 웃으며 고개를 숙이고 들어간다.

송봉철 교수   저기 복학생 어떤 것 같은가?

남학생 ㅇ   지들 얘기하는 것 같습니다.

학생들   (모두 웃는다.)

송봉철 교수   (여학생을 지적하며) 어느 부분이 빠지면 안 될 것
              같나?

여학생 ㅂ   청소부 아저씨 부분이요.

송봉철 교수   그렇죠. 지금 4학년 친구들이 마지막 여름방학인데
              도 게임을 하고 술을 마시고 현실감각이 없다가,
              새벽에 청소하시는 아저씨를 보고 성실하게 살 것
              을 결심하게 되는데, 청소하시는 아저씨가 없다면
              이 시나리오가 의미를 지니지 못했을 거예요. 그만
              큼 시나리오에서는 인물이 중요하다고 볼 수 있고,
              핵심적 요소를 잘 넣으면 시나리오의 길이는 중요
              하지 않을 수도 있다는 것을 잘 보이는 작품이에요.
              또한 이 시나리오의 인물들은 간접적으로 우리 사
              회의 청년실업문제와 취업문제를 제시하고 있기도
              하죠. 자칫하면 가볍기만 할 작품을 아주 잘 의미
              있게 창작해 냈어요.
              단 이런 소재나 주제로 방학 동안 2편 정도 더 써
              서, 이 작품과 함께 옴니버스스타일의 시나리오로
              더 완성도 높은 작품으로 완성시켜 보기 바라요.

남학생 ㅅ   예.

송봉철 교수 자 우리 1학년 학생들! 여러분의 선배들 중에 여러
            분이 나갈 길은 미리 만들어 놓고 있는 선배들도
            많이 있고, 여러분이 지닌 잠재능력이 무한하니까
            앞으로 더욱 좋은 작품들 많이 쓰기 바라요.

학생들   (큰 소리로) 예.

송봉철 교수 우리 고학년들 그리고 우리 복학생들 이번 학기에
            도 좋은 모범들을 보이면서 수업분위기를 잘 이끌
            어 줘서 고마웠어요. 방학들 잘 보내고, 작품 의논
            할 것 있으면 언제든지 메일 보내기 바라요. 자 모
            두 수고했어요!

학생들   교수님 수교하셨습니다! 감사합니다!

신 36. 송봉철 교수의 아파트 서재

소박한 송봉철 교수의 서재. 송봉철 교수는 소파에 앉아 책을 보
고 있다. 부인은 차를 들고 들어온다.

송봉철 교수 내가 타 먹어도 되는데…….

부인   (찻잔을 내려놓는다.)

송봉철 교수 당신은?

부인   전 보고서 마무리해야 돼요.

송봉철 교수 이 사람아 그렇다고 남편하고 차 마실 시간도 없
            어? 안 되겠어. 이번 방학엔 서재를 같이 쓰게 책
            장을 다 거실로 옮기든지 해야지…….

부인   (웃으며) 그러게요. (갑자기 놀란 듯) 어머 당신 머

리가…….

송봉철 교수 내 머리가 뭐?

부인   당신 이젠 염색하셔야겠어요. 흰머리가 너무 많아요.

송봉철 교수 흰머리? 아직 검은 머리도 좀 남아 있잖아. 염색은
          무슨…… 당신도 코코 할머니가 돼도 염색하지 마
          라! 나이 드는 건 좋은 거야…….

부인   나이 드는 게 뭐가 좋아요?

송봉철 교수 쓸데없는 일에 시간 낭비하지 않게 되고, 소중한
          것에 많이 기뻐하고 몰입 하게 되니 좋지!

부인   (웃으며) 난 아직 젊은가 봐요. 쓸데없는 일인지 알
          면서도 하고 있으니…….

송봉철 교수 다 과정이라 생각해.

부인   (웃으며 나가며) 이러단 과정만 있고 결과는 하나도
          없겠어요. (나간다.)

송봉철 교수 (혼잣말로) 결과도 과정인 건 아나?
          (씁쓸한 듯) 흰머리라…….

송 교수는 무언가 골똘히 생각하는 듯하다가 컴퓨터 앞에 앉는
다. 모니터에 <세월>이라는 제목이 뜬다.
천천히 등장인물을 쓴다.

송봉철 교수 (Na) 등장인물……
          삐에로.   인간에게 주어진 시간을 주는 이의 상징
          어린아이 유치원생. 시간을 쓰는 인간의 상징
          합창단 영화가 시작해서 끝날 때까지 시계소리를

같은 속도로 아카펠라 식으로 내며, 분위기에 따라 소리의 크기나 소리의 분위기를 변화시키며 낸다. 또한 그들의 넥타이 무늬로 각각의 이야기의 의미를 표현해 준다.

초등생　　　1학년 남자 어린이
엄마　　　초등생의 엄마
솜사탕 아가씨　사랑의 상징인 솜사탕을 만드는 아가씨
아가　　　3살 정도의 어린아이
그 외 초등생 형아들, 공원 내 사람들

시나리오는 영상이 되어 펼쳐진다.

신 37. 공원(한낮)

새소리들이 들리면서 화면이 밝아지면 서서히 공원의 전경이 펼쳐진다. 화창하고 평화로운 하늘 아래 평화로이 일상을 즐기는 사람들과 뛰어노는 어린아이들의 소리들과 모습들이 즐겁고 평온하다.
서서히 화면이 어두워진다.

신 38. 공원(오전)

화창한 파란 하늘 아래 합창단은 녹색 새싹 무늬 넥타이를 매고 쨱각쨱각 시간 가는 소리를 아카펠라 식으로 노래한다. 삐에로는 아동 복장과 분장을 하고 열심히 풍선을 만들고 있다. 어린아이는 쪼그리고 앉아 삐에로가 풍선을 만드는 것을 신기한 듯 바라보고 있다. 삐에로는 웃으며 어린아이에게 와 풍선을 손에 꼬옥 쥐어 준다. 어린아이는 방긋 웃으며 손에 쥔 풍선을 본다.

신 39. 공원 안 놀이터(오전)

어린아이는 한 손에 풍선을 쥔 채 색색깔의 구슬을 가지고 놀이를 한다. 구슬 놀이에 정신이 팔려 그만 풍선을 놓친다. 놀란 어린아이는 날아가는 풍선을 본다.

하늘 속으로 점점 조그맣게 사라져 가는 풍선을 본다.

하늘 속으로 완전히 사라져 가는 풍선을 본다. 으앙…… 어린아이는 울음을 터뜨린다.

합창단은 ㄱ, ㄴ, ㄷ, ㄹ, ㅁ, ㅂ, ㅅ, ㅇ 등이 쓰인 넥타이를 매고 시간 가는 소리를 아카펠라 식으로 노래한다. 초등생 복장을 한 삐에로가 울고 있는 어린아이에게 풍선을 쥐어 주고 간다. 어린아이는 울음을 그치고 방긋 웃는다.

어린아이는 풍선을 꼬옥 쥐고 초등생 형아 곁으로 가 쪼그리고 앉는다. 형아는 모래 위에 글자들을 쓰며 한 글자 쓰고 어린아이를 바라보고 으스대듯 읽고, 또 한 글자 쓰고 어린아이를 바라보며 읽으며 쓴다.

초등생 가, 나, 다, 라, 마, 바, 사
      (더 크게) 1＋1＝2, 1＋2＝3, (하늘을 한 번 쳐다보고 으스대듯) 9＋8＝16
엄마   (웃으며 보고 있다 갑자기 아들의 머리에 알밤을 준다.)
초등생   아야!
엄마   (고함치듯 큰 소리로)) 틀렸잖아! 다시 해!

어린아이는 초등생 엄마의 고함소리에 놀라 그만 풍선을 놓쳐 버린다. 어린아이는 날아가는 풍선을 바라본다.

하늘 속으로 사라지는 풍선을 보고 울음을 터트린다. 으앙……

신 40. 공원의 다른 장소(정오)

합창단은 하트무늬가 그려진 분홍색 넥타이를 매고 시간 가는 소리를 아카펠라 식으로 노래한다. 삐에로는 멋진 청년 복장과 분장을 하고 와 우는 어린아이의 손에 풍선을 쥐어 준다. 어린아이는 울음을 멈추고 함박 웃는다. 너무나 좋아 뛰어가다 솜사탕을 만들고 있는 솜사탕 아가씨 옆에 멈춰 선다.

어린아이는 솜사탕 아가씨가 색색가지 솜사탕을 만드는 것을 넋을 놓고 본다. 아가씨는 어린아이에게 풍선만큼 큰 핑크빛 솜사탕을 쥐어 준다. 어린아이는 세상에서 처음 맛보는 솜사탕이 너무 맛있어 순식간에 솜사탕을 먹는다. 솜사탕 아가씨는 미소 지으며 이번에는 보라색 솜사탕을 손에 쥐어 준다. 어린아이는 방긋 웃으며 보라색 솜사탕을 한입 먹는다. 보라색 솜사탕을 손에 쥔 채 색색가지 솜사탕을 모두 먹어 보려 솜사탕 아가씨에게 다가간다. 솜사탕 아가씨가 빨간색 솜사탕을 주려 하자 그 솜사탕을 받으려 풍선을 또 날려 보낸다. 날아가는 풍선도 잊은 채 빨간색 솜사탕을 쥐고는 한입 물다 하늘 속으로 사라져 가는 풍선을 쳐다본다. 멍한 눈으로 쳐다보다 눈에 눈물이 고인다.

신 41. 공원의 다른 장소(오후 2시)

합창단은 마라톤 선수가 달리는 그림이 그려진 넥타이를 매고 시간 가는 소리를 아카펠라 식으로 부른다. 어린아이는 초등생 형아들이 달리기 시합을 하는 것을 쳐다본다. 삐에로는 회사원 복장과 분장을 하고 와 어린아이의 손에 풍선을 쥐어 주고 간다. 어린아이는 방긋 웃으며 풍선을 꼬옥 쥔다.

목표 깃발을 향해 달리는 형아들을 응원하는 소리에 어린아이는 자신도 모르게 형아들처럼 달린다. 달리다 그만 넘어져 풍선을 또 날린다. 어린아이는 넘어진 채 울먹이며 날아가는 풍선을 본다. 이내 울음을 터트린다. 으앙……

신 42. 공원의 다른 장소(오후 4시)

합창단은 화폐가 그려진 넥타이를 매고 시간 가는 소리를 아카펠라 식으로 부른다. 삐에로는 중년의 사업가 복장과 분장을 하고 어린아이에게 풍선을 쥐어 주고 간다. 어린아이는 방긋 웃으며 풍선을 꼬옥 쥔다.

어린아이는 한 손에는 풍손을 쥐고, 다른 한 손으로는 모래로 집을 짓는다. 옆의 초등생 형아들을 본다. 한 형아가 모래로 집을 짓는다. 옆의 형아는 더 큰 집을 짓고 으스댄다. 또 다른 형아는 더욱더 큰 집을 짓고 뽐낸다. 갑자기 더 큰 형아가 포클레인 장난감을 가지고 와 모두 부숴 버린다. 형아들이 싸운다. 어린아이는 형아들 틈에 끼어 있다가 밀려 그만 넘어져 풍선을 놓친다. 어린아이는 넘어져서 아파 울고 날아가는 풍선을 보고 팔을 뻗으며 더 크게 운다. 으앙……

신 43. 공원의 다른 장소(저녁 해 질 무렵)

합창단은 유모차를 끄는 할머니가 그려진 넥타이를 매고 시간 가는 소리를 아카펠라 식으로 노래를 한다. 삐에로는 노인 복장과 분장을 하고 유모차에 여러 개의 풍선을 묶은 채 마지막 기운을 다해 유모차를 끌며 온다. 어린아이에게 다가와 어린아이 양 볼에 뽀뽀를 하자 어린아이는 이내 닦아 버린다. 그래도 사랑스러워 머리를 쓰다듬고는 유모차에 묶어 놓은 풍선들을 풀어 어린아이에게 꼬옥 쥐어 주고 간다. 어린아이는 한꺼번에 많은 풍선을 보며 너무 좋아 함박 웃는다.

어린아이는 한 손에 여러 개의 풍선을 쥐고 벤치에 앉아 다리를 흔들며 쉬고 있다. 한 손에 과자를 쥐고 한 아가가 엄마를 부르며 운다. 어린아이는 아가를 달래려 풍선을 한 개 준다. 아가는 금세 울음을 그치고 웃는다.

어린아이는 여러 개의 풍선을 쥔 채 다시 벤치에 앉아 다리를 흔들며 쉬고 있다.

아가가 과자를 먹다 땅에 떨어뜨려 다시 운다. 아가는 과자를 집으려다 풍선을 날려 보낸다. 아가는 더 크게 운다. 어린아이는 아가를 달래려 땅에 떨어진 과자를 주워 후후 불며 과자에 묻은 흙을 털고 아가에게 준다. 아가는 과자를 던져 버리며 운다. 어린아이는 아가를 달래려 풍선을 준다. 한 개를 주자 아가는 또 달라 한다. 어린아이는 풍선 한 개를 더 준다. 어린아이는 여러 개의 풍선을 손에 쥔 채 다시 벤치에 앉아 다리를 흔들며 쉬고 있다.

풍선을 양손에 쥔 아가는 양쪽 풍선을 번갈아 바라본다. 너무 좋아 양손의 풍선을 바라보며 걷다 넘어진다. 아가의 풍선들이 날아간다. 아가는 넘어진 채 날아가는 풍선들을 보며 운다. 어린아이는 아가를 일으켜 세우려 달려온다. 어린아이는 아가를 두 손으로 일으켜 세우려 한다. 그만 쥐고 있던 여러 개의 풍선들이 모두 날아가 버린다. 어린아이와 아가는 한꺼번에 날아가 버리는 풍선들을 입을 벌린 채 멍하니 바라본다.

까맣게 사라져 가는 풍선을 바라보며 어린아이와 아가는 울먹인다.

신 44. 텅 빈 공원 한쪽 구석(밤)

합창단은 흰 넥타이를 매고 시간 가는 소리를 아카펠라 식으로 노래한다. 노인 복장의 삐에로는 매우 노쇠한 모습으로 풍선 만드는 기구를 담은 리어카를 간신히 끌며 마지막 남은 풍선을 한 손에 쥔 채 텅 빈 공원을 걸어간다.

합창단은 점점 멀어져 가는 삐에로를 보며 시간 가는 소리를 아카펠라 식으로 노래한다.

신 45. 텅 빈 공원 중앙(자정에 가까운 밤)

밝은 달빛이 텅 빈 공원을 비춘다.

어디에선가 들리는 합창단의 짹각짹각 노랫소리만이 들려온다.

자정이 되자 검정 넥타이를 맨 합창단의 짹각짹각 노랫소리는 짹에서 멈춘다. 하늘로 삐에로의 마지막 풍선이 날아간다.

풍선은 달빛 사이로 사라져 달 속으로 들어간다.

정적이 흐른다.

신 46. 공원(한낮)

하늘은 다시 화창한 평화로운 하늘.

공원에는 뛰어노는 아이들 소리와 모습들, 평화로이 일상을 즐기는 사람들의 풍경이 즐겁고 평온하다.

신 47.   송봉철 교수의 서재

송봉철 교수 (씁쓸한 미소를 지으며) 세월!

세월은

어린아이의 손에 쥔 풍선처럼

날아만 간다. (씁쓸히 미소 짓는다.)

메일을 검색한다.

학생들이 보낸 메일들을 미소 지으며 읽는다.)

남학생 ㄷ   (Na) 교수님! 처음엔 시나리오를 쓴다는 것이 막막
했었는데, 어려운 것도 이해하기 쉽게 설명해 주시
고, 교수님이 지도하시는 대로 따라가다 보니 세
작품이나 완성하게 되었습니다. 창작이라는 것이
고통스럽지만 너무나 즐겁다는 것도 처음 알게 되
었습니다. 교수님 정말 감사합니다.

여학생 ㄴ   (Na) 자유로운 분위기 속에서 토론하고, 분석하고,
작품도 완성하고, 정말 저에게는 특별한 경험이었
어요. 다음 학기에 교수님 수업 꼭 또 들을 거예요.
감사합니다.

여학생 ㅁ   (Na) 교수님께서 개개인에게 모두 관심을 가져 주
시고, 칭찬도 해 주시고, 좋은 조언도 해 주셔서,
수정하니 더 좋은 작품을 완성하게 되었습니다. 교
수님! 방학 때 작품 아이디어 떠오르면 메일 보내
겠습니다.

김호남   (Na) 교수님 작년에 졸업한 김호남입니다. 졸업하
고 찾아봬야지 하면서도 찾아뵙지 못해 죄송한 마
음 가득입니다. 저희 할머님 돌아가셨을 때 바로

전화 주시고 위로해 주셔서 너무나 감사한 마음 지금도 잊지 않고 있습니다. 할머니와 둘이 살다 돌아가시니까 1년이 지난 지금도 거의 매일 할머니 꿈을 꿉니다. 교수님을 뵈면 저의 아버지 같은 느낌이 들어요. 저의 아버지는 제가 어렸을 때 돌아가셔서 잘 기억은 나지 않지만, 교수님처럼 자상한 분이셨을 것 같아요. 특히 교수님의 미소 속에서 저의 아버지의 미소를 느낍니다. 자주 찾아뵙지 못해도 교수님은 제 마음 속에 아버님처럼 자리 잡고 계십니다. 교수님 항상 건강시고요, 교수님의 자랑스러운 제자가 되도록 노력하겠습니다.

송봉철 교수 (미소를 지으며 메일을 쓴다.) (Na) 호남 군! 잊지 않고 메일 보내 줘서 고맙네!

호남군은 성실하니까 잘 지내고 있으리라 항상 믿고 있네.

너무 바쁘게 생활하지 말고, 너무 조급하게 이루려고도 말고, 자네가 하려는 일에 열정을 쏟다 보면 자네의 길이 만들어져 나가고 있게 될 걸세. 세상 사는 것이 결코 쉽지만은 않지만, 자신이 원하는 대로 살고 있기 마련이지. 자네는 성실할 뿐 아니라 마음이 너무나 따뜻하지. 지금도 자네가 후배 큰 아버지를 위해 학생들을 데리고 가 헌혈한 거 잊지 않고 있네. 안타깝게도 자네들 피를 수혈 받으시기 전에 그분은 돌아가셨지만 자네들의 따뜻한 마음을 가슴에 듬뿍 담고 가셨을 것이네.

나는 아무리 생각해 봐도 모든 면에서 50점짜리 인
생인 것 같아. 그러니 나야 자네 마음속에 있을 만
큼 좋은 교수는 못 되지만, 하늘나라에 계신 할머
님과 부모님이 혼자서도 성실히 살고 있는 자네를
미소 지으며 지켜보고 계실 거야. 나도 자네가 잘
지내길 항상 기도하고 있다네.
그런데 자네가 내 미소 속에서 자네 아버님의 미소
를 느낀다는 말이 너무 과분하면서도 좋구만.
난 내 미소 속에서 우리 아버님의 미소를 느끼거
든. 그래서 제자들을 보면, 아버지가 내게 항상 미
소 지으셨듯, 미소를 짓게 되는가 보네.
잘 지내고 언제 한번 들르게. 잊지 않고 메일 줘서
너무너무 고맙네!
(송 교수는 미소를 짓는다. 송 교수의 미소가 클로
즈업되면서 끝난다.)

아버지의 유산

등장인물

김영수(70대 노인, 1935년생)   남자답게 생긴 미남형. 젊어서
만두집을 했고, 젊어서 세 번
결혼해 자식들을 돌보지 않은
것을 후회함.
중풍으로 인해 우측 반신불수
에 말이 어눌함. 강아지들을 자
식 돌보듯 하며 살다 죽음.

박순자(60대 후반, 1938년생)   식모살이를 하다 김영수와 결
혼해 딸 하나를 낳은 첫째 부
인. 전형적인 한국의 어머니상
으로 인정이 많다.

김미자(40대, 1962년생)   김영수와 박순자 사이의 딸. 엄
마와 유사한 외모와 성격을 지
니고 아버지의 음식솜씨를 닮
아 만두집을 한다.

이옥순(60대, 1940년생)   미인형. 미용사를 하다 김영수
의 둘째 부인이 됨. 아들 셋과

	딸 하나를 낳음.
김장군(30대 후반, 1967년생)	김영수를 꼭 닮은 장남. 딸 하나를 낳고 이혼해 만두집을 하며 어머니를 모시고 삼.
김대장(30대 후반, 1968년생)	둘째 아들. 회사원. 부장.
김미남(30대 후반, 1969년생)	셋째 아들. 책임지기 싫어 결혼을 안 한 사업가.
김미애(30대 중반, 1970년생)	막내딸. 엄마처럼 살기 싫어 결혼을 안 한 미용사.
최순미(50대 중반, 1950년생)	김영수의 나이 차이가 많은 셋째 부인. 전형적인 한국의 땅, 아파트 투기꾼.
꽃분댁(70대 중반)	병들고 늙은 김영수를 좋아하는 한마을의 할머니.
김 영감(70대)	김영수의 한마을 친구

그 외 단역들(손님들, 여고생들, 마을 주민들, 사위, 장남의 딸과 전처 등)

신 1. 경기도의 한 마을 전경(저녁 무렵)

경기도이나 시골 분위기가 나는 허름한 집들이 띄엄띄엄 있는 마을 전경에 이어 카메라는 그중에서도 빈 집을 대강 수리한 가장 허름한 김영수의 집을 비춘다.

신 2. 영수의 집 마당

허름한 집 마당 한편엔 나름대로 이것저것 얻어다 서툴지만 공들여 만든 커다란 개집이 있고, 마당 한복판에는 넓은 평상이 있는데 그 위에는 개밥 그릇치곤 예쁜 큼직큼직한 도자기 그릇 다섯 개에 밥이 놓여 있다. 중풍을 앓아 반신마비에 말투도 어눌한 영수가 허름한 부엌에서 고깃국이 든 들통을 들고 흐뭇해하며 나와 평상에 놓으며 걸터앉는다.

영수   이 녀석들이 고기 냄새를 맡았으면 얼른 올 텐데 또 꽃분이네 갔나! (큰 소리로) 미자야! 장군아! 대장아! 미남아! 미애야! 얼른 와 밥 먹자! 아빠가 니들 좋아하는 고깃국 끓였다. 흐흐흐흐 (만족해하며 웃으며 고깃국을 듬뿍듬뿍 밥 위에 떠 놓는다. 그래도 안 오자 일어나며) 이 녀석들이 놀기 바빠 아빠 말을 안 듣네……(지척이며 뒷마당 쪽을 향해 가며) 미자야!

장군아! 대장아! (머리에 리본을 하고 나오는 강아지
를 보며) 아이구! 우리 큰딸 미자가 제일 먼저 오네!
어이 와 먹어! 장군아! 대장아! (똑같은 리본을 한 강
아지가 나오자) 어이구! 우리 막내 미애도 언니 따라
나오네! 우리 공주님들 어이 먹고 있어! 아빠가 이
녀석들 찾아올게!

신 3. 마을 길

김 영감　　　(영수에게) 지척거리며 어딜 가? (영수의 옷 냄새를
　　　　　　맡으며) 내가 얻어다 준 괴기로 뭐 했어?

영수　　　　고깃국 끓였지.

김 영감　　　어이 가! 한 그릇 얻어먹고 저녁 때우게!

영수　　　　(가던 길을 가며) 가서 먹고 있어! 우리 아들놈들 찾
　　　　　　아갈 테니.

김 영감　　　(웃으며 큰 소리로) 그 녀석들 꽃분이네 또 갔나! 할
　　　　　　망구하구 지 애비 엮어 주려 용을 쓰는데 아예 한 살
　　　　　　림 차리지 그래!

영수　　　　(뒤돌아서) 또 쓸데없는 소리! 다 늙어 송장 치를 일
　　　　　　있어!

김 영감　　　겨우 다섯 살 많은데 뭘 그래. 내 보기엔 아직 쌩쌩
　　　　　　하드만.

영수　　　　어이 가 저녁이나 먹고 있어! (다시 걸으며 혼잣말로)
　　　　　　내 여자라면 신물이 난다.

신 4. 꽃분댁 마당

빨래를 걷고 있는 꽃분네 할멈. 할머니의 강아지, 꽃분이와 놀고 있는 영수의 강아지들. 영수가 들어서자 달려와 반기는 강아지들.

영수   (쓰다듬으며) 어이구 우리 장군이! 대장이! 미남이!
         아빠가 그렇게 좋아! 이 녀석들아! 저녁때가 되면 알
         아서 밥 먹으러 와야지. 아빠가 매일 이렇게 찾아 나
         서야 하냐! (작은 소리로 꽃분이를 보며) 이 녀석들아
         여자 보는 눈이 그렇게도 없냐?

꽃분댁   우리 꽃분이처럼만 예쁘라혀! 날 닮아 얼매나 고운
         데, 보는 눈이 어쩌고 어쩌!

영수   애들아 어이 가자! 저 할망구 노망 부리기 전에. (강
         아지들을 몰며 얼른 집을 나선다.)

꽃분댁   (큰 소리로) 그놈의 개 새끼들 칭칭 묶어 놔 봐! 그래
         도 우리 꽃분이 보러 맨날 올걸!
         (혼잣말로) 어디다 지 새끼들은 죄 버리고 늙어 빠져
         서 개 새끼들 데리고 미자야! 장군아! 대장아! 미남
         아! 또 뭐시여! 미순이? 미숙이? 아니지…… 미애! 그
         려. 몇이여 도대체? (손가락으로 세다가 마루에 걸터
         앉아 빨래를 정리하며) 내가 웬만허면 중풍도 들었
         겄다 남은 인생 불쌍해서 눈 꾹 감고 저 영감탱이하
         고 살래도 자식이 너무 많아 골치 아파 못 살어.
         (고개를 설레설레 흔들며) 낭중에 뭔 망신을 당할려
         고 (고개를 흔들며 웃으며) 애이구 안 되지! 안 되야!
         (빨래를 무릎에 놓고 쪽쪽 펴며) 그래도 착한 구석은

있는 영감탱이여. 지는 안 먹어도 죄 얻어다 정성껏
괴기 반찬에 일일이 자식 건사하듯 개밥 해대는 걸
보면. 얼매나 한이 맺혔으면 그럴까?
(갑자기 분노하며 빨래를 내동댕이치며) 한은 뭔 한
이여! 죽은 내 영감탱이나 저 영감탱이나 죄 지들이
다 맹그러 가지고 벌 받는 게지.
불쌍치도 않혀! 천벌을 받은 것들!

신 5. 마을 길
강아지들은 영수보다 앞서 뛰어가고 영수는 강아지들을 쫓아 지
척이며 뛰어가듯 걷는다.

영수   (자기보다 빠른 강아지들을 대견스러워하며) 저 녀석
           들이! 사내놈들이라고 말처럼 잘도 달리네! (껄껄 웃
           으며) 이 녀석들아! 이 애비 니 놈들 따라가다 숨차
           죽겠다! (껄껄껄……)

신 6. 영수의 집 안방(밤)
TV가 켜져 있고 강아지 다섯 마리가 영수 곁에서 잠들어 있다.

<인서트 — TV화면>
사회자   자! 따님 이름을 크게 불러 보세요!
여자   (엉엉 울며) 영숙아! (엉엉 울며 머뭇거리다) 영숙아!
             엄마가 잘못했다! 영숙아!
딸   (엉엉 울며 나오며 가서 안긴다.)

영수   (TV를 끄고 눈물을 닦으며) 저인 그래도 하나니까
           테레비에 나올 만하지.
           난 누구부터 찾아? (미자를 어루만지며) 우리 미자만
           찾을 수도 없고, (장군이, 대장이, 미남이, 미애를 만
           지며) 우리 장군이, 대장이, 미남이, 미애만 찾을 수
           도 없고. 같이 찾자니 뭐 저런 놈의 애비가 있냐고
           신청을 해도 안 받아 주겠고, 거기다 또 세 번째 결
           혼을 해서 그 많던 재산 다 뺏기고 이렇게 가난하고
           병든 늙은이가 된 걸 알면 그 애들이 날 만나러 나오
           겠어? (미자를 한 손으로 들어 올려 품에 안으려다
           떨어뜨려 깨갱거리자) 아이구 우리 공주님! 아빠가
           잘못했다. 미안 미안. (미자를 다독이며) 그래도 니
           엄마랑 만났을 땐 나도 무척 순진했는데…….

신 7. 만두집 안(1961년 겨울, 오후)

1961년 서울 한 동네의 허름한 만두집 안. 라디오에서는 한명숙
의 노란 샤쓰 입은 사나이가 흘러나오고, 건장하고 젊은 영수가 노
래를 따라 부르며 열심히 만두를 빚고 있다. 문이 열리고 손님 1,
2가 검정색 철망으로 된 장바구니를 들고 들어온다.

영수   어이구 누님들 어서 오세요! 시장 가시기 전에 만두
           안 드시고 가면 뭐 잊어버린 것 같죠?
손님 1, 2   (깔깔 웃으며) 맞어, 맞어. (앉는다.)
영수   오늘도 만두만 드릴까요?
손님 1   응. 찐빵은 이따 시장 보고 오는 길에 사 갈게.

손님 2   나두. 애들이 안 사 가면 난리들을 쳐서…….
영수   (만두를 가지러 나가며) 얼른 갖다 드릴게요!

신 8. 만두집 밖
노래를 부르며 만두를 꺼내며 지나가는 사람들과 인사를 나누는
영수

영수   안녕하세요!
손님 3   이따 장 보고 오는 길에 가져갈 테니까 만두 100개
             만 싸 놓으셔! 우리 시누님이 오시는데 우리 집에 오
             면 꼭 이 집 만두를 찾으셔서…….
영수   아 예. 다녀오세요.

신 9. 만두집 안
무슨 얘기인지 재미있게 소곤소곤거리며 깔깔거리며 웃는 손님
1과 손님 2

영수   (노래를 흥얼거리며 들어와 만두를 놓으며) 무슨 애
             기가 그렇게 재미있으세요?
손님 2   아! 아저씨도 알겠다. 여기 단골이니까. 왜 그 철수네
             라고.
영수   (부지런히 만두를 만들며) 아 예쁘장하게 생기셔 갖
             고 앞니에 몽땅 금이빨 하신 아줌마요?
손님 2   (만두를 먹으며 웃으며) 그래 맞어. 남잔 꼭 쫀조리같
             이 쬐끄맣고 볼품없이 생겼잖어. 그런데 그이가 그렇

게 바람둥이래. 그래 그 철수 엄마가 식모마다 죄 못
생긴 것들만 데려다 놓는다잖어.

손님 1   (만두를 먹으며 깔깔대며) 요번에도 완전 박색을 갖
           다 놨잖아.

손님 2   난 애 열쯤 낳은 아줌만 줄 알았다니까. 근데 철수
           엄만 어쩌다 그렇게 못생기고 못된 남자랑 결혼을
           했데?

손님 1   성질이 워낙 못됐으니까 죄받아서 그렇지! 그리고 원
           래 여자가 인물이 좋으면 남잔 꼭 지랑 반대로 만나
           잖어.
           아참. 근데 아저씬 왜 장가 안 가?

영수   (웃으며) 누님들이 중매를 서야 가죠!

손님 2   인물이 너무 좋아서 여자들이 나래빌 섰을 텐데 너
           무 고르는 거 아냐?

영수   고르긴요? 그저 밥 잘 먹고 애 잘 낳으면 되지 뭘 더
           바라겠어요.

이때 만두집 문이 두르륵 열리면서 애기를 업은 뚱뚱하고 못생
긴 박순자가 들어오자 세 사람 모두 순자를 쳐다본다.

손님 2   (키득대며) 지 말하니까 진짜 오네.

손님 1   (영수를 쳐다보며) 잘생긴 만두집하고 천생연분이다.
           (빚던 만두를 떨어뜨리는 영수를 보며) 어머머 저 박
           색한테 첫눈에 반했나 봐? (손님 2를 툭툭 치며) 저
           것 좀 봐!

손님 2   (영수를 보며) 그러게! (웃으며 순자를 보며) 어머 저
            수줍어하는 꼴 좀 봐!
순자   (수줍어 고개를 못 들며) 저어…… 만두 100개만 싸
            주세요.
손님 1   (큰 소리로) 만두 백 개 싸 달래잖어!
영수   (정신이 난 듯) 아 예. 예. (순자에게) 여기 좀 앉아
            계세요!

문을 열고 나가려는데 밀려드는 손님들. 그 자리에 서서 부딪치
는 순자.

영수   어이구 어서들 오세요!
손님 2   (만두를 한입에 넣으며) 어이 먹고 가야겠다.

신 10. 철수네 한옥 집 밖(며칠 뒤, 밤)
만두를 신문지에 싸서 들고 집 주위를 서성이는 영수.
술에 취해 들어오는 철수 아빠를 보자 몸을 숨기는 영수.

철수 아빠   철수야! 철수야!
순자   (E) 예! 나가요!
            (문을 열며) 아저씨 오셨어요!
철수 아빠   (대답 없이 문을 활짝 열고 들어간다.)
순자   (다친 듯) 아야!
영수   (달려와서 작은 소리로) 다쳤어요?
순자   (놀라며 얼른 문을 닫으려 한다.)

영수   잠깐만요! (만두를 강제로 건네주며) 따끈해요. 드세요!
        그리구 내일 밤 아홉 시에 꽃밭 예배당 앞으로 나와
        요! 올 때까지 기다릴 거예요.
순자   (문을 닫는다)
영수   (문에다 대고) 안 나오면 매일 와서 문 두드릴 테니
        까 알아서 하세요!
        (혼자 웃으며 기분 좋아한다.)

신 11. 예배당 앞(다음 날 밤)
추위에 서성이며 한 시간 동안 기다리는 영수. 10시가 되서야 나
타난 순자

순자   (부끄러워하며) 빨리 들어가 봐야 돼요. (추위에 덜덜
        떤다.)
영수   (수줍어하며 자신의 목도리를 순자에게 둘러 주며)
        춥죠?
순자   이러지 마세요!
영수   (용기를 내 순자의 손을 덥석 잡는다.)
순자   (놀라 잡은 손을 빼려 하며) 에그머니! 왜 이러세요!
영수   (튼 손을 보며) 손이 다 터 버렸네!
순자   (손을 빼려 애쓰며) 찬물에 걸레도 빨고 하다 보면
        다 트죠. 안 튼 사람이 어디 있나요?
영수   (야단치듯) 데운 물로 해야죠!
순자   그게 저한테까지 돌아오나요.
영수   (손을 더 꼬옥 잡으며) 우리 결혼합시다!

순자   (손을 빼며 놀라며) 오늘까지 세 번 봤는데요.
영수   아 지금 얼굴 한번 제대로 보고 결혼하는 사람이 몇
          이나 돼요? 세 번 봤으면 많이 본 거죠. 난 순자 씨
          처럼 이렇게 통통하고 순진한 여자가 좋아요.

둘은 걷는다.

순자   (수줍어하며) 전 그쪽이 너무 잘생겨서 싫은데요.
영수   잘생겼으면 좋지 뭐가 싫어요?
순자   얼굴값 한다잖아요.
영수   (남자답게 웃으며) 난 우리 아버지한테 질려서 바람
          같은 건 안 필 거예요.
순자   아버님이 왜요?
영수   나 여섯 살 때 다른 여자랑 살림을 차려서 지금껏 얼
          굴 한번 못 봤거든요. 낳아만 주면 다 아버진가요?
          끝까지 아버지 노릇을 해야 아버지지.
순자   어머님은요?
영수   돌아가셨어요. 스물둘에 절 낳으시고 스물여덟부터
          혼자서 절 키우시다가 마흔도 안 돼 돌아가셨으니
          아버지가 더 밉죠.
순자   어쩌시다가…….
영수   6·25 전쟁 통에 돌아가셨어요.
          순자 씬?
순자   저도 고아나 마찬가지로 자랐어요. 형제가 많아서 이
          집 저 집 떠돌아다니다가……

영수   (멈춰 서서) 그러니까 우리 냉수라도 떠 놓고 식 올
         리고 삽시다!

순자   그래도……

영수   (달빛 아래 순자의 얼굴을 쳐다보며) 순자 씬 달빛
         아래 곱게 핀 노오란 호박꽃 같아요.

순자   호박꽃은 못났잖아요.

영수   못나긴요? 노오란 게 개나리보다 큼직하니 더 이쁘죠.

순자   (수줍어 고개를 숙인다.)

신 12. 철수네 집 앞

순자   (작은 소리로) 어이 가세요! 누가 보면 소문나요.

영수   (큰 소리로) 소문나면 어때요. 결혼할 건데.

순자   (더 작은 소리로) 어머! 그렇게 소리치면 어떡해요.
         우리 아줌마한테 들키면 저 쫓겨나요.

영수   그럼 나야 좋죠.

순자   빨리 가세요. (빠른 걸음으로 걷다가) 아참! (다시 돌
         아와서 목도리를 풀어 주며) 이거요!

영수   우리 결혼하는 거예요!

순자   (뒤돌아서서) 빨리 가세요! 빨리요!

영수   (웃으며) 알았어요. 잘 자요!

(시간 경과)

한참을 대문 앞에서 뛰는 가슴을 감싸며 망설이다가 문간방 세
든 집 창문을 두드리는 순자

순자   (창문을 두드리며 작은 소리로) 아줌마! 아줌마!

철수 엄마   (대문을 활짝 열고 나오며) 아줌마 여기 있다!

순자   에그머니! 저어…… 시골서 올라온 동생 좀 만나느
            라고요……

철수 엄마   (작은 소리로) 니가 아는 동생이 어딨어? 그리구 왜
            해필이면 이 오밤중에 만나? 훤한 대낮에 만나야지!
            얼굴도 못생긴 게 순진해 뵈서 데리고 있었더니만, 내
            원! 동네 챙피해서! 이젠 식모 기집애까지 바람을 펴!

세 들어 사는 영철 엄마가 창문을 빠끔히 열고 호기심에 찬 눈
으로 귀를 창문에 대고 엿듣는다.

순자   아줌마 들어가서 제가 말씀드릴 테니까 들어가세요.

얼른 혼자 들어가 문을 닫으려는 철수 엄마. 따라 들어가려는 순자.

철수 엄마   어딜 들어와! 보따리 싸 놨으니까 기다려! (문을 닫는
            다.) (E) 영철 엄마 재 문 열어 주면 당장 방 빼야 돼!

영철 엄마   (얼른 창문을 닫는다.)

순자   (대문을 두드리며) 아줌마! 아줌마! 한 번만 용서해
            주세요! (계속 작게 문을 두드리며 아줌마를 부른다.)

철수 엄마   (문을 열고 순자의 보따리를 내던지며) 우리 집 근처
            에 얼씬도 하지 마!

순자   (보따리를 품에 안고 흑흑 울기 시작한다.)

(시간 경과)

추위에 떨며 대문 앞을 서성이는 순자. 통행금지 사이렌 소리에 겁에 질려 불 꺼진 문간방 창문을 바라보다 용기를 내 창문을 두드리는 순자.

순자   (작은 소리로) 아줌마! 아줌마! 제발 한 번만 살려 주세요! 아줌마!

영철 엄마   (창문을 가만히 열고) 가만 있어. 내 열어 줄 테니까 가만히 들어와야 돼!

순자   예!

신 13. 문간방 안

아이들 셋이 쭉 누워 자고 아저씨도 잠들어 있다. 창문 아래에 영철 엄마와 순자가 앉아 영철 엄마가 우는 순자를 달랜다.

순자   (계속 울며) 아저씨 깨시기 전에 나가야 하는데 갈 데도 없고.

영철 엄마   우리 아저씨! 걱정 마! 내가 잘 말하면 되니까. 그리구 저 막다른 골목집 호준이네 알지?

순자   예. 며칠 전 애 돌이라고 떡 돌린 집요?

영철 엄마   응. 그 집도 일하던 애가 나가 당장 구해야 한다고 하니까 내일 일찍 나랑 같이 가 보자! 그 집 아줌마 아저씨가 인심이 후해서 여기보다 훨씬 나을 거야. (호기심에 차서) 근데 누굴 만나고 온 거야? 나한테

만 살짝 말해 봐! 진짜 동생 만난 거야?

순자   아뇨. (망설이다) 만두집 아저씨가 안 만나 주면 매일
       찾아온다 해서…….

영철 엄마 뭐! (웃음을 참으며) 아이구 세상에! (호기심에 차서)
       그래 결혼하재?

순자   (부끄러워하며) 예. (수줍은 듯 고개를 숙인다.)

영철 엄마 그럼 했버려! 식모살이보다 낫지. 그 집 만두 맛이
       좋아서 장사가 얼마나 잘되는지 몰라. 둘이 열심히
       벌면 금세 부자 될걸! 통행금지 풀리면 나랑 같이 가
       서 사정이 이래이래 됐다 말하고, 둘이 합쳐 버려!
       잘됐네.

순자   그래도 어떻게 당장 결혼을 해요?

영철 엄마 암만 말고 나한테 맡겨! 자! 여기서 쪼그리고라도 잠
       깐 눈 붙이자!

신 14. 영수의 단칸 방(그날 밤)

평상복 차림으로 작은 소반에 냉수 한 사발을 놓고 마주 앉은
두 사람.

영수   (순자의 손을 잡으며) 우리 행복하게 잘 살자! 내가
       다른 건 몰라도 마음고생은 안 시킬게!

순자   (운다.)

영수   (눈물을 닦아 주며) 이 좋은 날 왜 울어! 내일 사진
       박아야 하는데 이 달덩이처럼 이쁜 얼굴에 눈이 퉁
       퉁 부으면 안 돼지!

신 15. 사진관(그다음 날)

무표정한 영수와 순자. 영수의 고개를 순자 쪽으로 기울여 주는
사진사

사진사   자! 웃으세요! 신부님! 더 활짝 웃으세요!

웃는 영수와 순자. 사진 찍는 사진사.

<인서트>
두 사람의 사진

(시간 경과)

1963년 봄. 영수와 순자가 백일이 된 아기와 사진을 찍으려 앉아
있다.

사진사   (딸랑이를 들고 아기에게 다가와 흔들며) 깍궁! 깍궁!
            떡두꺼비 같은 공주님! 엄마 닮아 튼튼하게 잘도 생
            겼네!
순자   지 아빠를 닮아야 하는데 날 닮아서 못생겼죠?
영수   못생기긴. 세상에서 제일 이쁜 딸인데! (뽀뽀를 퍼붓
            는다.)
사진사   (웃으며) 투실투실 복스럽게 생겨서 이다음에 아들
            몫까지 하겠어요!

사진사와 영수 그리고 순자 세 사람 모두 웃는다.

사진사   좋아요! 자! 계속 웃으세요! (사진을 찍는다.)

<인서트>
세 사람의 가족사진과 딸의 백일 사진

신 16. 만두집 안(3년 뒤, 1966년. 낮)
가게 안은 손님들로 북적이고, 영수는 바쁘게 만두를 만들고 있
고, 순자는 만두를 나르며 분주하다. 이때 만삭이 된 영철 엄마가
장바구니를 들고 들어온다.

영수, 순자 아이구! 어서 오세요!
영철 엄마 (순자에게) 아유, 장사가 이렇게 잘되니 돈도 많이 모
           았겠어? 근데 미자는 안 보이네?
순자   예. 주인집 아줌마가 좀 봐 주신다 해서요. (빈자리를
           찾으며) 아 저기 앉으세요!
영철 엄마 아냐. 금세 가 봐야 돼. 내가 왜 들렀냐 하면, 우리
           주인집이 망해서 집을 싸게 내놓았는데 난 미자네가
           사면 그냥 눌러 앉을까 해서. 애 낳을 땐 다 돼 가는
           데 애 넷을 끌고 또 어디로 이살 가겠어.
순자   (안 됐다는 듯이) 어머! 어쩌다 망했데요?
영수   (만두를 계속 만들며) 망해도 싸지! 당신한테 그렇게
           못되게 굴더니만.
           (영철 엄마에게) 그래 얼마에 내놨데요?

영철 엄마   삼십오만 원에 내놨다는데 아주 급한가 봐요. 더 싸
            게 살 수도 있을 것 같던데. 생각 있으면 내가 그랬
            다 하지 말고 가서 잘 해 보세요.
순자   그래도 어떻게 주인집을 사요.
영수   이 사람이! 사요 사! 내 무조건 산다. 괘씸해서.
영철 엄마   (기분이 좋아서) 아유 이제야 한숨 놓았네. (나가며
            영수에게) 내가 그랬단 말 절대 하면 안 돼요!
영수   염려 마세요!
순자   (문을 열어 주며) 조심해 가세요!

신 17. 영수의 집 안방(현재)
영수   (강아지 미자를 쓰다듬으며) 집도 샀겠다. 그냥 그렇
            게 재미있게 살면 될 걸 이 애비가 미친놈이지…….

신 18. 영수의 한옥 집 안방(과거, 아침)
만 3살이 된 미자는 아랫목에서 잠들어 있고, 영수의 낡은 윗옷
과 몸배바지를 입고 머리는 부스스한 순자는 방을 닦고 있고, 영수
는 거울 앞에서 콧노래를 부르며 포마드를 듬뿍 발라 머리를 빗으
며 멋을 내고 있다.

순자   (방을 닦으며) 여보! 가게 문 못 연 지도 열흘이 넘었
            어요! 오늘은 무슨 일이 있어도 시장 봐서 가게 문
            열어야죠?
영수   (계속 머리를 빗으며) 집도 샀겠다, 나도 좀 인간답게
            바람 좀 쐬고 살자!

이 잘생긴 내가 그 좁은 가게에서 만두나 빚으며 평
생 썩어야 하냐?

만두라면 신물이 난다 신물이 나!

순자   (걸레를 놓고) 여보 사람이 돈 좀 벌었다고 변하면
안 좋아요! 그래도 그 만두 덕에 우리 미자도 잘 키
우고 이 집도 샀는데, 신물이 나다뇨?

영수   그렇게 고마우면 니가 만들어!

순자   내가 어떻게 혼자 해요? 미자 보랴 살림하랴.

영수   난 혼자 했는데 왜 넌 못 해? 니가 공주냐? 공주야?
살은 돼지같이 쪄 가지고, 내가 입다 버린 넝마쪼가
리는 죄 주워 입고, 또 그 머리 꼴은 또 뭐냐? 저 아
랫동네 꽃다발 미장원에 미스 킴인가 미스 리인가
새로 온 아가씨가 머릴 잘한다고 소문이 자자하던데
거기 가서 싹뚝 좀 짜르고 고데 좀 해라! 우짜마끼든,
소도마끼든, (방문을 열며) 에이구! 얼굴이 박색이니
뭘 한들 나아지겠냐? (E) (방문 닫는 소리와 함께) 내
미쳤지 저런 호박을 호박꽃으로 봤으니.

신 19. 마루

순자   (방문을 열고 쫓아나와 구두를 신는 영수를 살살 달
래듯) 여보! 시장 봐 놓을 테니까 한두 시간만 오토
바이 타다 오세요! 난 아무리 해도 당신 만두 속 맛
을 못 내는 거 아시잖아요. (웃으며) 나 혼자 하다간
단골들 다 놓칠까 겁나요. (영수의 손을 잡으며, 애교
부리듯) 당신 손이 유별난가 봐요!

영수   (손을 빼며) 이 여자가 왜 이래. (일어나며) 어울리지
           도 않는 애교 그만 떨구 (나가며) 나 기다리지 마!
순자   (큰 소리로) 여보! 오토바이 살살 몰아요! 이따 가게
           로 오세요!
(E)   대문 닫는 소리
순자   (걱정스럽게) 저이가 바람이 들어도 단단히 들었으니
           이를 어째.

신 20. 꽃다발 미장원 앞

오토바이를 타고 달리다 미장원 앞에서 출근하는 이옥순을 보고
첫눈에 반하는 영수. 미장원으로 들어가려다 넋을 잃고 쳐다보는
영수와 눈이 마주친 옥순. 미장원으로 들어가는 옥순.

영수   (넋을 잃고) 와! 진짜 이쁘다! 김지미 저리 가라네! 우
           거지 같은 마누라 보다 이쁜 여자를 보니까 정신이
           번쩍 나네.

신 21. 길(그날 오후)

휘파람을 불며 오토바이를 타고 달리는 영수

신 22. 몽타주

@ 미장원 앞 (아침)

오토바이를 타고 우연인 것처럼 또 출근하는 옥순과 마주치는
영수.

여러 날을 반복해 우연인 듯 마주치는 영수.

윙크를 보내는 영수. 미소 짓는 옥순. 이제 됐다는 듯 기분 좋은 영수.

@ 야외(한 달 후, 낮)
검은 선글라스를 쓰고 오토바이를 같이 타고 달리는 영수와 옥순.

@ 만두집 안(오후)
텅 빈 가게 안에서 우는 미자를 사탕을 주며 달래 가며 만두를 만드는 순자.

신 23. 야외(저녁)
오토바이를 타고 달리는 영수와 옥순.

옥순   숨이 탁 트인다! 택시 타는 것보다 훨씬 재밌다.
영수   택시에 비하냐? 내가 매일 태워 줄 테니까 나랑 결혼
          하자!
옥순   (깔깔 웃으며) 아줌마 기운 세게 생겼던데, 머리 쥐어
          뜯기라구?
영수   보기만 그렇지 순해 터져서 그렇게 하래도 못 해.
옥순   세워 봐!

신 24. 길가
길가에 앉는 영수와 옥순

옥순   진짜 자기 이혼할 수 있어?
영수   (옥순의 어깨를 감싸며) 응.

옥순   애는 어떡하구?

영수   (머뭇거리다) 니가 키워 주면 안 되겠냐?

옥순   미쳤어?

영수   (진지하게) 우리 미자 없인 나도 못살 것 같은데……
         고걸 호주머니에 넣고 너랑 살았으면 딱 좋겠다.

옥순   (일어나며) 내가 미쳤어? 나 좋다는 남자 다 뿌리치
         고 애까지 키우면서 자기랑 살게?

영수   (일어나 달래며) 그랬으면 소원이 없겠다는 얘기지
         어떻게 너더러 내 애까지 키워 달래겠냐! 또 니가 키
         워 준다고 해도 우리 미자 내줄 마누라도 아냐.

옥순   몰라 몰라! 남의 남자 뺏었다고 우리 엄마한테 몽둥
         이로 맞을 텐데, 자긴 왜 그딴 여자랑 결혼을 해서
         나만 힘들게 만들어.

영수   (좋아하며) 내 지금 너 힘든 거 다 잊을 만큼 행복하
         게 해 줄게! 시골집엔 알리지 말고, 일단 살림부터
         채리자구. 그러다 애 낳으면 장모님인들 어떡하시겠
         냐. 너 나 없이 살 수 있어?

옥순   (영수의 가슴을 때리며) 미워 죽겠어!

신 25. 영수의 방(현재)

영수   (강아지들을 쓰다듬으며) 어이구! 우리 장군이, 대장
         이, 미남이, 미애! 니 엄마랑 또 그렇게 만나 새살림
         을 차렸지.
         (미자에게 미안한 듯 쓰다듬으며) 그 순한 우리 미자
         엄마랑 한바탕 소동을 벌였다더군.

신 26. 미장원 안(과거, 낮)

연탄불 위에 올려놓은 고뎃기를 들어, 옆의 젖은 헝겊 위에 지지 직하고, 짤가닥거리며 손님에게 고데를 해 주는 옥순과 미장원 주 인. 잡지를 보며 차례를 기다리며 조그맣게 수군거리는 아줌마들.

아줌마 1   (옥순을 쳐다보며) 저 애가 글쎄 만두집이랑 바람이
           났다잖우.
아줌마 2   나도 듣긴 들었는데 그게 정말이래?
아줌마 3   남의 남자 뺏으면 천벌을 받지!
아줌마 1   근데 만두집 여편네가 순해 터져 갖고 아직도 눈치
           를 못 챘나 봐. 온 동네 소문이 파다한데.
아줌마 2   원래 본인은 맨 마지막에 아는 게 소문이란 거잖우
옥순   (화가 나서) 아줌마! 무슨 얘기가 그렇게 재밌어요?
           좀 큰 소리로 말하세요. 우리도 좀 듣게!

이때 순자가 미장원 문을 열면서 팔을 걷어 올리며 들어온다.

신 27. 미장원 밖
옥순의 머리채를 잡고 미장원 밖으로 끌고 나오는 순자.

옥순   아야! 아줌마 왜 이래?

같이 따라 나오는 여 주인과 손님들
순자   왜 이래? 우리 착하디 착한 미자 아빠를 꼬셔 놓고
           몰라서 묻냐?

순식간에 동네 사람들이 몰려와 싸움 구경을 한다.

옥순   이 아줌마가 무슨 말을 하는 거야?

아줌마 2   어머 그 소문이 진짜네!

아줌마 1   진짜라니까.

아줌마 3   저런 것들은 콩밥을 먹여야 돼!

순자   (고무신을 벗어 옥순을 마구 때리며 통곡하며) 너 내
         눈에서 피눈물 나게 하고 잘 살 것 같냐? 생긴 건 꼭
         여우같이 생겨 가지고 얼마나 니가 알랑거렸으면 그
         순진한 우리 미자 아빠가 너 같은 거한테 넘어갔겠냐?

옥순   (빨간 뾰족구두를 벗어 같이 때리며) 내가 뭐가 아쉬
         워서 애 딸린 남잘 꼬시냐? 이 미련 곰퉁아! 생긴 꼬
         락서니가 그 모양이니까 남자한테 채이지!

순자   뭐야? (머리를 꺼들며) 우리 애 아빠가 너랑 살 것 같
         으냐? 그저 한눈 한 번 팔아 본 거지!

옥순   (같이 머리를 꺼들며) 이 바보 멍충아! 어느 남자가
         너 같은 박색하고 사냐? 정신 차려, 정신!

순자   (땅바닥에 주저앉아 울며) 아줌마들! 애 말하는 것 좀
         봐요! 세상에 이렇게 경우 없는 것을 봤나!

신 28. 영수의 방(현재)

영수   (강아지들을 쓰다듬으며) 니들 엄마하고도 몇 년 동
         안은 좋았었지.

신 29. 여고 앞 만두가게 안(1971년. 어느 날 오후)

연년생으로 아이 넷을 난 옥순은 처녀 때 모습은 간 곳이 없고
돌쯤 된 막내 미애를 업고 영수와 부지런히 만두를 만들고 있다.

옥순   내 말대로 여고 앞에다 내길 잘 했지?

영수   응.

옥순   돈 좀 더 벌고, 우리 애들 웬만큼 크면 요 옆에다 미
장원도 같이 내면 잘될 거야. 한 반에 예순 명이니까
한 학년이면 백팔십 명. 중고생 다 합치면 엄청나잖아.
거기다 동네 아줌마들도 소문만 나면 몰려올 거구.
(등에 업힌 미애를 쳐다보며) 아이구 우리 막내 미애
가 빨리 커야 할 텐데.

영수   이 아줌마야! 그럴 생각이면 지금부터라도 머리 좀
예쁘게 하고 멋쟁이 소릴 들어야지! (놀리듯) 몸배바지
에 야채장사 아줌마 머리 꼴에 당신 보고 누가 오냐?

옥순   이이 말하는 것 좀 봐! 누가 이렇게 만들었는데? 나
안 해! (만들던 만두를 던진다.)

영수   (웃으며) 이 사람이! 농담 좀 한 거 같고 또 삐지냐?
(얼굴을 찬찬히 보며) 음. 아직은 김지미랑 라이벌은
되겠어.

옥순   언젠 김지미보다 내가 더 이쁘다며?

영수   싸모님! 어이 만두나 만드셔! 애들 몰려오면 정신없
으니까!

옥순   (다시 만두를 만들다 밖에서 애 울음소리가 나자) 어이
구, 또 넘어졌나 봐. 내가 못살아. (얼른 밖으로 나간다.)

신 30. 만두가게 앞거리

옥순   (달려가 자전거를 타다 넘어진 장군이, 미남이를 일
         으키며, 옷을 털어 주며) 미남이가 아직 어리니까 조
         심해 타랬지! 오늘 아침에 입은 옷이 이게 뭐냐!
대장이   엄마! 형아가 지만 타.
옥순   (장군이를 야단치듯) 또또또! 너랑 미남이 한 번 타
         고, 대장이 한 번 타고, 엄마가 번갈아 타라 그랬어,
         안 그랬어? (엉덩이를 때린다)

장군이가 엉엉 울자 미남이도 따라 울고, 대장이도 울먹인다.

신 31. 만두가게 앞

옥순은 자전거를 들고 가게 앞으로 오고, 애들도 울며 따라온다.
만두를 꺼내려 나온 영수가 행주치마로 애들 눈물, 콧물을 닦아 준다.

영수   어이구 우리 아들놈들! 생긴 건 잘생겨 갖고, 눈물,
         콧물 가관이다!
옥순   (자전거를 내려놓으며) 자! 엄마 아빠 눈에 보이게 우
         리 가게 앞에서만 놀란 말이야! 멀리 가지 좀 말고!
         엄마가 몇 번을 말해야 돼! (화가 나 가게 안으로 들
         어가 버린다.)
영수   (쭈그리고 앉아 애들을 보듬으며) 우리 장군이, 대장
         이, 미남이! 니들이 협조를 해야, 엄마 아빠 돈 많이
         벌어서 김밥 싸 가지고 남산 케이블카도 타러 가고,
         창경원에도 놀러 가지?

장군이   장난감도 (팔을 벌리며) 많이 사 주고
대장이   과자도 (팔을 벌리며) 많이 사 주고
영수   (일어나 애들 머리를 쓰다듬으며) 그럼 그럼! 에이구!
          귀여운 내 새끼들!

신 32. 만두가게 안(1시간 뒤)
밖에선 아이들이 놀고 있고, 가게 안은 여학생들로 가득 차 있다.

학생 1   아줌마! 여기 만두 2인분 더요!
학생 5   우리도 2인분 더요!
옥순   알았어! 만두가 다 됐나 모르겠네. (만두를 가지러 나
          간다.)
학생 1   야! 저 아저씨 미술하고 너무 닮았지?
학생 2, 3 응. 맞어 맞어. (테이블을 치며 웃는다.)
영수   (만두를 만들며 여학생들 얘기를 엿들으며 재미있어
          한다.)
학생 4   미술보다 더 잘생겼다, 얘.
학생들   맞아 맞아! (테이블을 치며 더 크게 웃는다.)
학생 5   (뒤 테이블에 앉아 웃음소리에 궁금해 학생 4를 치
          며) 무슨 얘기야?
학생 4   (학생 5의 귀에 대고 속삭인다.)
학생 5   (테이블을 치며 웃으며) 맞아! 니들 내가 재미있는 얘
          기해 줄게 이리 와 봐!

여학생 1, 2, 3, 4는 여학생 5, 6, 7, 8이 있는 테이블로 가 서서

빙 둘러쳐서 여학생 5의 얘기를 듣는다. 영수도 더 귀 기울여 여학
생들의 얘기를 엿들으며 만두를 만든다.

학생 5   있잖아. 니네 3반 최순미 알지?

학생 6   아 그 깡패 같은 애!

학생 7   어떻게 그런 애가 우리 명문여고에 들어왔는지 몰라.

학생 1   정말 그런 애랑 같은 학교 다닌다는 게 챙피하다, 그지?

모두   맞아 맞아!

학생 5   근데 걔가 미술선생을 좋아한다잖아.

학생 8   지 주제에 우리 미술을! 안 되지 안 돼!

학생 7   공부는 지지리 못하는 게 그림은 열심히 그린다더구
             만 그래서 그랬구나.

학생 5   미술시간만 되면 꼭 질문을 한대잖니. 눈에 띄라고.
             근데 미술이 내년에 프랑스로 유학을 간데.

학생 2   아, 안 돼! 미술선생님 떠나면 누구 보러 학교 가라고.

학생 4   (깔깔 웃으며) 여기 와서 매일 저 아저씨 보면 되지
             뭔 걱정이냐?

모두   (테이블을 치며 웃으며) 맞아 맞아!

영수   (기분이 좋아 소리 없이 웃는다.)

학생 5   근데 그 순미 계집애가 매일 미술 책상에 꽃을 꽂아
             놓고 편지를 남겨 놓는데 미술이 보지도 않고 다 버
             린대!

학생 3   니가 그걸 어떻게 알아?

학생 5   이건 1급 비밀인데 영선이가 우리 담임한테 영어 과
             외 하잖아.

학생 3   응. 정미도 하고.

학생 5   담임이 비밀이라면서 가르쳐 줬데. 지금 선생님들은
          모두 아시고 계신데.
          하도 그 계집애가 교무실에 들락거리니까.

옥순   (만두를 가득 가져오며) 여보! 이것 좀 받아!

영수   응. (얼른 와 만두를 받아 놓는다.)

옥순   (가게 문을 닫으며) 오늘따라 불이 시원치가 않네!
          (한 테이블에 몰려 있는 여학생들을 보며) 아니 만두
          들은 안 먹고 왜들 모여 있데!

여학생들은 여전히 자기들끼리 속닥거리며 테이블을 치며 재미
있어 한다.

옥순   (만두를 접시에 담아 테이블에 놓으며) 어이 와 먹으
          면서 크게들 얘기해! 아줌마도 좀 듣게!

옥순은 여학생들이 모여 있는 테이블에도 만두를 놓지만 여학생
들은 여전히 수군거린다. 이때 가게 문이 열리고 한눈에도 불량 여
학생으로 보이는 미모가 특출한 최순미가 들어오자, 여학생들은 일
제히 수군거리던 것을 멈추고 제자리로 와 만두를 먹기 시작한다.

옥순   (순미를 보며 못마땅해 잔소리하듯) 어머 애 좀 봐!
          오늘은 아예 머리를 풀어헤쳤네! 애! 학생이 그게 뭐
          니? 단정하게 따고 다녀야지!

순미   남이야!

옥순   애 말하는 것 좀 봐. 내 동생 같아서 걱정돼 그러는
         거야. 널 보면 꼭 한강 다리 위에서 곡예 하는 애처
         럼 위태위태해 보여서!
순미   (신경질 내며) 아 그놈의 잔소리! 아줌마 남 걱정 하
         지 말고, 아줌마 머리나 어떻게 좀 해 봐! 만두마다
         머리카락 나와 굶어 죽지 말고!
옥순   뭐야! (업혀 우는 미애를 달래며) 아냐! 아냐!
영수   (와서 말리며) 왜들 이래! (순미가 매일 맡기는 보자
         기에 싼 옷 보따리를 주며 작은 소리로) 오늘은 그냥
         가라! (문을 열어 주며) 아줌마가 오늘 컨디션이 좀
         안 좋아.

신 33. 만두가게 밖
옷 보따리를 들고 쫓기듯 나가서 영수에게 윙크를 하는 순미

신 34. 만두가게 안
놀라 얼른 문을 닫으며 순미의 걸어가는 모습을 넋을 잃고 쳐다
보는 영수

학생 2   아줌마! 재 옷 보따리 매일 맡겨요?
옥순   그렇단다.
학생 3   왜요?
옥순   계집애가 교복을 한시라도 빨리 벗고 싶으니까 학교
         파하자마자 어른 옷으로 갈아입고, 남자 녀석들 하고
         몰켜 다니면서 깡패짓하려고 그러는 거지 뭐. 싹수가

노랗다 노래!

학생 5　　여러 가지 한다.

학생 1　　(흥분하며) 저딴 애는 빨리 전학을 보내든지 퇴학을
　　　　　시키든지 해야 돼!

모두　　　맞아 맞아!

옥순　　　(문 앞에서 여전히 순미를 쳐다보는 영수를 보고 소
　　　　　리 지르며) 여보! 당신 거기서 뭐 해요! (못 듣는 영
　　　　　수에게 더 큰 소리로) 여보! (영수한테 다가와) 당신
　　　　　뭘 그렇게 쳐다보는 거야?

영수　　　(놀라서) 응 (얼른 만두를 만들러 오며) 아 애들 잘
　　　　　노나 봤어.

옥순　　　당신!

신 35. 영수의 방(현재)

영수　　　(잠든 강아지들에게 이불을 덮어 주고, 이불 속으로
　　　　　들어가며) 아옹다옹거렸어도 그때가 좋았었는데……
　　　　　(누워서) 순미만 안 나타났어도 그냥 그렇게 살았을
　　　　　텐데…… 내가 천벌을 받을 놈이지!
　　　　　(잠을 청하려 눈을 끔뻑거리며) 죽을 때가 다 됐나!
　　　　　요샌 밤마다 옛 생각이 더 나네. 마누라들은 다 할머
　　　　　니가 됐을 테고, 우리 애들은 다들 시집 장가를 가서
　　　　　애들을 낳았을 텐데…….
　　　　　그동안 날 얼마나 미워들 하며 살았을까…….

신 36. 영수의 집 마당(다음 날 아침)

한 쟁반 음식을 들고 오는 꽃분네 할멈. 반가와 짖으며 달려드는 강아지들.

꽃분댁   저리 비켜! 니들 줄 거 아니니께. 니들 애빈 일어났냐?

신 37. 영수의 방

꽃분댁   아이구! 이 냄새! 이게 개집이여, 사람 집이여? (이불
             속에 있는 영수를 발로 치며) 어이 영감! 일어나 식
             사하셔! (쟁반을 내려놓고 방 한구석에 있는 소반을
             가지러 간다.)

영수   (눈을 부스스 뜨며) 어이구 저 할망구 뵈기 싫어서
             얼른 이 동네를 떠야지. (일어나 화를 내며) 그 영감
             소리 좀 집어 쳐! 내가 왜 할망구 영감이야?

꽃분댁   (소반에 가져온 음식들을 올려놓으며) 그럼 뭐라 부
             를까? 미자 아버지! 장군이 아범! (키득대며) 영수 씨!

영수   (화를 버럭 내며) 내 여자라면 신물이 나는 인간이여.

꽃분댁   (좋아 웃으며) 아이고 내가 여자로 보이긴 보이나 뵈!
             영감이 보는 눈은 있어 개지고. 어이 식기 전에 식사
             하셔! 죄 슴슴하게 했으니께 싱겁더라도 몸 생각해서
             드셔! (숟가락으로 밥을 뜨고 반찬을 얹어 먹여 주려
             한다.)

영수   (숟가락을 치며) 이 할망구가 누굴 어린애로 보나!

꽃분댁   (숟가락을 쥐어 주며) 그럼 어이 드셔! 푹푹!

영수   (숟가락을 밥 그릇 위에 놓고) 할멈이나 많이 먹고

오래오래 사슈!

꽃분댁   (화를 내며) 보건소에라도 가서 의사 선상님 말씀 듣
         고 약이래도 타다 먹자 해도 안 가! 정성껏 밥을 해
         바쳐도 잘 안 먹어! 그러다 한 번 더 쓰러지면 그땐
         그냥 가는 거여!

영수   (화를 버럭 내며) 이 할망구가 아침부터 재수 없게
         죽는 얘기야!

꽃분댁   (달래듯) 아니 그러니께 재발하기 전에 미리미리 몸
         을 챙겨야 한단 말이지.
         밥이 보약이잖어. (억지로 입에 넣어 주려 한다.)

영수   (뿌리치며) 제발 아침마다 이러지 좀 말라니까! 꾸역
         꾸역 입에 쳐 넣고 밥알 질질 흘리면서 악착같이 오
         래 살 생각 없으니까.

꽃분댁   어메! 저 개 새끼들은 죄 어쩌구?
         그리구 언제까지 저 개 새끼들만 붙들고 애비 노릇
         하다 죽을 거여? 잘 먹고 기운 채려 진짜 자식들을
         찾아봐야 할 것 아녀? (큰 소리로) 내 할아범 보면 내
         영감 생각이 나서 더 참견을 하는 거여. (갑자기 분
         해 눈물을 흘리며) 세상에서 제일 몹쓸 인간이 어떤
         인간인지 알어? 잘못하고도 죽을 때까지 지 새끼 지
         마누라 찾아와서 미안하다는 말 한매디 안 하고 그
         냥 죽어 버리는 것들이여! 아 요새 시상이 얼매나 좋
         아졌어. 공부 못 한 노인네도 글을 배운다, 나이 일
         흔에 대핵교를 간다, 게다가 나이 오십에 고등 핵교
         교복 입고 핵교도 다니드만…… 그저 못 한 것들을

죽기 전에 할려고들 난리들인데, 진심으로 우러나서
내 미안했다 그 말 한매디만 하면 그래도 웬수는 안
될 텐데, 고걸 안 하고 죽는 독종들이 영감 같은 인
간들이여. 아 지 마누라 자식새끼들 버렸던 용기로
죽을힘을 다 허면, 북한에 있는 가족도 찾을 수 있는
시상인디, 남한 땅을 다 헤집어서라도 찾아내 내 정
말 미안했다 이 말 한마디를 왜 못하냔 말여! (영수
에게 달려들듯 하며) 왜! 왜!

영수   (작은 소리로) 아이구. 이놈의 할망구가.

신 38. 순자의 만두가게 밖(며칠 뒤, 비 오는 날 저녁)

우산도 없이 남루한 옷차림으로 모자를 눌러쓰고 변해 버린 옛
동네를 두리번거리며 걷고 있는 영수. 옛날 자신의 만두가게 자리
에 있는 '아버지 만두집'이라는 간판의 만두가게를 보고 놀라는 영
수. 용기를 내어 만두가게로 가 안을 들여다보는 영수. 가게 안은
손님들로 꽉 차 있고, 만두를 싸 가는 손님들이 들락거리자 한 모
퉁이로 물러나는 영수. 다시 만두가게 안을 자세히 들여다보다 늙
어 버린 순자가 카운터에서 돈을 받고 있는 모습을 보고 놀라서 떨
고 있는 영수. 사위인 듯한 남자가 만두를 만들고 있고, 만두를 나
르는 중년이 된 딸 미자와 눈이 마주치자 얼른 물러나 숨어 버리는
영수. 손님들이 웬만큼 나가자 우산을 들고 나와 영수를 찾는 미자.

미자   (영수를 찾아내 우산을 받쳐 주면서) 어르신! 만두 좀
           드시고 가세요!

영수   (모자를 더 눌러쓰며 피한다.)

미자   (웃으며) 저희 집 만두 맛이 옛 맛 그대로거든요. 그
        냥 한 번 좀 드셔 보세요, 어떤가.
영수   (고개를 돌리고 추워서 떨며 작은 소리로) 아 됐습니
        다. 신경 쓰지 마시구 어이 들어가세요…….
미자   (가려는 영수를 붙잡고) 그냥 가시면 저 엄마한테 혼
        나요. (잡아끌며 가게로 가며) 오늘 드시고요, 맛이
        괜찮다 싶으면 언제든 오셔서 드세요.
        (안 가려는 영수를 더 꼭 붙잡고 걸으며) 딴 데 다니
        시면서 고생하지 마시구요! 따끈한 보리차에 드시고
        가시면 좋잖아요.

신 39. 만두가게 안
잡아끌듯 영수를 가게 안으로 들어오게 하는 미자. 모자를 더 내
려 누르는 영수.

순자   (따뜻한 보리차를 놓으며) 어서 앉으세요! 영감님!
사위   (만두를 놓으며) 얼른 모셨어야 하는데 워낙 손님이
        북적거려서요. 어르신 어이 앉으셔서 천천히 드세요!
영수   (눈물을 글썽이며 지척거리며 나오려 한다.)
미자   아이! 어르신 고집도 쎄시네. 여보! 얼른 이것 좀 싸
        주세요.
사위   그럴까(만두를 가져간다.)
순자   그래 어이 싸 드리구 (미자에게) 애! (돈을 꺼내 주면
        서 작은 소리로) 차 타는 데까지 모셔다 드려라. 웬
        비가 이리 오는지 넘어지실라.

미자   예! (재촉하듯) 여보! 얼른!

사위   알았어!

영수   (눈물을 흘리며 지척거리며 가게를 나간다.)

신 40. 길거리

눈물을 닦으며 걷는 영수에게 뛰어와 우산을 씌워 주며 만두 자
랑을 늘어놓는 미자.

미자   (검은 비닐에 싼 만두를 들어 올리며) 어르신! 이 만
             두요. 우리 아버지가 옛날에 만든 식 고대로 만든 만
             두거든요. 돼지고기, 숙주, 갖은 양념 넣는 것은 다른
             집하고 다를 게 없는데요, (자랑하듯) 우린 무를 좀
             두껍게 채 치듯 썰어서 바싹 말린 다음, 만두 할 때
             마다 물에 삶아서, 꽉 짜서 다져 넣거든요. 그게 우
             리 아버지 만두 비법이에요. (웃으며) 근데 우리 엄만
             당신보다 내가 더 아버지 만두 맛을 잘 낸다고 만두
             속 만드는 건 꼭 저만 시키세요. 테레비에도 한 번
             나왔는데. 아이구 테레비에 한 번 나오니까 체인점
             내라고 난리들을 치데요. 근데 우리 엄마가 절대 안
             한다고 거절하셨어요. 아무래도 공장도 세우고 하다
             보면 손맛이 유지될 수가 없거든요. 그 덕에 오히려
             만두 파동 때 돈을 엄청 벌었어요. 다 우리 아버지
             만두 맛 덕분이죠. 그러니까 어르신! 언제든 오셔서
             부담 없이 드세요!
             (영수의 얼굴을 쳐다보며) 저희 아버지도 사셨으면

어르신하고 연세가 비슷하셨을 거예요.

(슬픈 목소리로) 전 아버지 얼굴도 잘 기억이 안 나요. 너무 어렸을 때 돌아가셨거든요.

영수   (참았던 눈물을 흘린다.)

신 41. 버스정류장

미자   어르신! 어느 쪽으로 가세요?

영수   (작은 소리로) 바쁜데 어이 들어가 봐요.

미자   비 오는데 어디 따뜻한 데 가서 쉬셔야 할 텐데……
(돈을 꺼내 얼른 주머니에 넣어 주려 한다.)

영수   (막무가내로 돈을 안 받으려 하며, 돈을 꺼내 보여 주며) 나 거지 아니에요.

미자   (미안해하며) 그래서가 아니라요, 저희 아버지 생각이 나서요. (얼굴을 살피며) 어르신! 화 나셨어요?

영수   (고개를 돌리며) 화 나긴요. 고마워요! (눈물을 감추며 당부하듯) 잘 살아요! (아무 버스나 얼른 올라타려 한다.)

미자   어르신! (어느 것을 줘야 할지 모르며) 우산! 만두!

영수   (만두를 받으며) 잘 먹을게요. 고마워요! (큰 소리로 울먹이며) 미안해요!
(계속 미안하다는 말을 외치며 버스에 올라탄다.)

미자   아이 제가 미안하죠! (큰 소리로) 어르신! 꼭 한번 들르세요! 꼭이요!

신 42. 버스 안

버스가 급하게 출발하자 넘어지면서 만두를 쏟는 영수. 엉엉 울
며 만두를 주워 담는 영수.

신 43. 마을 길(밤)

억수같이 오는 비를 맞으며 비를 안 맞게 만두를 품에 넣으며
엉엉 울며 초라하게 지척이며 걸어오는 영수.

신 44. 영수의 집 마당

비에 흠뻑 젖어 울며 들어오는 영수에게 달려와 반기는 강아지
들. 땅 바닥에 주저앉아 강아지들을 쓰다듬으며 우는 영수.

영수   내 새끼들! 내 새끼들!

신 45. 영수의 방(다음 날 아침)

끙끙 앓는 영수.

가져온 음식 쟁반을 밀어 놓고 간호하는 꽃분네 할멈. 귀찮다는
듯 뿌리치는 영수.

(시간 경과)

밤이 되어서도 앓아 누워 있는 영수

신 46. 영수의 집 마당(며칠 뒤, 일요일 낮)

기침을 하며 마당에서 가마솥에 죽을 끓이는 영수.

기운 없이 개집 앞에 쪼르륵 꿇어 앉아 있는 강아지들.

김 영감   (들어오며 얼른 죽 주걱을 뺏으며) 어이구! 저리 가
          앉아 있어. 내가 저을게! 감기 걸렸다 하더구만, 며칠
          새 얼굴이 영 못쓰게 됐네…….
영수   (평상에 앉으며) 난 괜찮은데 (강아지들을 쳐다보며)
          저 녀석들이 덩달아 기운이 없어 저러고들 있어. 속
          이 좋지 않은지 통 먹질 않으니……. 이 죽이라도 먹
          고 입맛들이나 돌았으면 좋겠어.
김 영감   (주걱으로 떠서 죽 맛을 보며) 아 맛있다. 하여튼 음
          식 솜씨 하난 그만이라니까! 나도 한 그릇 얻어먹어
          야겠다. (죽 주걱으로 죽을 떠 후르륵 흘리며) 다 됐
          는데.
영수   (마루로 걸어가며) 자네 우리 애들 좀 퍼 주고, 마루
          로 좀 가져와!
김 영감   그래!

(시간 경과)

맛있게 죽 그릇들을 비우는 강아지들

신 47. 마루
김 영감   (죽 그릇을 들고 맛있게 먹으며) 그렇게 안 먹으면
          어쩌려 그래? 입맛 없어도 좀 더 먹어야지! 꽃분네
          할멈이 여간 걱정이 아니던데. 거 병원에 가 봐야 하

는 거 아냐?

영수   병원은 무슨! 그냥 이러다 죽으면 그만이지.

김 영감   죽긴 왜 죽어! 누가 장례 치르라구?

         자네 여기 왔을 때 생각 나?

영수   에이 생각하기도 싫어.

김 영감   왜! 우리가 자네한테 해 준 게 얼만데 생각하기가 싫
         어? 다 쓰러져 가는 집 살게끄름 다 고쳐 줘, 먹을
         꺼 다 대 줘, 텃밭에 먹을 거 죄 싱거 줘, 농사지어
         서 죄 바쳐…… 그래 이만큼 살려 놨는데 죽어? 그
         럼 안 되지! 자넨 우리 마을 인심이 아직도 살아 있
         다는 증거여!

영수   고마워!

         나도 사람인데 왜 그 고마운 걸 모르겠나! (갑자기
         눈물을 흘리며) 그러니까 남 신세 그만 지고, 더 이
         상 추한 꼴 보이지 말구 빨리 갔으면 좋겠어.

김 영감   어어 말한 사람 무안하게…….

         에이! 울지 마! 자네 울리려구 그런 게 아니구, 꿋꿋
         하게 살라고 한 소리야…….

         (눈치를 살피다) 꽃분네 할멈이 자네 애들 보러 갔다
         온 거 같다던데 그래서 아팠던 게야?

영수   (눈물만 흘린다.)

김 영감   그러지 말구 훌훌 털어나 봐! 우리가 남이야? 자식
         놈들이 있건 없건 알고 보면 다 쓸쓸한 늙은이들인
         데…….

         그래 다 찾아봤어?

영수   (눈물을 흘리며) 아니. 첫애네 집에만 갔었는데, 내
            딸도 날 못 알아보구, 나도 그 앨 길에서 만났으면
            못 알아봤을 테니…….
            (자학하듯) 난 애비도 아냐.
김 영감   세월이 많이 흘렀으니까 그럴 만하지…….
영수   그 자리에서 고대로 만두가게를 하고 있던데, 우리
            미자가 아줌마가 되도록 그 근처에도 한 번 안 가 봤
            으니, 내가 인간인가!
김 영감   어유! 그런 걸 알았으면 진작 가 보는 건데 그랬
            네…….
영수   나 같은 것도 애비라고 간판도 '아버지 만두집'이라
            고 써 붙여 놓았더라구.
김 영감   어이구!
영수   지 에미를 닮아서 성격도 후덕하니 인심도 좋구, 사
            위도 듬직한 것이 어찌나 착하던지! 오순도순 잘 사
            는 것 같아서 어찌나 고맙던지 몰라.
김 영감   그래 자네 마누라도 봤어?
영수   음. 투실투실 훤하던 얼굴은 온데간데없구, 할머니가
            돼 있더구만.
김 영감   아 세월이 얼만데…… 원래 지 늙는 건 못 느껴도,
            옛날 사람들 만나면 그때서야 세월이 참 빨리도 흘
            렀구나 하고 느끼게 되잖어.
            (위로하듯) 에이구! 그래 자네 마음이 얼마나 쓸쓸하
            고 후회가 됐겠나…….
            억수같이 비 오던 날 갔다 왔나?

영수   응. 실컷 두들겨 맞고 싶었는데 억수같이 비가 오니
　　　　차라리 좋더구만.

김 영감   가뜩이나 몸도 성치 않은데 그 비를 다 맞았으니, 성
　　　　헌 사람도 병이 날 판에, 살아 있는 게 다행이네, 다
　　　　행이야.
　　　　(용기를 주듯) 어이 잘 먹고, 기운 차리면 거 둘째네
　　　　도 찾아봐야지! 이번엔 내 같이 가 줄게.

영수   됐어. 만나봤자 제대로 미안하다는 말도 못할 텐
　　　　데……. (침묵하다) 가뜩이나 웬수 같은 애비인데, 이
　　　　렇게 병들고 다 늙어 내가 니들 애비다 하면 누군들
　　　　좋아하겠나.

김 영감   허긴! 자식들에게 평생을 잘 해 줘도 부모가 병들면
　　　　나 몰라라 하는 세상이니까.
　　　　(기분 전환시키듯) 아참! 진철이네 결혼 잔치 벌인다
　　　　고 자네 꼭 데려오랬는데. 좀 있다 가서 한판 신나게
　　　　놀면서 기분 풀자구!

영수   난 안 가. 우리 새끼들 결혼식에도 못 간 애빈데, 남
　　　　의 집 잔치에 무슨 낯짝으로 가겠나. 그리구 오늘이
　　　　우리 큰놈 생일이야.

김 영감   (무릎을 치며) 아이구! 오늘 같은 날 찾아가면 먼 발
　　　　치서래도 죄 볼 수 있었을 텐데, 아깝다!

신 48. 옥순과 장군네 가족이 사는 아파트 거실(같은 날, 같은 시간)
이젠 할머니가 된 옥순과, 삼사십대가 된 장군, 대장, 미남, 미애,
그리고 장군의 초등학교 4학년생 딸이 모여 앉아 생일 케이크에

불을 붙이고 노래를 한다.

모두들　　생일 축하합니다! 생일 축하합니다! 사랑하는 우리
　　　　　아빠! 형님! 오빠! 아들! 생일 축하합니다! (장군이 큰
　　　　　초 4개의 불을 끄자) 와! (박수를 치며, '축하해! 아
　　　　　빠! 형! 오빠! 아들!'을 동시에 외치는 가족들)
장군　　　(초 4개를 집으며) 아! 이제부터 만으로 해! 만으로!
　　　　　서른아홉! 아직은 삼십대!
미애　　　맞아! 이제부턴 모두 만으로 하자고!

모두들 술잔과 음료수 잔을 든다.

장군　　　자! 우리 어머니 건강하게 오래오래 사시고, 우리 둘
　　　　　째 부장 승진을 축하하고, 우리 셋째 미남이 사업 잘
　　　　　되고, 우리 막내 미애 미장원 잘돼 빨리 체인점 내고,
예쁜　　　우리 딸 예쁜이 공부 잘하고!

식구들 모두 웃으며 잔을 부딪치며 마신다. 미애는 케이크를 잘
라 접시에 담는다. 식구들은 음료수, 과일 등을 먹으며 얘기들을
시작한다.

옥순　　　식구두 많지 않은데 이런 날이라도 다 모이면 얼마
　　　　　나 좋아.
　　　　　(대장이를 보며 따지듯) 그래 지호하고 니 처는 일요
　　　　　일인데 뭐 한다고 이런 날도 안 오냐?

대장   일요일마다 우리 집에서 원어민 영어회화 과외가 있
      거든요. 요일을 바꿀 수가 없어서 못 왔어요.
옥순   아니 그놈의 영어는 하루 안 하면 죽는다냐? 야단을
      쳐서래도 끌고 와야지!
      니가 그렇게 물러터지니까, 니 처가 시집 식구 알길
      우습게 아는 거야!
      (케이크 조각을 돌리는 미애와 미남이를 보며) 그리
      구 니들은 왜 시집, 장가들을 안 가? 내일 모레면 마
      흔인데 언제 가서 애들 낳아 키울래?
예쁜   할머니 또 시작하십니다!

모두들 웃는다. 케이크 등을 먹으며 식구들은 다시 이야기를 계
속한다.

미남   사업도 골치 아픈데, 어이구! 자식들을 어떻게 책임
      져요!
미애   맞아! 세상에서 제일 힘든 게 자식 키우는 일인데.
      난 나 하나 키우기도 힘들어서 결혼 같은 건 안 해요.
      엄마나 큰 오빠처럼 될까 겁나서도 안 합니다 안 해!
장군   (야단치듯 작게) 야! 애 듣는데!
옥순   저 말하는 것 좀 봐!
장군   (예쁜이의 접시 위에 먹을 것들을 빨리 듬뿍 담아 주
      며) 예쁜아! 넌 니 방 가서 숙제해야지! 또 내일 아침
      에 울고불고 아빠 보고 해 달라고 그러지 말고.
예쁜   응 아빠. (접시를 들고 일어나며) 근데 나 컴퓨터 조

금만 하고 숙제할게.

장군   (제 방으로 가는 예쁜이를 보며) 게임 너무 하지 말
       구! 아빠 숙제부터 한 다음, 마음 놓고 게임 실컷 하
       겠다.

예쁜   알았어 아빠! (제 방으로 들어간다.)

옥순   내가 니들 생각하면 밤에 잠이 안 와. 자식 넷 중 제
       대로 사는 건 둘째뿐이니…… 큰 자식은 마누라가
       바람이 나 이혼해,

장군   (말을 가로막으며 작게) 어머니! 목소리 좀 낮추세요!
       애 듣겠어요!
       그리구 다들 말들 조심해! 나 갖고 뭐라던 상관없지
       만, 우리 예쁜이한테 상처 주는 말 하면 가만 안 있
       을 거니까!

대장   (분위기를 바꾸려고) 자자자! 오늘은 좋은 날이니까
       좋은 말들만 합시다!

옥순   (말을 가로막으며) 나도 오늘은 좋은 날이니까 웃고
       떠들다가 보내고 싶지만, 뭐가 그렇게들 바쁜지 원!
       언제 또 볼지 모르니까, 오늘은 미애하고 미남이! 니
       들 입에서 예! 알았습니다! 이제부터 결혼하도록 노
       력하겠습니다! 이런 소리 나올 때까지 나 하고 싶은
       말 다 하고 보낼 거야!

미애   (짜증을 내며) 우리가 어려서 얼마나 질렸으면 결혼
       을 안 하겠어요! 아유, 지금도 그때 생각하면 정말
       끔찍해! (따지듯) 엄만 왜 그 여자 집에 우릴 데려갔
       어요?

신 49. 양품점 안(1974년, 어느 날 낮)

　방 한 칸이 딸려 있는 양품점. 영수와 순미는 콧노래를 부르며
옷 정리를 하며 분주하다. 문을 요란스럽게 열면서 옥순이 7살, 6
살, 5살, 4살 된 네 아이들과 애들 짐 보따리를 머리에 이고 들어
온다.

순미　　　(놀래서) 어머머머

옥순　　　(짐 보따리를 내던지며) 내가 그랬지! 우리 애들 봐서
　　　　　그만 만나라구!
　　　　　돈까지 쥐어줬더니만 그 돈으로 살림을 차려! (달려
　　　　　들어 순미의 머리를 낚아챈다.)

영수　　　여보! 이거 놓고 말해!

옥순　　　(머리를 더 움켜쥐고 영수를 향해) 여보! 야! 너 여보
　　　　　많아 좋겠다!
　　　　　(순미의 머리를 쥐어뜯고 뺨을 때린다.) 이 인정머리
　　　　　없는 년!

순미　　　(옥순의 뺨을 더 세차게 때리며) 내가 남자래도 너
　　　　　같은 거 하고 안 살아!
　　　　　(비꼬며) 생긴 건 꼭 말라비틀어진 여우같이 생겨 갖
　　　　　고, 야! 너 뭘 믿고 그렇게 안 가꾸냐? 옷 입은 꼬락
　　　　　서니하고!

옥순　　　나이도 어린 것이 말하는 것 좀 봐!

　옥순과 순미는 뒤엉켜 싸우고, 애들은 엄마를 부르며 울고, 영수
는 간신히 싸움을 뜯어 말린다.

옥순   (숨이 차고 분해하며) 너 남의 눈에 눈물 나게 하면,
        니 눈에서 피눈물 나는 거 몰라!

순미   사돈 남 말하고 있네! 너도 남의 눈에서 눈물 나게
        했잖아! 그래 니 눈에서 피눈물 나니까 기분 좋겠다!

옥순   (분이 머리끝까지 솟아 떨며) 너! 언제까지 큰소리치
        나 내 두고 볼 거야! (영수를 때리며) 이 나쁜 놈! 나
        쁜 놈! (엉엉 울며) 니가 나한테 어떻게 이럴 수가 있
        니! 어떻게! 애를 넷씩이나 낳았는데 어떻게 이런 식
        으로 날 버려! 이 천벌을 받을 인간아!
        (애들을 끌고 오며) 니 자식들 다 데려왔으니까 잘
        키워! 내가 니들 편하게 내버려 둘 것 같았냐? 이 멍
        충아!

신 50. 옥순 네 거실(현재)

옥순   니들 데려다 놓으면 니들 애비가 금세 돌아올 줄 알
        았지.

미애   그 여자 진짜 독종이었어, 그지! 우릴 매일 때리구,
        밥도 안 주구,

미남   아버진 매일 술 먹고 싸우고, 완전 지옥이었지.

대장   자! 자! 그래도 형은 아버지 음식솜씨를 닮아 만두집
        잘돼 가지, 남자답게 잘생겼지! 나쁜 것에서도 배울
        게 있다고, 난 가정만은 누가 뭐래도 지키려고 노력
        하지. 찾아보면 아버지 때문에 좋은 점도 있구나 하
        면서 살아야지, 자꾸 나쁜 점만 생각하면 안 좋아!

미애   아무리 그렇게 생각하려 해도 나쁜 점이 더 많아! 어

릴 때 아무 죄 없이 어른들에게 당한 일들은 어른이

되면 기억이 더 또렷해지는 법이라구!

(장군에게 작은 소리로) 아참! 큰 올케 요새도 예쁜이

보게 해 달라고 전화해?

장군 응. (맥주를 마시고) 우리처럼 더 나쁜 기억만 생길까

봐 못 만나게 하는데 잘하는 건지 모르겠다.

대장 그래도 엄마 노릇은 하게 해야지!

옥순 (작은 소리로) 쓸데없는 소리 그만 해! 어디 바람난

에미에게 우리 귀한 손녀딸을 보게 해!

대장 (옥순에게) 아참! 아버지랑 형이랑 생일이 같죠?

옥순 같지! 잊었다가도 일 년에 한 번씩은 꼭 그 인간을

생각하게 되니 무슨 악연인지 원! 그 인간이 살아 있

으면 우리 나이로 일흔둘인데…….

허긴 하도 지은 죄가 많아서 벌써 죽었는지도 모르지.

미애 죽긴요! 미남 오빠가 10년 전쯤에 우연히 봤는데 신

수가 훤해 가지고 벤츠 몰고 가더라는데요.

미남 야!

미애 어때! 다 지난 얘긴데.

옥순 그 웬수가 천벌도 안 받고 그렇게 잘 살아? (미남에

게) 그래 니 애비가 널 알아는 보디?

미남 차 타고 가는 걸 나만 봤으니까 아버지야 절 못 봤죠.

옥순 그 인간이 그렇게 생각이 없어요. 그렇게 잘 살면 나

야 그렇다 치고 니들 찾아서 내 그동안 니들 키워 주

지 못해 미안했다. 애비가 그래도 니들 몫으로 이래

이래 가져왔으니 애비를 조금이나마 용서해 다오! 아

그래야 지가 인간이지. 그게 인간이냐! (맥주를 벌컥
벌컥 들이켜다 놓으며) 아니 근데 그 인간이 뭘 해서
그렇게 돈을 벌었데?

신 51. 영수의 집 마루(같은 시간)
영수 내가 제일 후회되는 게 뭔지 아나?
김 영감 첫째 마누라랑 그냥 살았으면 좋았을 것을 하고 후
  회되나?
영수 그것도 후회되지만, 돈 많이 벌었을 때 자식들에게
  못 나눠 준 게 제일 후회돼.
김 영감 그렇게 돈을 많이 벌었었어?
영수 응. 갑부는 아니래도 내 평생 살면서 이럴 때도 있구
  나 싶을 정도로.
김 영감 뭘 해서?
영수 (쓴웃음 지으며) 뭐 간단하지. 셋째 마누라가 수완이
  좋았거든.

신 52. 양품점 안(과거, 오후)
손님이 안 와 영수와 순미는 방에 걸터앉아 있다.

순미 자기 애들이 와 지지고 볶고 하는 바람에 단골도 다
  끊기고 굶어 죽게 생겼잖아!
영수 (가게를 둘러보며) 야! 우리 만두집 하자!
순미 또 그놈의 만두집! 자긴 할 줄 아는 게 만두밖에 없
  어? 생긴 건 영화배우처럼 남자답게 잘생겨 가지고

　　　　　　　얼굴값도 못 하고 왜 그래?
영수　　　　우리 어머니가 가마솥에 쪄 주시던 만두 맛을 못 잊
　　　　　　어서 그러는 거야.
순미　　　　잔말 말고 내 말대로 해! 우리가 살려면 이 가게를
　　　　　　권리금을 받고 넘기는 거야!
영수　　　　애 좀 봐라! 손님 하나 없는데 무슨 권리금을 받아?
순미　　　　동원하면 되지!

(시간 경과)

손님들로 북적이며 정신없이 물건을 파는 순미와 영수. 가게 터
를 보러 온 계약자는 흡족해한다.

(시간 경과)

이삿짐을 싸고 만족해하는 영수와 순미.

순미　　　　이제 시작이야! 이런 식으로 권리금을 받고 가게를
　　　　　　몇 번 옮겨 돈을 번 다음, 땅을 사서 재어 놓고, 집
　　　　　　을 사서 되팔고……

신 53. 분식집(1975년, 낮)
손님들로 북적이는 가게 안. 가게 터를 보러 온 사람은 흡족해한다.

신 54. 한식당(1980년, 오후 4시)
서른 살이 된 순미와 40대 중반이 된 영수는 꽉 찬 손님들 시중

들기에 바쁘고, 이를 보며 계약인은 만족해한다. 계약인과 중개인
과 함께 밖으로 나가는 영수.

신 55. 복덕방 안
영수   지금 손님이 없는 시간인데도 우리 집은 하루 종일
          손님이 빠글빠글해요. 통금만 없으면 24시간 영업을
          하고 싶을 정도라니까요.
계약인   아 예! 사장님 코가 복스럽게 생기셔서 그런가 봐요!

영수, 계약인, 중개인 모두 기분 좋게 웃는다.

중개인   (웃으며 계약서를 내밀며) 자! 여기 도장들 찍으세요!
          사장님은 여기! 새 사장님은 여기!

신 56. 강남의 아파트(1982년, 낮)
영수   구조가 좀 답답하지 않아?
순미   이이 좀 봐! 지금 구조가 문제야! 강남인 게 중요하지!
중개인   역시 우리 사모님은 미인이신데다가 세상 돌아가는
          걸 빨리 읽을 줄 아셔!
          (영수에게) 사장님! 내 뵐 때마다 말씀드리잖아요! 지
          금 아파트를 사 놓으면 앞으로 한 이십 년 넘게 재미
          보실 거라구!
순미   (중개인의 팔을 잡으며) 정말요! 좋은 정보 좀 많이
          주세요! 사장님!
영수   (중개인의 팔짱을 낀 순미를 못마땅하게 쳐다본다.)

순미   (보란 듯이 더 꼭 잡으며) 있죠! 사장님이 저번에 개
          포동 13평짜리 사래서 사 놓은 거요. 그거 팔아서 땅
          으로 살까 하는데
중개인   어유! 그거 팔면 후회해요! 나중에 억대로 오를 테니
          두고 보세요!
순미   그 쬐그만 게요?

신 57. 아파트 복도

중개인   암만 말구 내 말만 잘 들으셔! 그리구 이것도 오늘
          계약하고 가시구! 장관 사모님이 계약하러 온다는
          걸, 벌써 나갔다구 해 났으니까, 오늘 안 하면 내일
          부턴 나도 몰라.
순미   그럼 사장님만 믿고 계약할게요.
영수   (순미를 끌어당기며) 생각 좀 하고 내일 하자!
순미   (영수를 뿌리친다.)

신 58. 영수의 집 마루(현재)

영수   강남에 아파트 두 채 갖고 있고, 90년대 들어선 과천
          하구 평촌에 아파트 사서 몇 번 되팔구, 거기다 그간
          여기저기 사 논 땅값도 엄청 올라 갑부가 부럽지 않
          았지. 그때 자식들에게 죄 나눠 줬어야 했는데……
김 영감   근데 그 많던 재산 다 어떡허다 날렸어?
영수   내 허영심 때문에 다 날렸지 뭐. 돈도 있겠다 이젠
          사장님 소리 들어가며 폼 잡고 살고 싶어지드라구.
          내가 자꾸 사업을 한다니까 내 사업수단을 못 믿겠

다며, 정 그렇게 하고 싶으면 모든 재산을 지 명의로
해 놓고 시작하라라더군.

신 59. 영수의 강남 아파트 거실(2000년)

60대 중반이 된 영수와 50살이 된 순미.

순미는 차를 마시며 신문을 보고 있고, 영수는 순미의 눈치를 보
며 말문을 연다.

영수   여보! 신문 그만 보고 내 말 좀 들어 봐! 일흔 되기
         전에 내가 꼭 해 보고 싶은 사업 딱 한번만 해보자!
순미   또 그놈의 사업 얘기! (신문을 덮으며) 내 앞에서 사
         업의 사 자도 꺼내지 말랬죠!
영수   더 늙기 전에 크게 만두 공장 좀 차려 봤으면 소원이
         없겠다.
순미   (신문을 내던지며) 또 그놈의 만두! 이봐요! IMF 때
         망하는 것 죄 보고두 그런 말이 나와요? 아니 만두
         사업이 구멍가게 만두 하듯 하면 될 줄 아나 봐! 재
         료 공급처 뚫어야지, 종업원들 관리해야지, 영업해야
         지! 당신이 해봤어? 해봤냐구? 그리구 당신이 번 게
         뭐 있다구 사업을 한데?
영수   내가 번 게 없다니?
순미   (벌떡 일어나 서성이며 화를 내며) 내가 이리저리 뛰
         어다니며 정보 얻고 전국을 돌며 투자해서 재산 불
         려 놨지, 당신이 나서서 투자한 게 뭐 있어? 있으면
         말해 봐! 한 거라곤 나 쫓아다니며 말리기나 했지!

그렇게 사업할 생각하지 말고 나처럼 골프나 치러
다니면서 정보 좀 듣고 안전하게 재산 더 불릴 생각
이나 해! 다 늙어 쪽박 차지 말구!

영수   이 여자 말하는 것 좀 봐! 하늘 같은 남편한테!

순미   (작은 소리로 비웃듯) 하늘 같은 남편 좋아하시네!

영수   (자존심 다 버리고 곁에 가 애원하듯) 남자로 태어나
서 해 보고 싶은 거 딱 한번만 해보고 죽자, 응!

순미   정 그렇게 하고 싶으면 만두가게나 하셔! 당신 수준
에 맞게!

영수   뭐야?

순미   (소파에 앉으며) 좋아! 정 그렇게 하겠다면 전 재산
다 내 앞으로 해 놓고 이혼하고 시작해!

영수   (곁에 앉으며) 이혼이라니?

순미   당신 망하면 우리가 같이 사니까 아무리 내 명의로
모두 해 놨어도 와서 난리들 칠 거 아냐? 난 그 꼴
못 봐! 앞날이 창창한 내가 왜 그런 꼴을 보고 살아!

신 60. 영수의 집 마루(현재)

김 영감   그래 이혼까지 했어?

영수   응. 난 위장이혼이라 생각했는데, 그 여운 다 생각이
있어 그런 거였더군. 나중에 알고 보니까 여고 때 좋
아하던 미술선생하고 다시 만난 거였어.

신 61. 강남 아파트 문 앞(1년 뒤, 밤)

영수   (E) 사업 한다구 지방에 내려가 거의 살다시피 하다

1년 만에 쫄딱 망하고 올라오니까 기가 막히더군!
(완전히 초췌해진 모습으로 문을 열려 하나 열쇠가
안 맞자 초인종을 누르며) 여보! 나야! 문 좀 열어
봐! (문은 두드리며) 여보!

여자   (문도 열지 않은 채 신경질적으로) (E) 누구세요?

영수   이 사람아! 누구긴! 당신 남편이지! 어서 문 열어!

여자   (화를 내며) (E) 누굴 찾으시는데요?

영수   이 사람이!

여자   (문을 열며) 아저씨! 우리 이사 온 지 한 달 됐거든
요. 호수를 잘못 찾으신 거 아니에요?

영수   (호수를 보며) 801호 우리 집 맞는데! 여기 6동 맞죠?

여자   예. 6동 801호. 여기 먼저 살던 아줌만 남편이 유명
한 화가라던데…… 여고 때 만나 열심히 내조해서
성공시켰다고 자랑을 늘어놓던데요. 아저씨 혹시 저
옆 홍실 아파트 사시는 거 아니에요?

영수   (정신이 나간 듯) 아 예.

여자   (문을 닫는다.)

영수   화가! (열쇠를 떨어뜨린다.)

신 62. 길거리(그날 밤)
소주를 마시며 휘청거리는 영수.

신 63. 서울의 한 골방(한 달 후, 오후)
방 안에는 소주병들이 너저분하게 널려 있고, 한쪽에서 술병을
든 채 잠든 영수.

(시간 경과)

빚쟁이들에게 두들겨 맞는 영수

신 64. 길거리(몇 개월 후, 밤)
거지꼴이 된 채 휘청거리며 소주병을 들고 술주정하는 영수. 피
하는 사람들.

영수   다 나와 보라 그래! 대한민국에서 나보다 더 못난 늙
             은이 있으면 다 나와! 다 나와 보라구! 다! (갑자기
             굉음과 함께 발작을 일으키며 쓰러진다.)

신 65. 병원 앞
응급차에서 실려 내려지는 영수.

신 66. 물리치료실(몇 달 후, 낮)
반신불구가 된 채 처량하게 물리치료를 받고 있는 영수.

신 67. 병실 안
자원봉사자가 떠 주는 밥을 흘리며 먹는 영수. 닦아 주는 봉사자.

봉사자   (다시 밥을 떠서 먹여 주며) 할아버지! 가족 없으세
             요? 기억을 잘 더듬어 보세요. 기억나는 전화번호나
             이름이 없나? 퇴원하셔도 가족이 있어야 수발을 들어
             드리잖아요!

영수   (한쪽 손으로 밥상을 밀어치는 영수)

신 68. 서울거리(밤)
소주병을 든 채 반신불구로 지척이며 휘청거리며 걷는 영수.

신 69. 거리(아침)
쓰러져 자는 영수

신 70. 경기도 마을 길(비 오는 저녁)
소주를 마시며 걷는 영수

(시간 경과)

쓰러지는 영수

(시간 경과)

쓰러진 영수를 발견하는 김 영감

신 71. 영수의 집 마루(현재)
영수   다 죄받은 거지 뭐. (눈물을 글썽이며) 나 호강할 때
                우리 애들은 힘들고 서럽게 살았을 텐데, 그때 죄 찾
                아서 나눠 줄걸…… 불쌍한 내 새끼들…….
꽃분댁   (E) 장군 아버지! 뭐 좀 드셨어?
김 영감   입이 써서 못 먹겠데.
꽃분댁   아이구 억지로라도 먹어야 하는데…… 아 진철이네

서 빨리들 오라는데.

(영수를 보고 춤을 추며)) 영감! 이판사판 가서 죄 잊고 놀자! 실컷 놀다가나 죽게!

영수   난 들어가 누울 테니까, 우리 애들 먹을 거나 많이 좀 싸 가지고 와서 줘! 지금 잠들면 못 일어날 것 같아서 그래. 우리 아들놈들은 고기를 좋아하구, 우리 공주님들은 생선을 좋아하니까, 좀 많이들 챙겨 와서 먹이라구!

꽃분댁   (안색을 살피며) 어이구 내 암만 해도 곁에 있어야 하겠구만.

영수   (화를 내며) 여러 말 시키지 말고 어이 가 놀아!

김 영감   (일어나 꽃분댁을 끌며) 귀찮다잖어. (영수에게) 어이 들어가 한숨 자고 있어! 강아지 걱정은 말고! (꽃분댁을 재촉하며) 어이 가!

꽃분댁   (웃으며) 우리 영감이 아직 기운이 있구만! (나가며) 그랴 어이 가서 신나게 놀아 봅시다!

신 72. 영수의 집(그날 밤)

앓으면서 자는 영수.

검은 옷을 모두 입고 죽은 영수의 시체 앞에서 영수를 비웃는 가족들 꿈을 꾸며 흑흑거리다 숨 막혀 하다 식은땀을 흘리며 자는 영수

신 73. 마당

흉하게 우는 강아지들

신 74. 마당(다음 날 아침)

쟁반에 죽과 반찬들을 들고 들어오며 쟁반을 마루에다 살살 놓고 강아지들에게 가는 꽃분댁.

꽃분댁　　　(작은 소리로) 어이 니들 아버지 일어 나셨냐? (흉하게 짖는 강아지들에게) 쉿! 이 녀석들아! 애비 깰랴! (다시 흉하게 짖는 강아지들에게) 아니 이 녀석들이 아침부터 흉하게 울어 싸! (땅을 보며 자신도 모르게 큰 소리로) 에그머니! 왜 땅 구멍을 다섯 개나 파 놨어! (몽둥이를 찾으러 돌아다니며) 안 되겠구만! 이놈들 맴매 좀 해야지! 너무 으 하며 키우니까 별 흉한 짓을 다 해놓네! (빨래 방망이를 찾아 강아지들에게 가려 한다.)

(E)　　　　영수의 방문 열고 나오는 소리

영수　　　　(E) (기운 없는 소리로) 아침부터 웬 난리야?
　　　　　　(강아지들을 때리려는 꽃분댁을 보고 놀라, 신도 신지 않고 지척이며 달려오며) 저 할망구가 노망이 들었나! 그 방망이 어이 못 내려놔!

꽃분댁　　　(방망이로 땅 구멍을 가리키며) 아이 요놈들이 마당에 죄 구멍들을 파 놨잖어. 다신 이런 짓 못 하게 혼구멍을 내야 해!

영수　　　　(방망이를 뺏으며) 이 할망구가 미쳤나! 남의 귀한 자식들을 패려 들게!

꽃분댁　　　계모래서 그래, 왜! (개들을 구석으로 몰며) 이런 놈들은 죄 꽁꽁 묶어 놔야 돼! (개들이 짖으며 달려들

듯 으르렁거리자, 영수의 뒤에 숨으며) 에그머니! 조
쬐끄만 것들이 성깔 있네! 지 에미들을 닮았나 뵈,
지 애비 닮았으면 한량일 텐데…….

영수   (꽃분댁을 뿌리치며) 이 할망구가 왜 이렇게 찰싹 달
라붙어 엄살이야!
어이 저리 못 비켜!

꽃분댁   (떨어져 나오며 개들이 안 듣게 소곤거리며) 저 녀석
들이 집을 나가려나베. 작년 가을 영희네 개 새끼도
구멍을 파놓더니만, 어느 날 온데간데없이 사라졌데
잖어. 어이 꽁꽁 묶어 놔! 낭중에 후회하지 말구. 개
줄 없으면 내 갖다 줄게! 우리 집에 많어.

영수   이 할망구가! 애들이 장난 한 번 친 것 같구 웬 생난
리야!

꽃분댁   (마루를 가리키며) 내 죽 쒀다 놨으니까 드시구 계셔!
(집에 얼른 갔다 올 듯 나서며) 내 어이 가서 개 줄
찾아올 테니께.

영수   그놈의 개 줄 소리 하지 말라니까! 어이 가서 꽃분이
나 도망 안 가게 묶어 놓고, 다신 오지 마! (혼잣소리
로) 못된 할망구 같으니!

꽃분댁   (나가며) 어이 식기 전에 죽이나 드시구 계셔! 영감이
성질은 아직 살아개지구…….

영수   (강아지들이 파 놓은 구멍들을 보며 꿈을 회상하다가
심란한 듯 하늘을 본다.)

신 75. 마루

마루에 앉아 따끈한 죽 그릇과 반찬들을 보며 갑자기 눈물을 글썽이는 영수. 죽 그릇을 들고 한 입 넣고는 엉엉 울며 죽을 먹는 영수.

신 76. 마당(다음 날 아침)

꽃분댁   (어제처럼 쟁반에 죽과 음식을 들고 들어오며 개집으로 가) 애들아! 니들 애비 일어났냐? (개집으로 다가가며) 이 녀석들이 지 애빌 닮아 가나! 아직도 꿈나라야! (개집 안을 살피고) 어메! 진짜 집을 나갔나 뵈! (얼른 쟁반을 마루에다 놓고, 집 안을 돌며) 장군아! 대장아! 또 뭣이여? 어이구 헷갈려…… 애들아! 멍멍아! 어디들 숨었냐?

영수   (E) (방문을 가까스로 열며) (E) 왜 또 소란이야?

신 77. 마루

꽃분댁   (얼른 와 마루에 걸터앉으며) 아 이 녀석들이 숨바꼭질을 하나 베! 다들 숨어서 안 나오네!

영수   (마루로 기운 없이 나오며) 뭐야! 우리 애들! 우리 애들 잃어버리면 안 돼! 그 불쌍한 것들! (신을 신으려 하며) 어디 멀리는 안 갔을 거야.

꽃분댁   (일어나 영수의 안색을 보며) 아이구! 지금 강아지가 문제가 아니여! 영감부터 병원에 가야 쓰겄구만!

영수   (신을 신고 일어나려다 주저앉으며) 할멈! 나 좀 부축해 줘! 우리 애들 같이 좀 찾자구!

꽃분댁   (부축해 일으키며) 병원부터 갔다가, 저녁때까지 안
            오면 그때 찾아 나서자구! 어디 놀러 나간 걸거여!

신 78. 마을 거리들(낮)
정신이 반쯤 나간 영수와 꽃분네 할멈과 김 영감이 강아지 이름
들을 부르며 찾아다닌다.

영수   (울먹이며 진짜 자식들에게 말하듯) 이놈들아! 애비가
            니들 속 태웠다고 꼭 이리 해야겠냐? 이놈들아!

신 79. 영수의 집 마당(밤)
김 영감의 부축을 받으며 들어오는 영수. 마루에 걸터앉는 두 사
람. 개집으로 가 강아지들이 있나 확인하는 꽃분네 할멈.

꽃분댁   이놈들이 진짜 나갔네! 어이구! 저 영감 아무래도 죽
            겠네! 아이구! 이를 어쨔!
영수   우리 애들! 우리 애들!
김 영감   (꽃분네 할멈에게) 있어?
꽃분댁   (머리를 흔든다.)

신 80. 마루
꽃분댁   (마루에 올라앉아 영수를 끌어 올리려 하며) 영감! 오
            늘은 아무 생각 말고 푹 주무슈! 내 장담하는데 내일
            그 녀석들이 죄 와 있을 테니께 아무 걱정 말구 어이
            들어가 푹 주무셔 응! 어이!

김 영감   (신을 벗고 마루로 올라가 영수를 부축하며) 그래 어
           이 들어가자구! 우리 둘이 곁에 있다가, 그 녀석들
           들어오면 깨워 줄 테니까 자넨 아무 걱정 말구 푹 자!

꽃분네 할멈은 얼른 방문을 열어 주고, 김 영감은 울먹이는 영수
를 부축하며 방으로 들어가고, 할멈도 따라 들어간다.

신 81. 영수의 집 마당(다음 날 아침)

꽃분댁   (개집 안을 살피고는 땅바닥에 주저앉으며) 이놈들이
           아직도 안 왔네! 왜 지 애비 속을 태워! 지들에게 얼
           마나 잘 해줬는데…….

신 82. 마루

영수   (김 영감의 부축을 받으며 마루로 나오며) 우리 애들
           은? 할멈! 우리 애들 들어왔어?
꽃분댁   (영수에게로 와 달래듯) 영감! 아무 걱정 마! 오늘 이
           장한테 방송하라 해서 죄 나와 샅샅이 뒤지면 금세
           찾을 거니께!
김 영감   그럼 그럼! 그러니까 자넨 들어가 누워 있어!
영수   (신을 신으며) 안 돼! 그놈들 냄새며 숨소리며 내가
           잘 알지! 자식이 나갔는데 애비가 안 찾으면 누가 찾
           아! (일어나서) 어이 좀 부축혀 줘!
꽃분댁   하튼 저 영감 고집은 알아줘야 돼.

신 83. 마을(낮)

강아지들의 이름을 부르며 이곳저곳서 강아지들을 찾는 마을사
람들.

신 84. 마을 뒷산(어스름한 저녁)

온 마을사람들이 전등을 들고 산속을 헤매며 강아지 이름들을
부르며 찾아다닌다. 갑자기 비가 쏟아지며 천둥, 번개가 친다.

이장   (확성기를 들고) 자! 내일 다시 모여 찾기로 하고 오
            늘은 이만 내려갑시다! (영수에게) 영감님! 오늘은 날
            도 어두웠고, 비가 너무 오니까 그만 내려가고, 내일
            다시 찾죠!

영수   아냐! 난 좀 더 찾아보구 갈 테니까 어이들 내려가!
            수고들 많았어! 고마워!

꽃분댁   이 영감이! 고집 부릴 걸 부려야지! 개 새끼들 찾다
            진짜 자식들 얼굴도 못 보고 죽으면 누가 상 줘? (건
            장한 청년들을 보며) 어이 광호하구 광철이! 니들이
            이 영감 바짝 들어서 내려가라!

두 청년   예!

영수   (목이 메어 울먹거리며) 난 우리 애들 찾을 때까지
            안 내려가! 우리 새끼들이 비 오고 천둥, 번개 치는
            데 얼마나 춥고 배고플 거야! 얼마나 무서울 거야!
            난 안 내려가! 우리 새끼들 절대 안 버려! (천둥, 번
            개소리와 함께 갑자기 비명소리를 내며 쓰러져 발작
            을 한다.)

마을사람들 몰려온다.

김 영감   (영수의 뺨을 치며) 이봐! 정신 차려!
꽃분댁   (땅바닥에 주저앉아 엉엉 울며) 아이구! 영감! 가면
         안 돼야! 안 돼야!
이장   (침착하게 영수를 반듯하게 눕히고, 옷을 풀어 주면
         서) 빨리 119에 신고해! 빨리!

신 85. 중환자실 안(다음 날)
혼수상태로 누워 있는 영수

신 86. 중환자실 밖
의사와 얘기를 나누는 김 영감과 꽃분네 할멈

김 영감   (절망적으로) 진짜 가망이 없어요?
의사   너무 늦게 오셨어요. 가족들 친지들 모두 부르세요!
         혹 저러시다 잠깐 정신이 들었다 사망하시는 분도
         계시니까, 유언이라도 남기실 수 있을지 모르거든요.
         (의사는 황급히 간다.)
꽃분댁   (곡을 하듯 울며) 아이구! 우리 영감 불쌍혀서 어쩌
         나! 자식들 얼굴도 못 보구 저리 그냥 가면 어떡혀!
간호사   김영수 씨 보호자분!
두 노인   예!
간호사   어서 들어와 보세요!

신 87. 중환자실

꽃분댁과 영감은 영수가 손을 움직이는 것을 보며 희망을 갖는
다. 서서히 영수가 눈을 뜨더니 뭐라고 중얼거린다. 꽃분네 할멈이
귀 기울여 들으려 하나 알아들을 수가 없다.

꽃분댁   난 잘 못 알아듣겄어. 뭐라나 어이 들어봐!
김 영감   (귀 기울여 영수의 유언을 들으며) 응! ……그래. 알
           았어! 걱정 마! 내 꼭 그리 할게!

김 영감은 눈물을 흘리며 꽃분 할멈의 손을 가져와 영수의 손을
잡게 하고 자신도 영수의 손을 잡는다. 영수가 숨을 거두자 흑흑거
리며 눈물을 흘린다.

꽃분댁   (눈물을 펑펑 쏟으며 곡을 하듯) 어메! 우리 영감! 이
           리 가면 난 어찌 살라구! 안 돼야! 자식들 다 보구
           가야지! 이 착하디착한 영감아!
간호사   (얼른 뛰어와서) 할머니! 여기서 이러시면 안 돼요!
꽃분댁   아이구! 영감이 죽었는디 소리 내서 울지도 못한단 말
           이여! (더 크게) 어이구! 우리 영감 불쌍한 우리 영감!

신 88. 옥순네 거실(한 달 뒤, 저녁)
TV를 보며 차를 마시는 옥순과 장군

옥순   애비 놈들은 독종들이야.
장군   왜요?

옥순   에미들은 자식을 버렸어도 사과하러 나오는데, 애비
        들은 어디 나오디? 니 애비가 혹시 나오나 해서 암만
        봐도 그 못된 인간이 안 나와!
장군   아 지 배부르면 남 배고픈 심정을 모른다고, 잘 사는
        데 자식들 생각이 나겠어요? 났으면 벌써 우릴 찾았죠.
옥순   그래 말이다. 그러니까 더 괘씸하지!

<인서트 — TV화면>
사회자   오늘은 특별히 사연 하나를 전해 드리면서 이 프로
        를 마칠까 합니다.
(TV화면에서 다시 TV모니터 화면으로 들어가는)
< 인서트 — TV화면>
김 영감   (영수네 마당에서 김영수의 사진을 들고 또박또박 천
        천히) 저는 이 김영수 씨하구 한마을에 사는 사람입
        니다. 김영수 씨는 돌아가시면서 제게 유언을 남기시
        길 딸 김미자, 아들 김장군, 김대장, 김미남, 그리구
        막내딸 김미애를 찾아 꼭 애비의 마음을 전해 달라
        구 유언하셨습니다. (더러워지고 초췌해진 강아지들
        이 김 영감의 주위를 맴돈다.)
옥순   (E) (울며)   니 애비다! 니 애비가 죽었어. (계속 운다.)
장군   (E) 조용히 좀 해 보세요!
김 영감   자식들을 돌보지 못해 정말 미안하다면서 애비가 잘
        못했다고 꼭 전해 달라 하셨습니다. 김영수 씨의 딸
        김미자. 아들, 김장군, 김대장, 김미남, 막내 김미애
        씨는 그간 (강아지들을 가리키며) 이 강아지들을 자

식처럼 사랑하며 자식들에게 용서를 빌려 애쓰며 산
아버지의 사연을 들으러 꼭 한번 오세요!

사회자   사연을 들으신 분들 중에 김영수 씨의 자제분이나
그분들을 아시는 분들은 방송국으로 연락을 주시면
저희가 주소를 알려 드리겠습니다.
앞으로 아버님들이 자제분들을 찾는 사연들이 많아
지길 바라며. 다음 시간에 뵙겠습니다.

장군   (TV를 끄며) 돌아가셨네!
옥순   (엉엉 울며) 잘 산다더니 고생고생하다 간 거 아냐! 죽
기 전에 찾지 죽고 나서 찾으면 어쩌라구! 어쩌라구!
장군   (옥순의 어깨를 감싸며 위로한다.)

신 89. 영수의 집 마당(며칠 뒤 오후)
김 영감   (장군이를 보고) 와 정말 아버지랑 꼭 닮았네! 제주도
에 갔다 놔도 찾겠어!
장군   (웃는다.)
김 영감   이 쓰러져 가는 집에서 혼자 정말 외롭게 살다 갔지.
그저 지 몸은 돌보지 않고 강아지들을 자식마냥 끔
찍이도 챙기면서 자네들 생각만 하다 갔지. 어째 산
소에 한번 가 보겠나?
장군   예. 가 봬야죠!

신 90. 산소

초췌해지고 더러워진 강아지 다섯이 산소 주위에서 뛰어놀고 있다. 김 영감과 장군이 올라가자, 장군에게로 와 모두 꼬리치며 좋아한다.

김 영감   조놈들 봐라! 난 본 체도 안 하네! 이 녀석들이 지
          애비 살았을 땐 통통하니 부잣집 개들 부러울 게 없
          었지. 지 애비가 죽고 나니까, 애비 없는 자식 꼴이
          돼 가지고, 우리가 아무리 챙겨 줘도 안 먹고, 데려
          다 키우려 해도 쏴 돌아다니기만 하고, 여기 와 이리
          놀기만 하니, 저것들도 저러다 죽을까 봐 걱정이야.
장군   (가져온 술을 올리고 절을 한 후) 양지바르고 좋네요.
김 영감   아 글쎄 저 녀석들이 지 애비 죽기 전에 집을 나갔는
          데, 여기서들 놀고 있었데잖나. 그래 여기다 산소를
          마련한 거야.
장군   아, 예. 장군이가 어떤 놈이에요?
김 영감   아 난 암만 봐도 헷갈려. (강아지들을 살피며) 어디
          보자! 이놈이 장군인가? 아냐 대장이 같네…… (일어
          서며) 아이구 난 암만 봐도 모르겠다.
          이놈들 이름은 꽃분이네 할멈이 더 잘 아니까 내려
          가 알아보자구!

신 91. 영수의 집 앞(저녁)

장군은 강아지들을 모두 뒷좌석에 태우고 문을 닫는다. 꽃분네 할머니와 김 영감이 서운한 표정으로 서 있다.

김 영감   자네 것만 가져가지! 다섯 다 키우기엔 힘들 텐데.

장군   다 자기 것 하나씩 맡으면 돼요. 이번 기회에 미자 누님도 찾아뵙고…… 다 한 가족인데 오순도순 지내야죠.

꽃분댁   아이구! 마음 씀씀이도 아버지를 닮아 시원시원허구면. (장군의 등을 두드리며) 아버지 너무 미워 말어! 생각이 모자라서 실수를 많이 혔지만, 악인은 아녀! 얼매나 쟤들에게 지극정성이었는지 몰러. 그게 다 자네들 위하는 맴 아니었겠어!

장군   (웃으며 꽃분댁과 김 영감의 손을 잡으며) 그동안 저희 아버지 챙겨 주셔서 고맙습니다. 식구들 데리고 한번 놀러 올게요. 건강들 하세요.

두 노인   그래! 그래!

김 영감   꼭 한번 놀러 와!

장군   예! (차에 올라탄다.)

차가 마을에서 사라질 때까지 쳐다보는 두 노인

할멈   (눈물을 닦으며) 저놈들까지 떠나니 가슴이 휑허네…….

김 영감   그러게 말야.

신 92. 도로(저녁)

달리는 장군의 차

신 93. 장군의 차 안

장군의 핸드폰이 울린다.

장군   여보세요! 여보세요! (말이 없자, 화내듯) 여보세요!
               (그래도 말이 없자 끊는다.)

잠시 후 다시 울리는 전화

장군   여보세요! 여보세요! 전화하셨으면 말씀을 하셔야죠!

전처   (F) 예쁜이 아빠! 나야!

장군   (말이 없다.)

전처   (F) (울먹이며) 내일 우리 예쁜이 생일이잖아! 내 손
               으로 미역국이라도 끓여 주게 좀 해 줘!

장군   (머뭇거리다) 지금은 안 돼! 니가 미용 공부하러 외국
               에 가 있다고 해놨는데, 갑자기 나타나면, 그다음엔
               어떻게 감당을 하냐? 연구를 좀 해 보자구! 애 상처
               안 받는 방법이 뭔지…….

전처   그럼 이번엔 선물만이라도 외국서 부친 것처럼 해서
               주면 안 될까?

장군   가만 있어 봐! 어떻게 해야 되나…… (생각하다) 그
               럼 내일 일찍 가게로 갖고 와! 내가 전해 줄 테니까.

전처   (너무 좋아하며) 예쁜이 아빠! 고마워! (다시 울먹이
               며) 미안해! 정말 좋은 엄마가 되고 싶었는데…… 나
               도 모르게 이렇게 돼 버렸어.

장군   야! 너 하나만 약속해라!

전처	응. 뭐든 다 약속할게, 뭔데?
장군	너 우리 예쁜이한텐 진짜 좋은 엄마가 돼야 된다! 애 다 자랄 때까진 애한테 맞춰서 엄마 노릇 잘 하란 말이야! 니 기분 내키는 대로 하지 말고!
전처	응. 노력할게! 내 정말 잘하고 싶은데 어떻게 해야 우리 예쁜이가 상처를 덜 받나 그걸 잘 모르겠어.
장군	그러니까 우리 언제 한번 만나서 의논해 보자구! 내 니 얼굴 보면 치가 떨리지만, 우리 예쁜이가 우선이니까.
전처	있지! 우리 엄마, 예쁜이 보고 싶어서 병나셨어.
장군	그분이 무슨 죄냐! 손녀딸도 맘대로 못 보구. 이제부터 예쁜이를 위하는 길을 잘 생각해 보자구! 외가 식구들도 다 만나면서 자라게 해야지!
전처	정말? (울먹이며) 예쁜이 아빠! 고마워!
장군	나 운전 중이니까 끊자!
전처	(급하게) 예쁜이 아빠! 나 하나 물어봐도 돼?
장군	뭔데?
전처	왜 갑자기 생각이 바뀌었어?
장군	(머뭇거리다) 야! 세월은 어김없이 흐르더라…… 세월 다 간 후에 후회하지 말구, 우리 잘 하자구! (갑자기 쌀쌀하게) 끊어! (전화를 끊으며) 에이! 헷갈려! 갑자기 내가 왜 이러나?

신 94. 건널목

정차된 차들

신 95. 차 안

장군은 정차된 차 안에서 뒷좌석에서 쪼르르륵 잠들어 있는 강아지들을 웃으며 지켜보다, 앞좌석에 놓인 담여를 덮어 주고는, 흐뭇하게 바라본다. 신호가 바뀌자 미소를 지으며 다시 운전을 한다.

신 96. 찻길

달리는 장군의 차 뒷모습과 함께 크레딧이 올라간다.

세월

등장인물

삐에로   인간에게 주어진 시간을 주는 이의 상징

어린아이   유치원생. 시간을 쓰는 인간의 상징

합창단   영화가 시작해서 끝날 때까지 시계소리를 같은
                속도로 아카펠라 식으로 내며, 분위기에 따라 소
                리의 크기나 소리의 분위기를 변화시키며 낸다.
                또한 그들의 넥타이 무늬로 각각의 이야기 의미
                를 표현해 준다.

초등생   초등학교 1학년 남자 어린이

엄마   초등생의 엄마

솜사탕 아가씨   사랑의 상징인 솜사탕을 만드는 아가씨

아가   3살 정도의 어린아이

그 외 초등생 형아들, 공원 내 사람들

신 1. 공원(한낮)

　새소리들이 들리면서 화면이 밝아지면 서서히 공원의 전경이 펼쳐진다. 화창하고 평화로운 하늘 아래 평화로이 일상을 즐기는 사람들과 뛰어노는 어린아이들의 소리들과 모습들이 즐겁고 평온하다. 서서히 화면이 어두워진다.

신 2. 공원(오전)

　화창한 파란 하늘 아래 합창단은 녹색 새싹 무늬 넥타이를 매고 쨍각쨍각 시간 가는 소리를 아카펠라 식으로 노래한다. 삐에로는 아동 복장과 분장을 하고 열심히 풍선을 만들고 있다. 어린아이는 쪼그리고 앉아 삐에로가 풍선을 만드는 것을 신기한 듯 바라보고 있다. 삐에로는 웃으며 어린아이에게 와 풍선을 손에 꼬옥 쥐어 준다. 어린아이는 방긋 웃으며 손에 쥔 풍선을 본다.

신 3. 공원 안 놀이터(오전)

　어린아이는 한 손에 풍선을 쥔 채 색색깔의 구슬을 가지고 놀이를 한다. 구슬 놀이에 정신이 팔려 그만 풍선을 놓친다. 놀란 어린아이는 날아가는 풍선을 본다. 하늘 속으로 점점 조그맣게 사라져 가는 풍선을 본다.

　하늘 속으로 완전히 사라져 가는 풍선을 본다. 으앙…… 어린아이는 울음을 터뜨린다.

  합창단은 ㄱ, ㄴ, ㄷ, ㄹ, ㅁ, ㅂ, ㅅ, ㅇ 등이 쓰인 넥타이를 매고 시간 가는 소리를 아카펠라 식으로 노래한다. 초등생 복장을 한 삐에로가 울고 있는 어린아이에게 풍선을 쥐어 주고 간다. 어린아이는 울음을 그치고 방긋 웃는다.

  어린아이는 풍선을 꼬옥 쥐고 초등생 형아 곁으로 가 쪼그리고 앉는다. 형아는 모래 위에 글자들을 쓰며 한 글자 쓰고 어린아이를 바라보고 으스대듯 읽고, 또 한 글자 쓰고 어린아이를 바라보며 읽으며 쓴다.

  초등생 가, 나, 다, 라, 마, 바, 사
          (더 크게) 1＋1＝2, 1＋2＝3, (하늘을 한 번 쳐다보고
          으스대듯) 9＋8＝16
  엄마   (웃으며 보고 있다 갑자기 아들의 머리에 알밤을 준다.)
  초등생   아야!
  엄마   (고함치듯 큰 소리로)) 틀렸잖아! 다시 해!

  어린아이는 초등생 엄마의 고함소리에 놀라 그만 풍선을 놓쳐 버린다. 어린아이는 날아가는 풍선을 바라본다. 하늘 속으로 사라지는 풍선을 보고 울음을 터트린다. 으앙……

  신 4. 공원의 다른 장소(정오)
  합창단은 하트 무늬가 그려진 분홍색 넥타이를 매고 시간 가는 소리를 아카펠라 식으로 노래한다. 삐에로는 멋진 청년 복장과 분장을 하고 와 우는 어린아이의 손에 풍선을 쥐어 준다. 어린아이는

울음을 멈추고 함박 웃는다. 너무나 좋아 뛰어가다 솜사탕을 만들고 있는 솜사탕 아가씨 옆에 멈춰 선다.

어린아이는 솜사탕 아가씨가 색색가지 솜사탕을 만드는 것을 넋을 놓고 본다. 아가씨는 어린아이에게 풍선만큼 큰 핑크빛 솜사탕을 쥐어 준다. 어린아이는 세상에서 처음 맛보는 솜사탕이 너무 맛있어 순식간에 솜사탕을 먹는다. 솜사탕 아가씨는 미소 지으며 이번에는 보라색 솜사탕을 손에 쥐어 준다. 어린아이는 방긋 웃으며 보라색 솜사탕을 한 입 먹는다. 보라색 솜사탕을 손에 쥔 채 색색가지 솜사탕을 모두 먹어 보려 솜사탕 아가씨에게 다가간다. 솜사탕 아가씨가 빨간색 솜사탕을 주려 하자 그 솜사탕을 받으려 풍선을 또 날려 보낸다. 날아가는 풍선도 잊은 채 빨간색 솜사탕을 쥐고는 한 입 물다 하늘 속으로 사라져 가는 풍선을 쳐다본다. 멍한 눈으로 쳐다보다 눈에 눈물이 고인다.

신 5. 공원의 다른 장소(오후 2시)

합창단은 마라톤 선수가 달리는 그림이 그려진 넥타이를 매고 시간 가는 소리를 아카펠라 식으로 부른다. 어린아이는 초등생 형아들이 달리기 시합을 하는 것을 쳐다본다. 삐에로는 회사원 복장과 분장을 하고 와 어린아이의 손에 풍선을 쥐어 주고 간다. 어린아이는 방긋 웃으며 풍선을 꼬옥 쥔다. 목표 깃발을 향해 달리는 형아들을 응원하는 소리에 어린아이는 자신도 모르게 형아들처럼 달린다. 달리다 그만 넘어져 풍선을 또 날린다. 어린아이는 넘어진 채 울먹이며 날아가는 풍선을 본다. 이내 울음을 터트린다. 으앙……

신 6. 공원의 다른 장소(오후 4시)

합창단은 화폐가 그려진 넥타이를 매고 시간 가는 소리를 아카펠라 식으로 부른다. 삐에로는 중년의 사업가 복장과 분장을 하고 어린아이에게 풍선을 쥐어 주고 간다. 어린아이는 방긋 웃으며 풍선을 꼬옥 쥔다. 어린아이는 한 손에는 풍손을 쥐고, 다른 한 손으로는 모래로 집을 짓는다. 옆의 초등생 형아들을 본다. 한 형아가 모래로 집을 짓는다. 옆의 형아는 더 큰 집을 짓고 으스댄다. 또 다른 형아는 더욱더 큰 집을 짓고 뽐낸다. 갑자기 더 큰 형아가 포클레인 장난감을 가지고 와 모두 부숴 버린다. 형아들이 싸운다. 어린아이는 형아들 틈에 끼어 있다가 밀려 그만 넘어져 풍선을 놓친다. 어린아이는 넘어져서 아파 울고 날아가는 풍선을 보고 팔을 뻗으며 더 크게 운다. 으앙……

신 7. 공원의 다른 장소(저녁 해 질 무렵)

합창단은 유모차를 끄는 할머니가 그려진 넥타이를 매고 시간 가는 소리를 아카펠라 식으로 노래를 한다. 삐에로는 노인 복장과 분장을 하고 유모차에 여러 개의 풍선을 묶은 채 마지막 기운을 다해 유모차를 끌며 온다. 어린아이에게 다가와 어린아이 양 볼에 뽀뽀를 하자 어린아이는 이내 닦아 버린다. 그래도 사랑스러워 머리를 쓰다듬고는 유모차에 묶어 놓은 풍선들을 풀어 어린아이에게 꼬옥 쥐어 주고 간다. 어린아이는 한꺼번에 많은 풍선을 보며 너무 좋아 함박 웃는다. 어린아이는 한 손에 여러 개의 풍선을 쥐고 벤치에 앉아 다리를 흔들며 쉬고 있다. 한 손에 과자를 쥐고 한 아가가 엄마를 부르며 운다. 어린아이는 아가를 달래려 풍선을 한 개 준다. 아가는 금세 울음을 그치고 웃는다.

어린아이는 여러 개의 풍선을 쥔 채 다시 벤치에 앉아 다리를 흔들며 쉬고 있다. 아가가 과자를 먹다 땅에 떨어뜨려 다시 운다. 아가는 과자를 집으려다 풍선을 날려 보낸다. 아가는 더 크게 운다. 어린아이는 아가를 달래려 땅에 떨어진 과자를 주워 후후 불며 과자에 묻은 흙을 털고 아가에게 준다. 아가는 과자를 던져 버리며 운다. 어린아이는 아가를 달래려 풍선을 준다. 한 개를 주자 아가는 또 달라 한다. 어린아이는 풍선 한 개를 더 준다. 어린아이는 여러 개의 풍선을 손에 쥔 채 다시 벤치에 앉아 다리를 흔들며 쉬고 있다. 풍선을 양손에 쥔 아가는 양쪽 풍선을 번갈아 바라본다. 너무 좋아 양손의 풍선을 바라보며 걷다 넘어진다. 아가의 풍선들이 날아간다. 아가는 넘어진 채 날아가는 풍선들을 보며 운다. 어린아이는 아가를 일으켜 세우려 달려온다. 어린아이는 아가를 두 손으로 일으켜 세우려 한다. 그만 쥐고 있던 여러 개의 풍선들이 모두 날아가 버린다. 어린아이와 아가는 한꺼번에 날아가 버리는 풍선들을 입을 벌린 채 멍하니 바라본다. 까맣게 사라져 가는 풍선을 바라보며 어린아이와 아가는 울먹인다.

신 8. 텅 빈 공원 한쪽 구석(밤)

합창단은 흰 넥타이를 매고 시간 가는 소리를 아카펠라 식으로 노래한다. 노인 복장의 삐에로는 매우 노쇠한 모습으로 풍선 만드는 기구를 담은 리어카를 간신히 끌며 마지막 남은 풍선을 한 손에 쥔 채 텅 빈 공원을 걸어간다.

합창단은 점점 멀어져 가는 삐에로를 보며 시간 가는 소리를 아카펠라 식으로 노래한다.

신 9. 텅 빈 공원 중앙(자정에 가까운 밤)

밝은 달빛이 텅 빈 공원을 비춘다.

어디에선가 들리는 합창단의 쨱각쨱각 노랫소리만이 들려온다.

자정이 되자 검정 넥타이를 맨 합창단의 쨱각쨱각 노랫소리는 쨱에서 멈춘다. 하늘로 삐에로의 마지막 풍선이 날아간다.

풍선은 달빛 사이로 사라져 달 속으로 들어간다.

정적이 흐른다.

신 10. 공원(한낮)

하늘은 다시 화창한 평화로운 하늘.

공원에는 뛰어노는 아이들 소리와 모습들, 평화로이 일상을 즐기는 사람들의 풍경이 즐겁고 평온하다.

어느 효자의 즐거운 새벽

등장인물

김효동   47세. 외모는 나이보다 더 들어 보이나 효심이 깊은
국문과 교수

어머니   70세. 김효동의 어머니. 불심이 깊고, 김효동을 홀로
키워 아들에 대한 애착이 강함

이모   김효동의 이모. 50대 후반의 평범한 전업주부

한백합   34세. 백합 같은 청순한 외모와 착한 성품을 지닌 유
치원 교사

할머니   70대 후반의 약간 치매기가 있는 한백합의 외할머니

김 여사   한백합의 어머니. 50대 후반의 서글서글한 성격의 전
업주부

신 1. 김효동의 아파트 현관문 앞(한겨울의 어느 날 낮)
이모   (초인종을 울리며) 언니 나야.
어머니   빨리 왔네. (문을 열며) 춥지?

신 2. 현관 내부
이모   응. (걸어 들어가며) 언니 나 커피!
어머니   (따라 들어가며) 그래.

신 3. 거실
어머니   (커피 잔을 내려놓으며) 그래 좀 알아봤어?
이모   응. (사진을 꺼내며) 색싯감이 집안도 좋고 너무 좋더
          라. 아버지는 의사시고, 엄마가 그렇게 재테크를 잘 해
          놔서 재산이 엄청나데. (커피를 마시며) 색시는 스물아
          홉인데 박사과정이래.
어머니   (안경을 쓰고 사진을 자세히 보며) 참하니 괜찮게 생
          겼는데, 나이가 좀 걸리네.
이모   언니! 또 시작이다. 그쪽에서도 우리 조카 나이가 마흔
          일곱이라니까 기겁을 하더라. 내가 교수에다 성격도
          좋고, 공부만 하다 그렇게 됐다니까 그럼 한번 보기
          나 하자더라.

어머니	(사진을 던지며) 안 봐! 우리 효동이 한번 만나게만
	해 달라고 난리들인데 뭔 소리야.

이모	언니! 언니야 언니 아들이니까 다 잘나 보이겠지만 솔
	직히 머리는 대머리에

어머니	(흥분해서 말을 가로막으며) 얘가 남의 귀한 아들보고
	못 하는 소리가 없네!

이모	아니 난 언니가 너무 현실을 무시하니까 애가 더 못
	가는 것 같아서 그러지. 언니 혼자 장하게 키워 냈으
	니 언니 눈엔 효동이가 최고겠지만…… (눈치를 보며)
	그리고 언니! 내가 동생이니까 하는 말인데 홀시어머
	니 모셔야 한다면 다들 한발 물러서…….

어머니	(더욱 흥분하며) 아니 아들 장하게 키워 냈으면 상을
	주고 존경해야지, 물러서!

이모	언니! 제발 현실을 봐. 흥분만 하다 아들 할아버지 만
	들지 말고

어머니	(답답한 듯) 그래서 내가 매일 새벽마다 불공드리러
	다니잖냐. 벌써 몇 년째 지극 정성으로 다니는데 왜
	이렇게 인연을 못 만나는지…….

이모	그러니까 이젠 언니가 생각을 좀 고치고, 효동이한테
	미리미리 가발 좀 맞춰 쓰고 옷도 좀 깔끔하게 입고
	나오라 그래!

어머니	그러게 말이다. 잔소릴 해도 안 들으니…….

이모	그리고 제발 맞선 보는 날부터 어머니 꼭 모셔야 한다
	는 말 좀 하지 말라고 해.

어머니	알았어…….

이모   나 다신 중매 안 서.

어머니   알았어. 니가 좀 수고했냐…… (사진을 다시 집어 들
            며) 날짜는 좀 넉넉히 잡자.

신 4. 연구실 안(저녁)

책을 보며 메모를 하는 김효동 교수. 전화벨이 울린다.

김효동   여보세요. (……) 아, 예 한 교수님! 그러지 않아도 학
            회 발표 때문에 전화드리려 했어요. (……) 예. 제 발
            표 논문 제목이요? 한국 현대 소설에 나타난 개인주의
            입니다. (……) 예. 그런데 질의자는 어는 교수님이시
            죠? (……) 아 예. 잘 됐네요. 그 교수님은 중심 문제
            를 잘 파악해 주시고 발표 때 못 한 보충 설명도 할
            수 있게 질문해 주시니까…… 정말 잘 됐네요. (……)
            (웃으며) 예. 그럼 그날 뵙겠습니다.

신 5. 골목길(새벽)

함박눈이 내리는 새벽. 김효동은 어머니를 불당에 모셔다 드리려
우산을 받쳐 들고 어머니를 부축한 채 가고 있다.

김효동   (함박눈을 보며 어색한 북한말투의 농담조로) 오마니!
            함박눈이 내리니끼니 되게 기분이 좋지 않습네까? (어
            머니의 어깨를 감싼다.)

어머니   그래 엄청 좋다. 그 체신 없이 되지도 않는 이북 말
            좀 하지 마라.

김효동   엄마라고 하기엔 이 아새끼래 너무 나이가 들어 버렸
        습네다. 고렇다고 어머니 소리는 안 나와서 그러니끼
        니 오마니가 구엽게 봐주시라요. (어머니 볼에 뽀뽀를
        한다.)

어머니   (뺨을 닦으며) 이그 이놈아 징그럽다. (우산을 아들 쪽
        으로 밀며) 넌 다 맞잖냐.

김효동   내래 괜찮습네다. 고져 모자를 쓰니끼니

어머니   이그 그러다 감기 걸리면 또 고생하잖냐. 선보러 가서
        콧물까지 흘릴래.

김효동   오마니! 내래 선 안 볼 꺼라요.

어머니   얘가 또!

김효동   (진지하게) 나이 차도 너무 나고, 사진 보니까 눈매가
        매섭던데요.

어머니   내 보기엔 인상은 괜찮던데…….

김효동   아녜요. 엄마랑 같이 살자면 바로 도망갈 여자예요.

어머니   그러니까 다 친해진 다음에 집에도 좀 데려오고 하다
        가 얘기하라니까.

김효동   뭐 하러 그래요. 이젠 딱 봐서 결혼 안 할 사람이면
        볼 필요 없어요. 할 일도 많은데 시간 낭비할 필요 있
        나요.

어머니   아이고…….

김효동   날 진짜 좋아해서 날 낳아 주시고 키워 주신 어머니도
        귀하게 여기는 여자를 만나서 살아야지, 조건 보고 만
        나서 대강 결혼해서 사는 거 그게 무슨 의미가 있어요?

어머니   얘가 공부만 해 가지고 현실을 이렇게 몰라요. 이놈아

그런 천사가 하늘에 있지 이 세상에 어디 있냐? 있어?
너 그러다 눈 깜짝할 새 할아버지 돼. 공부 말고 니
인생도 살아내야 할 거 아냐!

신 6. 불당 앞
김효동   오마니! 부처님 말씀대로 욕심을 버리시라요. 우리 아
           새끼 꼭 장가보내야 한다는 집착도 버리시고요. 고저 요
           요 함박눈처럼 순수한 마음으로 부처님과 만나시라요.
           (우산을 쥐어 주고 어머니를 꼭 감싸 안으며) 오마니!
           고럼 부처님과 좋은 대화 나누시고…… 내래 이따 모
           시러 오갔습네다.
어머니   (우산을 주며) 우산 쓰고 가!
김효동   (즐겁게 함박눈을 맞으며 뒷걸음치며) 오마니! 이 아새
           끼 걱정은 하시지 말고 어이 드러 가시라요! 이따 오
           갔습네다.
어머니   (웃으며) 아직도 애야 애…… 조심해 가! 넘어지지 말고!
김효동   예!

신 7. 주택가의 골목길
콧노래를 부르며 함박눈을 맞으며 걷는 김효동.
치매기가 약간 있으나 곱게 생기신 할머니가 손에는 성경책을
들고 길을 찾는 듯 서성이고 있다. 김효동을 보자 반가운 듯 손짓
하며 부른다.

할머니   이보우! 나 우리 집 좀 데려다 주!

김효동   댁이 어디신데요?

할머니   몰라.

김효동   모르세요? (자신의 목도리를 벗어, 할머니 머리 위의
         눈을 털어드리고 씌워드리며) 집 근처에 뭐 슈퍼라든
         가 세탁소라든가 생각나는 것 없으세요?

할머니   슈퍼? 나 살 거 없어. 집에 가면 먹을 거 투성이인데
         우리 집 가자! 내 맛있는 거 줄게. 아이구 다리야. (땅
         에 주저앉으시려 한다.)

김효동   (할머니를 일으켜 세우며) 할머니 눈이 와서 차요. 저
         한테 업히세요.

할머니   이놈이 누굴 애로 보나.

김효동   할머니! 그냥 아들이다 생각하시구 업히세요. (할머니
         를 업는다.)

할머니   아이구

김효동   할머니! 찬찬히 보세요. (고개로 방향을 가리키며) 이
         쪽인지 저쪽인지는 아세요?

할머니   (한참을 생각하다) 응. 이쪽으로 쭉 올라가. 쭉!

김효동   (걸으며) 양 옆으로 골목들이 많으니까 어느 골목인
         지 찬찬히 보시고 말씀해 주세요.

할머니   응. 알았어. 쭉 가! 쭈욱! 쭉 가다 왼손 편으로 돌아!

김효동   몇 번째 골목에서 돌아요?

할머니   이놈이 어른한테 못 하는 소리가 없네. 돌긴 누가 돌
         아! 나 말짱해.

김효동   (웃는다.)

김효동은 할머니를 업은 채 한참을 걷는다.

할머니   (오른쪽을 가리키며) 요 골목이다.

신 8. 다른 골목
김효동   할머니 여기 맞아요? 아까는 왼손 편으로 돌라 하셨는
          데…….
할머니   응. 맞아. 나 내려줘. 이제 나 혼자 찾아갈 수 있어.
김효동   안 돼요 할머니. 제가 업고 댁까지 모셔다 드릴게요.
할머니   그럴래? 그럼 우리 집에 가서 맛있는 거 먹고 가.
김효동   할머니! 할머니 댁 대문이 무슨 색이에요?
할머니   파란색. 파란 대문 집은 우리 집밖에 없어.
김효동   아 그럼 찾기 쉽겠네요.

김효동은 할머니를 업은 채 계속 걷는다.

김효동   할머니 파란 대문 집이 없는데요.
할머니   쭉 더 가다가 막다른 골목에서 왼손 편으로 돌아! 그
          럼 나와.
김효동   막다른 골목에서 돌 데가 있나요?

신 9. 또 다른 골목
김효동은 할머니를 업고 골목을 헤맨다.

신 10. 또 다른 골목길

김효동   할머니 전화번호 좀 말씀해 주세요.

할머니   031-478-2223

김효동   031은 경기도인데……

         할머니 잠깐만 내려 보세요. (할머니를 조심스럽게 내
         려놓는다.)

할머니   이놈이 꽤가 났나?

김효동   (할머니를 찬찬히 보며) 목걸이도 없으시고, 팔찌도 없
         으시고…….

할머니   이놈 도둑놈 아냐? (김효동을 때리려 든다.)

김효동   할머니 그게 아니라요. 주소나 전화번호 적어 놓은 거
         없으세요? (성경책을 훑어보며) 김이쁜! 할머니 성함이
         김이쁜이구나…….

할머니   (함박웃음을 지으며) 우리 손녀딸이 지어 준 이름이야.
         내 이름은 김말순이고.

김효동   할머니 웃으시니까 너무 예쁘시다. 할머니 업히세요.

할머니   (얼른 업히며) 아이구 듬직해라. 꼭 우리 사위가 살아
         온 거 같네.

김효동   사위 분이 돌아가셨어요?

할머니   응. 꼭 아들 같았는데. 아이구 어느 아들이 그렇게 잘
         할까! 우리 손녀딸 백합이 천생배필 좀 만나게 해 달
         라고 그렇게 기도를 드려도 안 들어주시고, 앰한 사위
         만 데려가시구. 우리 백합이만 시집보내면 내 얼른 천
         국 가서 보고 싶은 사람들 죄 만날 거야.

김효동   오래오래 사셔야죠. 돌아가시면 가족들이 슬퍼하잖아요.

할머니   갈 사람은 얼른 가야 돼.

김효동   할머니 그런 말씀 마시고 만수무강하세요!

신 10. 또 다른 골목

김효동은 할머니를 업고 처음에는 어색해하다, 점점 큰 소리로 김이쁜 할머니를 외치며 이 골목 저 골목을 돌아다닌다. 어느새 할머니는 잠들어 계신다.

신 11. 할머니의 집안

한백합의 어머니, 김 여사가 기침을 하며 나온다. 추워 옷을 여미다, 할머니의 방, 현관문, 대문이 모두 열려 있는 것을 보고 놀란다.

김 여사   이를 어째! 오늘은 새벽기도 안 가시기로 해놓고 언제 나가신 거야. (한백합의 방문을 두드리며) 백합아! 얼른 일어나! 얼른! 할머니 나가셨다.
한백합   (놀라 부스스하며 나오며) 할머니 뭐?
김 여사   (옷을 챙기려 안방으로 들어가며) 할머니가 또 나가셨어.
한백합   (놀라 울먹이며) 어떻게! (외투를 들고 나와 입으며) 엄마 내가 교회 쪽으로 갈 테니까 엄만 골목 샅샅이 뒤져!
김 여사   (옷을 입으며) 그래 어이 가자!

신 12. 골목길

한백합과 김 여사는 둘 다 콜록거리며 급하게 뛰어간다.

멀리서 김이쁜 할머니를 외치는 소리가 들린다. 두 사람은 각자 가던 길을 멈춰 선다.

한백합   엄마! 뒷골목이다!

두 사람은 좋아서 뒷골목을 향해 뛰어간다.

신 13. 뒷골목
한백합과 김 여사는 김이쁜 할머니를 외치는 김효동을 보고 반
갑게 뛰어간다.

김 여사   아이구! 죄송해서 어쩌죠…….
한백합   (할머니 등 뒤의 눈을 쓸어드리며) 감사합니다.
김 여사   잠드셨네! 힘드실 텐데…… 너무너무 죄송해요.
김효동   전 괜찮습니다. 휴! 가족 분들을 만나서 정말 다행이네요.

신 14. 흰 대문 집 앞
김효동   (웃으며) 파란 대문 집이라 그러셨는데…….

신 15. 거실
백합은 차를 끓여 내온다.

김 여사   눈도 오는데 너무 고생하셨어요.
김효동   (찻잔을 건네는 백합 같은 한백합을 보며 놀라며) 고
          생은요. 천만다행이에요. 어떻게 댁을 찾아드리나 막막
          했었는데…….
김 여사   야근하고 오시는 길이셨나 본데 식사라도
김효동   (자기 방으로 들어가는 한백합을 보다가) 아뇨. 저희

어머님 법당에 모셔다 드리고 오는 길이었어요. 어차피 집에 갔다 다시 모시러 가야 하는 시간이니까 전 괜찮습니다.

김 여사 어머 효자시네.

김효동 (차를 마시며) 그렇지도 않습니다.

김 여사 며느님이 착하신가 보네. 시어머님 모시고 사시고…….

김효동 (멋쩍게 웃으며) 아직 제가 결혼을 안 해서 저희 어머님이 고생이 많으세요.

김 여사 (웃으며) 어머 아직도 결혼을 안 하셨어요. 어머 중매 서야겠다.

김효동 아닙니다.

김 여사 독신주의세요?

김효동 그건 아니지만 요새 여자들이 시어머니하고 같이 살려 하나요?

김 여사 그거야 뭐…… 근데 실례지만 나이가

김효동 많습니다.

김 여사 (웃으며) 좀 많아 보이긴 하시네요……. 실례지만 하시는 일은…….

김효남 대학에서 학생들을 가르칩니다.

김 여사 어머 교수님이시구나. 어쩐지 품위가 있어 보이시더라.

김효동 그렇지도 않습니다. 동네 아저씨 같죠.

김 여사 너무 털털하셔셔…… 아이구 깐깐한 것보다 백배 낫죠.

김효동 (머뭇거리다) 따님은 전공이?

김 여사 유아 교육이에요.

김효동 아, 예. 좋은 공부하시네요. (머뭇거리다) 몇 학년이세요?

김 여사   (너무 좋아하며) 그죠 대학생으로 보이죠. 아유 서른넷
          인데 (입을 막다 웃으며) 나이가 조금 많죠……

김효동   (웃으며) 아뇨 좋은 나인데요

김 여사   지 애 키울 나이에 남의 애들만 가르치고 있으니 (거
          실에 쌓여 있는 인형들을 가리키며) 저걸 죄 우리 백
          합이가 만든 거예요. 매해 손수 만들어서 (인형을 가져
          와서 보여 주며) 이것 보세요. 이렇게 이쁘게 만들어서
          일일이 이름을 새겨 넣어서 선물로 준답니다. 세상에
          이런 선생은 없을 거예요.

김효동   (감탄하며) 와! 대단하시네요.

김 여사   첫해 우리 백합이가 가르친 애들이 벌써 고등학교 1학
          년이 됐는데 아직도 우리 애가 만들어 준 인형을 끌어
          안고 잔데요.

김효동   세상에 하나밖에 없는 거니까 그러고도 남죠. 돈으론
          따질 수 없는 거잖아요. 근데 이름이 참 예쁘네요. 백합!

김 여사   이쁘죠! 한백합! 우리 딸이어서가 아니라 정말 너무너
          무 순수하고 얼마나 착한지 꼭 지 이름 같은 아이예
          요. 지 아빠가 너무 이뻐서 지어 준 이름이에요.

김효동   할머니께서 사위분 칭찬을 많이 하시던데요.

김 여사   그러셨어요! 꼭 아들 같으셨거든요. 그래서 애 아빠가
          돌아가신 다음 충격으로 정신이 오락가락하세요. 아이
          구! 우리 집 양반도 꼭 교수님처럼 인상도 좋고 너무
          너무 착하셨는데……

김효동   아, 예. (차를 마저 마시고) 저 저희 어머님 기다리실
          까 봐 (일어선다)

김 여사   (일어서며) 어떡하나…… 신세를 갚아야 하는데…….

김효동   아닙니다.

김 여사   이번 주말에 시간 내 주시면 꼭 식사대접을 해드리고
          싶은데…….

김효동   아닙니다.

신 16. 현관

김 여사   오늘 교수님 안 만났으면 우리 어머니 어떻게 돼셨을
          지도 몰라요. 명함이라도 주고 가세요. 어머니하고 다
          같이 식사라도 하게…….

김효동   (웃으며) 그럼 그럴까요.

신 17. 대문 앞

김 여사   (명함을 손에 쥐고 우산을 김효동에게 받쳐 주며) 교
          수님 꼭 연락드릴게요.

김효동   예 그럼……

김 여사   이 우산 쓰고 가세요.

김효동   아닙니다. 저 눈 맞는 거 좋아합니다.

김 여사   (강제로 주며) 쓰고 가세요. 그러시다 감기 들면 제가
          더 죄송하잖아요.

김효동   아 예. (우산을 쓰고) 그럼 다음에 뵙겠습니다.

김 여사는 김효동이 골목길을 다 갈 때까지 쳐다본다. 김효동은
골목길을 다 가서 다시 한 번 뒤돌아보고 웃으며 목례를 하고 간다.

김 여사 어쩜 사람이 저렇게 자상할까…… 대머리인 거 빼곤 다
         마음에 드네. 우리 백합인 시어머님도 잘 모실 텐데…….

신 18. 할머니의 방

김 여사 (할머니에게 이불을 꼭꼭 덮어드리며) 아이구 우리
         엄마! 그렇게 우리 백합이 좋은 신랑감 만나게 해 달
         라고 기도하시더니 오늘 아주 큰일 하셨네. (명함을
         다시 보며 좋아한다.)

신 19. 법당 앞

김효동 오마니 많이 기다리셨습네까?

어머니 뭐 좋은 일 있냐? 왜 그렇게 싱글벙글이야?

김효동 비밀입네다. 오마니 업히시라요!

어머니 얘가 왜 이래.

김효동 (어머니를 덥석 업으며) 오마니 고저 함박눈이 백합처
         럼 예쁘게 내리지 않습네까
         백합처럼 말입네다!

어머니 싱겁긴! 너 학생들 앞에서도 이러냐?

김효동 아닙네다. 고저 오마니 앞에서는 온제까지나 아새끼
         아닙네까. 그러니끼니 온제라도 재롱을 부려야지요. 안
         그렇습네까!

어머니 (웃으며) 그래 우리 효자 아들 최고다!

두 사람의 웃음소리와 함께 어머니를 업고 가는 김효동의 뒷모
습을 비추며 크레딧이 올라간다.

작품설명

〈사막 위의 남자들〉

내적으로 의미 있는 삶보다는 외적으로 열심히 살아왔음으로 느끼는 대부분의 40대들의 허망감, 그들 눈에 들어오기 시작한 자신들을 둘러친 인생의 환경인 생로병사, 반복하고 싶지 않은 이전의 삶 방식대로의 삶, 잃어버린 인간관계의 의미, 새로운 의미 찾기의 낯섦, 새 출발 앞에서의 서성임…… 이러한 것들을 나만의 개성적인 작품으로 창작하기 위해, 현실적이거나 일상적인 상황 속에서 다루지 않고, 이들이 처한 삭막한 정서와 상황을 나타내는 사막을 무대배경으로 정하고, 중심인물은 우리 사회의 평범하지만 엘리트 부류라고도 할 수 있는 인물들을 설정하고, 그들을 둘러친 인생의 환경인 늙음, 병, 죽음을 의인화해 무대에 등장시켰습니다.

이 희곡은 대화 위주의 희곡으로, 40대들이 인생의 1막을 끝내고, 2막을 열지 못한 채, 막간 시간에 1막을 평가하며, 더 나은 의미를 지닌 2막과 3막을 준비하려 고뇌하는 모습을 담아 보았습니다.

〈어느 외딴섬의 허수아비 인간들〉

편견에 대한 전체적 이미지를 무대화시키기 위해 편견의 대상들이 처한 심리적 환경을 상징화·압축화해 무대화했으며, 각 개인이 모두 소중한 존재이므로 중심인물을 설정하지 않았습니다. 이 작품은 인물들이 처한 상황 중심 극이고, 편견의 대상자가 되어 소외되

고 심리적으로 죽어 간 사람들이 많은 우리 사회의 모습을 허수아
비 인간들의 시체가 많은 것으로 시각화해 사회문제 근본에 질문
을 던지게 하는 작품이기도 하지만, 그것보다 더 중점을 둔 것은
그들 사이의 토론과 반성을 통해 스스로에 대한 인식의 변화를 일
으켜, 어떤 환경 속에서도 주체적인 삶을 의욕적으로 다시 살 용기
를 되찾고, 자신들에게 관용적인 새로운 삶을 시작하는 것에 더 중
심을 두고 있고, 그들로부터 세상의 변화가 시작될 것임을 짐작게
하는 것으로 마무리하였습니다.

대사 위주의 극에 허수아비 특유의 군무 등 동적인 요소를 넣었
고, 톱 연주소리, 하모니카 연주소리, 파도소리, 바람소리, 새소리,
갈매기소리, 그리고 날씨의 변화 등으로 극의 분위기의 변화를 주
었습니다.

〈파리의 폴들〉

이 희곡은, 우리 화가들이 파리의 풍경을 그릴 수 있듯, 유학 생
활 동안 작품화시키고 싶었던 현대 서양인들의 모습을 창작한 순
수 창작물입니다.

이 극의 노인 폴의 상황은 서양의 개인주의의 말로를 반영하고
있는데, 우리 사회에서도 인간 간의 신뢰는 무너지고 있고, 인간보
다는 물질과 일로서 자신을 보호하려는 사람들이 증가하고 있습니
다. 우리는 서양인들이 이미 살아 본 삶의 방식을 반복하며 시간을
낭비하지 말고, 그 과정 없이 진정한 삶의 방식을 창조해 건강하고
화합된 세상을 만들어야 하므로, 서양인들의 모습을 보며 우리의
모습을 숙고하기 위해, 서양인들을 인물로 하여 창작한 것입니다.

현대 서양인들은 신에게 무관심하며, 가까운 사람들에게 불신감

을 느껴 서로 화합하지 못하고, 오직 자아를 지키는 것은 자기 자신밖에 없다는 생각을 지니고 삶의 다양성을 경험하며 현재를 중시하며 사는 일면이 있습니다. 노인 폴은 이러한 서양인의 모습을 잘 반영하고 있습니다. 그가 움직여 건설한 것은 자립과 물질 풍요의 세계였으나, 정신적 풍요는 없었습니다. 타인에 대한 불신과 거리감, 가정의 붕괴, 사랑의 모험, 그리고 고독…… 이런 것들을 겪으며 그는 늙어 갔고, 그의 곁에는 아무도 없습니다. 이제 사람 대신 강아지만이 그의 말을 말없이 듣고 있습니다. 노인과 개는 인간 고독을 느끼게 하는 슬픈 모습이며, 개인주의의 말로를 나타내고 있는 것입니다. 그가 노인인 것은 그의 삶의 방식이 낡은 것이 되어야 하기 때문입니다.

청년 폴과 폴린은 노인 세대가 만든 문제들을 안고 살아가야 하는 젊은 세대입니다. 이들은 젊은이면 누구나 한 번쯤 겪게 되는 젊은이의 고뇌를 지닌 인물들로서, 이상과 현실 사이의 거리 인식으로 갈등하게 되는데 청년 폴의 갈등은 더욱 심합니다.

가난한 폴과 폴린에게서 사랑과 예술과 미래에 대한 열망을 뺀다면 지하철 안 소수사회에 머물러 있는 걸인 1과 걸인 2의 모습을 지닐 것입니다. 걸인 1과 2는 어떤 구원도 기다리지 않은 채 물질도 정신도 가난한 채 수동적이거나 염세주의에 갇혀 정지된 삶을 살 뿐입니다. 이들은 항상 함께 행동하나 허약해서 함께 있을 뿐, 진정한 인간애로 뭉쳐진 화합된 관계는 아닙니다.

노인 폴과 청년 폴은 그들의 정신적 허약성만큼의 신체적 부상을 당해, 삶에 대한 숙고의 시간을 갖게 되고, 회복의 길을 찾기 시작하게 됩니다. 강아지가 죽은 후 노인 폴은 병실에서 타인 불신을 넘어, 자아 불신을 인정하고, 또한 사랑을 주고 싶은 인간의 본

능을 거부하지 못하고, 강아지에게 사랑을 주었던 자신의 과거에서 자신이 지닌 사랑의 능력을 확신합니다. 그래서 강아지가 죽은 후 처음 만난 사람인 청년 폴과 갈등관계가 아닌 화합된 관계를 이뤄 정신이 풍요로운 세상을 다시 건설해, 자신의 존재 가치를 인정하며 살아가는 길로 접어듭니다. 노인 폴의 젊은 시절과 닮은 청년 폴은 노인 폴과 만나게 되어 좀 더 생각을 정리하는 시간을 갖게 되고, 노인 폴이 걸었던 삶의 길이 아닌 건강한 삶의 길로 접어들게 됩니다.

청년 폴의 애인 폴린은 남자에게 무조건 헌신적이거나 예속된 삶을 살길 원치 않고, 부모 세대가 걷던 이기적인 길을 걷는 것을 거부하며, 건강한 삶의 자세를 지니며 살길 강조하는 현명한 현대 여성의 모습을 지닙니다.

강아지 폴, 노인 폴, 청년 폴, 이렇게 이름을 같게 한 이유는 인간에게는 사랑, 순수함, 인내심 등도 있고, 또한 탐욕, 무지, 성급함 등도 있는데, 청년 폴이나 노인 폴도 무지한 면들을 모두 거둬 내면, 강아지 폴이 지닌 순수함과 신뢰와 사랑을 지닐 수 있기 때문입니다. 사람은 자신이 지닌 여러 면 중 어느 것에 늘 관심을 지니며 사느냐에 따라 그의 인생 모습이 달라질 수 있는데, 노인 폴은 자신이 다시 젊어진다면 더 나은 삶을 살려 할 것이고, 그래서 자신의 젊은 시절과 비슷한 상황 속에 있는 청년 폴에게 자신이 다시 살고 싶은 좋은 삶을 살도록 조언하게 되고, 청년 폴의 삶 안에서 자신의 과거 삶을 재창조하는 기쁨을 누리고 싶을 것이기 때문에 두 인물의 이름도 같게 했습니다. 이렇게 다시 정신적으로 건강해 진 노인 폴과 청년 폴 같은 이들이 많아질 때 미래는 건강한 세상이 될 것입니다.

또한 폴과 함께 있어야 더욱 조화로운 이름인 폴린은, 남녀관계가 대립관계가 아닌 화합된 관계이어야 함을 말하기 위해서 붙인 이름입니다.

노인 폴, 청년 폴 그리고 폴린은 단지 새로운 출발점에 서 있을 뿐입니다. 우리가 이들과 함께 물질적 자립을 유지하며, 진정으로 정신적으로도 자립해, 사랑으로 서로 화합하며, 인간과 인간뿐 아니라, 인간과 일, 인간과 모든 생명체, 그리고 인간과 신과의 화합까지도 이루어, 물질뿐 아니라 정신적으로도 풍요로운 세상을 이룰 수 있는 새 삶을 향한 출발을 함께한다면, 어느 날 세상은 지금과는 다른 세상이 되어 있을 것임을 생각하며 이 작품을 창작하였습니다.

〈아버지의 유산〉

이 희곡은 시나리오로 먼저 쓰고, 희곡으로 다시 쓴 작품으로, 시나리오와 희곡의 차이성 때문에 무대화하는 데 오랜 시간이 걸린 작품입니다. 특히 장소의 압축과 강아지들을 어떻게 무대 위에 등장시켜야 하느냐로 고심하였고, 시나리오와는 다른 장르인 희곡적 특성과 연극적 분위기를 새롭게 살리기 위해 많은 시간을 들였습니다.

현재 이혼의 급증으로 해체된 가정, 다양한 형태의 가정들이 늘고 있어, 혈연으로 묶인 가정만을 고집하는 것은 점차 낡은 사고방식으로 간주되어 가고 있습니다.

그러나 혈연은 잊고 살 수는 있어도, 바람에 휘날리는 한 가닥 거미줄 같을지라도, 끊어질 수는 없는 관계입니다. 우리보다 오래 전부터 이혼이 일상이 된 서구 사회에서도 재혼 가정의 새 부모들이 아이들에게 좋은 부모 역할을 하는 경우는 매우 드물고, 오히려 혈연관계인 친부모들이 이혼은 했어도 자식들에 대한 책임을 다하려 노력하고 있어 아이들의 깊은 상처가 조금씩 치유되는 측면이 강합니다. 언제 어떤 상황에서도 부모가 자신을 사랑하고 부모의 역할을 한다는 신뢰가 생기기 때문입니다.

　<아버지의 유산>에서는 한 아버지가 별 죄의식 없이 사랑을 쫓다 오랜 세월 자식들을 돌보지 않았으나, 병들고 늙어 자식들을 생각하며 강아지들을 사랑으로 키우다 죽은 모습을 통해, 가족을 외면한 듯 보이는 죄 많은 아버지에게도 부성애는 있다는 것을 보여 자식들과 조금이라도 화해할 수 있는 하나의 방법을 제시하려 하였습니다. 그래서 이 아버지를 보며 이혼한 부부들이 세월을 흘려보내지 않고 자식에 대한 책임을 다해, 문제들을 지니고는 살지만, 지금보다 좀 더 건강한 사회와 가정이 많아지는 하나의 현실적 방법을 제시해 보려 이 작품을 창작하였습니다.

〈송봉철 교수의 미소〉

　이 시나리오는 제작용이 아닌 읽기 위한 시나리오입니다.

　이 작품은 긍정적이고 밝은 인물과 이야기를 쓰고 싶은 마음에서 출발하였으며, 중심인물은 송봉철 교수이며 특히 교수의 미소가 중심입니다. 교수들이 학생들에게 미소를 짓게 되는 경우는 무척 많으나, 특히 학생들의 착한 모습과 순수한 열정을 지닌 모습을 볼 때, 백지상태에서 시작해 자신들의 강점들을 발휘하며 결실을 맺으며 학기를 마무리하는 것을 볼 때, 감사하다는 마음을 전달해 줄 때 미소를 짓게 되는 것 같습니다.

　여러 과목을 가르치고 있으나 그중 학생들 개개인의 개성이 가장 잘 드러나며 감탄할 만한 작품들이 완성되는 강의의 일부분을 담아 보았습니다.

이 시나리오는 교수의 미소가 중심이고, 전격적인 교육용 시나리오가 아니므로 수업과정을 모두 담지 않았고, 시나리오 흐름상 필요한 부분을 담았으며, 제자들 모두 사랑스럽고 자랑스러워 그간 가르친 제자들 모두를 언급하고 싶었지만, 우리들 가슴속에 남기고, 이 시나리오에서는 집필한 시기인 2008년 2학기 호남대학교 다매체영상학과 제자들과의 시간이 가장 많이 반영되었습니다.

그리고 개인적으로 이 작품이 의미를 지니는 것은 사랑을 듬뿍 주시고 너무나 일찍 돌아가신 우리 아버님에 대한 감사의 마음을 작품을 통해 표현하고 싶어 실제 우리 아버님의 성함을 사용하였으며, 아버지가 내게 늘 미소 지으시며 사랑을 주셨듯 제자들에게 그렇게 하고 싶은 마음을 작품에 반영해 보고 싶어 창작하게 되었습니다.

〈아버지의 유산〉

시나리오로 먼저 쓴 이 작품은 희곡과 인물과 기본이야기는 대부분 같으나, 시나리오와 희곡의 장르 특성이 다르므로 시나리오에서는 자유로운 장소의 이동이 있고, 강아지가 자연스러운 모습으로 직접 등장하고, 이야기의 순서가 희곡과는 다릅니다.

〈세월〉

이 단편 시나리오는 어린 시절 풍선을 날릴 때마다 멀어지고 작아져 하늘 속으로 사라지는 풍선을 어리둥절한 눈으로 끝까지 바라보았던 묘한 정서를, 나이가 들어, 세월이 어린아이의 손에 쥔 풍선처럼 자꾸 날아가는 것과 같이 느껴지는 것과 연결시켜 압축해 시로 창작했다가, 시와는 또 다른 분위기의 단편 시나리오로 창작해 보았습니다.

이 작품에서는 유년기에는 놀다가, 학습기에는 공부로, 젊은 시절에는 사랑으로, 어른이 되어서는 일 때문에 세월을 날려 보내다, 수없이 풍선을 잃고서야 풍선은 언젠가는 날아가는 풍선임을 알아 버린 노년기에는 한꺼번에 세월들이 더 빨리 날아가는 듯한 느낌을 받는 보편적인 현상들을 작품화했습니다.

〈어느 효자의 즐거운 새벽〉

이 단편 시나리오는 새벽에 어머니를 불당에 모셔다 드리고, 오는 길에 어느 할머니를 만나 댁까지 모셔다 드린 효자의 실화를 바탕으로, 거기에 백합 같은 손녀딸을 등장시켜 새로운 인연이 시작되는 이야기를 만들었는데, 더 나아가 종교 간의 아름다운 이해와 화합이 시작되는 만남의 의미도 담아 보았습니다.

위의 작품들은 희곡과 시나리오로 읽는 것만으로도 충분히 무대가 그려지고 영상이 상상되도록 창작하였고, 나만의 개성 있는 작품양식을 지니도록 노력하였으며, 인간의 가치 회복의 길을 모색하려는 의도를 지니고 창작하였던 작품들입니다.

송정애 ──

▌약 력

한양대학교 연극영화과 및 서강대학교 불어불문학과 졸업
파리8(뱅센느)대학 연극학 석사
파리4(소르본)대학 불문학 박사(현대희곡)
서강대학교, 추계예술대학교 강사 역임
KBS 프랑스 영화 번역작가 역임
월간『문학세계』희곡 및 시 등단

현재,
호남대학교 다매체영상학과 초빙교수
(희곡 및 시나리오 창작법, 영화로 읽는 사회와 문화, 문화정책론 등 강의)
(사)희곡작가협회『한국희곡』편집위원
희곡작가, 시인

▌주요 논문 및 저서

『프랑스 현대문학에 나타난 개인주의』(공동)
『인간의 시간』(조르주 뿔레, 공동번역)
「몰리에르의 <타르튀프>와 이근삼의 <국물 있사옵니다>의 대비연구」
「사무엘 베케트의 <고도를 기다리며>와 박조열의 <목이 긴 두 사람의 긴 대화>의 대비
연구」
「장 아누이의 <앙티곤느>와 박조열의 <오장군의 발톱>의 대비연구」
「으젠느 이오네스코의 <코뿔소>와 박조열의 <흰둥이의 방문>의 대비연구」
「삐에르 꼬르네이유의 <신나>와 이근삼의 <대왕은 죽기를 거부했다>의 대비연구」
「이근삼의 희곡들과 이오네스코의 <수업> 속에 나타난 교수들의 문제점 연구」 등

희곡 창작 작품
<사막 위의 남자들>
<파리의 폴들>
<어느 외딴섬의 허수아비 인간들>
<아버지의 유산>

시나리오 창작 작품
<송봉철 교수의 미소>
<아버지의 유산>
<세월>
<어느 효자의 즐거운 새벽>

송정애 회곡 시나리오집

초판인쇄 | 2009년 11월 30일
초판발행 | 2009년 11월 30일

지은이 | 송정애
펴낸이 | 채종준
펴낸곳 | 한국학술정보㈜
주 소 | 경기도 파주시 교하읍 문발리 파주출판문화정보산업단지 513-5
전 화 | 031) 908-3181(대표)
팩 스 | 031) 908-3189
홈페이지 | http://www.kstudy.com
E-mail | 출판사업부 publish@kstudy.com
등 록 | 제일산-115호(2000. 6. 19)

ISBN   978-89-268-0565-7 93810 (Paper Book)
        978-89-268-0566-4 98810 (e-Book)